Arena-Taschenbuch
Band 2380

Sherryl Jordan,
geboren 1949, schreibt seit 1990 erfolgreich Bücher für Kinder und Jugendliche, die zahlreiche Preise gewinnen und in viele Sprachen übersetzt werden. Die Autorin lebt mit ihrer Familie in Tauranga, Neuseeland.

Jordans Romane sind gefüllt mit einer kraftvollen, sinnlichen Poesie.
Bulletin Jugend & Literatur

Sherryl Jordan

Junipers Spiel

Aus dem neuseeländischen Englisch
von Cornelia Krutz-Arnold

Ausgezeichnet mit dem Buxtehuder Bullen 2001

Arena

Für Kym,
die »Junipers Spiel« las
und nochmals las, es kritisierte,
Ratschläge dafür gab und es liebte

In neuer Rechtschreibung

1. Auflage als Arena-Taschenbuch 2005

Die Originalausgabe erschien erstmals 1991 unter dem Titel *The Juniper Game* bei Ashton Scholastic Ltd., Auckland, Neuseeland.
Lizenzausgabe der G&G Buchvertriebsgesellschaft mbH, Wien

Aus dem neuseeländischen Englisch von Cornelia Krutz-Arnold
Umschlagillustration: Ludvik Glazer-Naudé
Umschlagtypografie: knaus. büro für konzeptionelle und visuelle identitäten, Würzburg
Gesamtherstellung: Westermann Druck Zwickau GmbH
ISSN 0518-4002
ISBN 3-401-02380-2

www.arena-verlag.de

Inhalt

Ich danke dem Literaturfonds des QE 11 Arts Council und den Quality Packers, die mir das Choysa Bursary 1988 verliehen haben. Ohne dieses Stipendium wäre »Junipers Spiel« vielleicht nie geschrieben worden.

Mein besonderer Dank gilt Linda Hansen, die mich an ihrem Wissen über Kräuter und das Leben im Mittelalter teilhaben ließ und die Endfassung des Manuskripts Korrektur las.

Am Anfang ...

Die junge Frau hantierte in aller Eile mit dem Stößel, zerstieß die getrockneten Wurzeln im Mörser und schüttete die Brösel auf ein sauberes Tuch. Hinter ihr lag in einer Wiege ein Kind, das lauthals schrie, aber sie achtete nicht darauf. Sie führte ihre Arbeit zu Ende, häufte die Kräuter auf das Tuch, schnürte es mit einem Lederriemen fest und sicher zu einem Bündel zusammen und legte es auf dem breiten Fenstersims in die Sonne. Dann erst wandte sie sich ihrem Kind zu.

Eine ältere Frau betrat das Zimmer. Sie sog misstrauisch die Luft ein und betrachtete die hölzerne Tischplatte, auf der das Mädchen gearbeitet hatte. Die Beweise lagen offen zu Tage: die Reste der getrockneten Kräuter, der kräftige, beißende Geruch von zerstoßener Baldrianwurzel und das kleine Bündel in der Sonne.

»Ach, Herrin.« Die Frau schnalzte mit der Zunge und schüttelte missbilligend den Kopf. »Das kann viel Unheil über Euch bringen. Wenn Euer Gemahl davon erfährt ...«

»Er wird es nicht erfahren – und wenn, so wird es ihn nicht bekümmern«, gab die junge Frau ruhig zurück, während sie den Kopf über das Kind neigte und ihm einen Kuss gab. »Außerdem tue ich nur Gutes damit. Dieses Mittel lindert den Schmerz und sorgt für gesegneten Schlaf. Es ist etwas Gutes, Amme, und nichts Böses.«

Die Amme schüttelte abermals den Kopf und ging hinaus.
Die junge Frau lächelte vor sich hin. Sie setzte sich auf einen Schemel und nahm das lachende Baby auf den Schoß. Ein Sonnenstrahl drang durch die Fensterläden und fiel auf ihren blonden Schopf, ließ die zum Zopf geflochtenen Haare aufleuchten und füllte die Aushöhlungen in ihren Wangen mit tiefem Rot. Ihr Gesicht war seltsam, aber wunderschön, oval geschnitten, mit Wangen, die an den zarten Backenknochen am breitesten waren, und einem spitz zulaufenden Kinn. Die leuchtend blauen Augen ragten an den Außenwinkeln leicht nach oben.
Sie hatte etwas Elfenhaftes an sich und war von einer eigenartigen Schönheit, die den Betrachter nicht mehr losließ, wenn er sie einmal gesehen hatte. Manche Leute sagten, dass sie mit ihrer lichten Gestalt Zauber wirkte und mit einem einzigen Blick die Seele eines jungen Mannes in ihren Bann schlagen konnte, sodass er auf ewig ihr Sklave war.
An die schweren Holzbalken, die das Fenster umrahmten, wurde vorsichtig geklopft. Als die junge Frau den Kopf hob, sah sie eine zahnlose Greisin dort stehen, die von Alter und Sorge tief gebeugt war.
Mit dem Kind im Arm stand die junge Mutter auf und nahm das Bündel vom Fenstersims. Lächelnd reichte sie es der Alten.
»Das wird ihr helfen, gute Mutter«, sagte sie leise. »Gebt

es in eine Schüssel, übergießt es mit siedendem Wasser und lasst es eine Weile ziehen. Dann gebt es ihr zu trinken. Der Sud wird ihre Schmerzen lindern und ihr beim Einschlafen helfen. Und auf den schmerzenden Zahn träufelt den reinen Saft, den Ihr aus frischer Engelwurz presst. Vertraut mir, gute Mutter. Ich habe das auch schon an mir selbst ausprobiert.«

Die Alte senkte den Kopf, griff mit verkrümmten Fingern nach den Heilkräutern und humpelte davon, so heimlich und verstohlen, wie sie gekommen war. Die junge Frau sah ihr nach und dabei wurden ihre strahlenden Augen trüb und bekümmert.

Mit einem Seufzen wandte sie sich wieder ihrem Kind zu. Der Kleine streckte die Hand nach einem silbernen Becher aus, der auf dem Tisch stand. Sie überließ dem Kind den Becher und hielt ihn fest, während der Kleine am Inhalt schnupperte und den Becher zum Mund zu führen versuchte.

»Nein – das ist Wein, der ist zu stark für dich.« Die Mutter lachte, setzte den Becher an die Lippen und leerte ihn. Auf ihrer Oberlippe blieben einige Tropfen haften, die im Sonnenlicht wie kleine Rubine funkelten. Sie lächelte und betrachtete den Silberbecher mit liebevollem Blick. Ihr Mann hatte ihr den Becher zur Hochzeit geschenkt und er war ihr kostbarster Besitz, den sie wie nichts sonst in Ehren hielt und hütete. Er war mit Amethysten verziert und rings um den Rand zog sich ein kompliziertes Muster aus geometrischen Figuren.

Sie setzte den Becher ab und legte lauschend den Kopf schräg. Der Kleine zerrte lachend an ihren Haaren und sie nahm seine Hände, hielt sie fest und ermahnte ihn still zu sein. Dann drehte sie sich um und wandte sich dem Inneren des Zimmers zu. An den verputzten Wänden flackerten Schatten und Lichtstreifen, die vom Fenster hereinfielen, und die Sonne warf helle Flecken auf den abgetretenen Steinboden. In einer Ecke lehnte ein Reisigbesen und ringsum hingen Sträuße von Heilkräutern und Beeren zum Trocknen an der Wand. Doch die junge Frau schaute sich unbehaglich um, als wäre da noch etwas anderes, was sie nicht sehen konnte.

Allmählich heftete sich ihr Blick auf eine Stelle in der Luft, etwa in der Höhe ihres Kopfes. Erschrocken schlug sie das Kreuzzeichen und drückte ihr Kind fest an sich. Als der Kleine zu wimmern begann, legte sie ihm die Hand auf den Mund. Sie wich zurück und sprach leise Gebete vor sich hin. Ihre Augen waren vor Furcht und Staunen und Freude weit aufgerissen.

Die Amme kam wieder herein und nahm der Mutter brummelnd und schimpfend das Kind vom Arm. »Den Kleinen hungert!«, schalt sie. Dann bemerkte sie den Gesichtsausdruck der jungen Frau. »Was ist Euch, Herrin? Weshalb –?«

Aber jetzt war es weg, was immer auch hier gewesen sein mochte. Die junge Mutter wandte sich lächelnd der Amme zu. »Ich glaube gar, ein Engel hat uns besucht.«

Die Amme schnaubte verächtlich durch die Nase und

ging wieder hinaus. Das Kind auf ihrem Arm kreischte laut.
Wieder sah die junge Frau zu der Stelle hin, wo die Erscheinung gewesen war, aber jetzt sah sie nur Sonnenlicht und wogende Schatten. Sie lächelte wieder, überlegte eine Weile, bekreuzigte sich und trat durch eine niedrige Tür auf das Kopfsteinpflaster der Straße hinaus.

1. Und inzwischen, an einer anderen Stelle der Zeit ...

Juniper beugte sich über den niedrigen Tisch, hob vorsichtig die kleine Pyramide aus Pappe hoch und betrachtete die Gegenstände, die darunter lagen. Die tote Maus war erstaunlich gut erhalten, fast mumifiziert. Das kleine Stück Steak hatte nur einen leichten grünen Schimmer und die Banane war immer noch leuchtend gelb.

Zufrieden stellte Juniper die Pyramide wieder zurück und achtete darauf, sie haargenau auf die Linien zu setzen, die sie auf ein Blatt Papier gezogen hatte.

Dann griff sie nach einer kleinen Schachtel, die neben der Pyramide stand, und nahm den Deckel ab. Ein überwältigender Gestank schlug ihr entgegen. Sie warf einen schnellen Blick hinein, machte zwei verschrumpelte Gegenstände und eine schwarze Banane aus und legte den Deckel wieder auf.

An die Tür zu ihrem Zimmer wurde leise geklopft und Marsha, ihre Mutter, kam herein. Sie sog schnuppernd die Luft ein und verzog das Gesicht.

»Gestattest du mir die Frage, was du hier drin aufbewahrst?«, fragte Marsha misstrauisch. »Das stinkt wie eine Leiche.«

»Es ist auch eine«, erklärte Juniper fröhlich. »Die Leiche in der Schachtel ist stark verwest. Das verursacht den

Gestank. Aber die Maus in der Pyramide trocknet wunderbar, wie eine kleine Mumie. Man kann darüber nur staunen.«

»Wirklich faszinierend«, sagte Marsha und hob die Pyramide hoch. »Ich seh schon, du hast mein Abendessen hier drin. Und ich nehme an, dort in der Schachtel liegt noch ein Stück Steak, das nach besten Kräften zur gefährlichen Luftverpestung beiträgt und somit seinen Zweck wunderbar erfüllt.« Sie stellte die Pyramide achtlos ab und Juniper rückte sie wieder auf die vorgesehenen Linien.

»Die Seiten müssen nach den Himmelsrichtungen ausgerichtet sein«, erklärte sie ernst. »Wie die Cheops-Pyramide in Ägypten, die exakt in der Nord-Süd-Achse steht. Und diese hier ist auch in denselben Proportionen gebaut. Die alten Ägypter haben allerhand gewusst, Marsha. Aber die eigentliche Kunst war gar nicht das Einbalsamieren – die Leichen wurden durch die Pyramidenform erhalten. Der Raum in einer Pyramide ist etwas ganz Besonderes. Ich habe gelesen, dass sich jemand vor kurzem im Garten eine Pyramide gebaut hat, um darin zu meditieren. Und die Katzen und Hunde aus der Nachbarschaft, zwischen denen sonst ein heftiger Krieg tobte, haben sich dort in vollkommener Harmonie hineingelegt und alle zusammen geschlafen.«

»Du hast doch nicht etwa vor eine Pyramide zu bauen?«, fragte Marsha leicht nervös. »Oder doch?«

Juniper strahlte sie mit einem entwaffnenden Lächeln

an. »Natürlich nicht. Wenn ich eine baue, dann wird sie so groß sein, dass ich auf Dauer darin wohnen kann. Ich hab nämlich eine Theorie. Ich glaube, die Pyramide hält nicht nur den Verwesungsprozess auf, sondern die Zeit an sich. Wenn wir in einer Pyramide wohnten, würden wir vielleicht langsamer altern. Und alles würde jahrelang halten – Zimmerpflanzen, Obst, Schnittblumen, Goldfische. Das ist schon eine Überlegung wert. An der Zeit gibt es so einiges, was ich nicht verstehe. Allmählich glaube ich, dass es die Zeit, wie wir sie messen, gar nicht gibt. Einstein hat dazu eine Theorie aufgestellt.« Sie beugte sich wieder über ihre Pyramide und betrachtete gedankenversunken den Inhalt.

Vor so viel Gehirnakrobatik gab Marsha sich geschlagen. Seufzend ließ sie sich auf der Kante von Junipers Himmelbett nieder und sah sich um, betrachtete all die kleinen Kostbarkeiten, die ihre Tochter liebte: Bilder von Burgen und alten Herrenhäusern und baufälligen Hütten mit strohgedeckten Dächern; Gräber von Rittern und Edelleuten als Kupferstiche; Wandteppiche, die mittelalterliche Turniere und Feste darstellten; ein großes Poster von einem Ritter aus dem vierzehnten Jahrhundert mit seiner Dame; Sträuße von Blumen und Kräutern, die zum Trocknen aufgehängt waren, und eine wunderschöne Buntglasscheibe, auf der Johanna von Orleans zu sehen war, wie sie hoch gewachsen und entschlossen vor einer mittelalterlichen Stadt stand, inmitten von wehenden Fahnen und weißen Tauben, die um sie herumflogen.

Marsha ließ den Blick zu ihrer Tochter schweifen. Juniper starrte ins Leere und träumte vor sich hin. Der Mund mit den vollen Lippen war leicht nach unten gezogen, die dunklen Augen sahen versunken in die Ferne. Vor dem Hintergrund der Buntglasscheibe tanzten feurige Funken in ihrem wilden rotbraunen Haarschopf und ihre makellos reine, glatte Haut glühte im bunten Licht.

Sie ist genau wie diese Dinge, die sie so verehrt, dachte Marsha: Sie ist schön und voller Ausstrahlung, frei und stark und selbstbewusst. Und kann manchmal entsetzlich schwierig sein.

»Hast du dir jemals überlegt, dass du auch eine ganz normale Vierzehnjährige sein könntest?«, fragte sie, ohne sich allzu große Hoffnungen zu machen. »Mit Popstars an den Wänden an Stelle von Rittern und mit Zimmerpflanzen an Stelle von mumifizierten Mäusen? Kannst du nicht einfach Musik hören und den ganzen Tag am Telefon hängen, anstatt dich deinen abgedrehten Wunderdingen zu widmen?«

»Nein, kann ich nicht«, gab Juniper munter zurück und stellte die Pyramide wieder hin. »Mit meinen Experimenten mit der Pyramide hör ich allerdings auf. Ich habe bewiesen, was ich beweisen wollte. Aber ich werde nie und nimmer die Ritterbilder und meine Sachen aus grauer Vorzeit wegwerfen. Diese Dinge liebe ich. Und da wir gerade von Wunderdingen reden – wann machst du so eine telepathische Bildübertragung mit mir?«

»Ich hab keine Zeit, Juniper. Wenn ich mich nicht um den Haushalt kümmere oder im Blumenladen arbeite, bin ich im Aerobic-Kurs. Für so eine Bildübertragung braucht man Stunden und selbst dann würde es Monate dauern, bis sich das richtig entwickelt. Und überhaupt, ich dachte, du wolltest dir dafür einen begabten Maler suchen. Hast du Kingsley schon mal gefragt?«

»Nein. Und das hab ich jetzt auch nicht mehr vor. Wenn ich außersinnliche Wahrnehmungen oder irgendwas Telepathisches auch nur erwähne, rastet er sofort aus. Das hält er für gespenstisch. Wenn er anruft, darf ich noch nicht mal ›Hallo, Kingsley‹ sagen, bevor er sich gemeldet hat. Bei so was kriegt er Panik. Das schränkt mich doch sehr ein.«

Marsha lächelte und stand auf. »Das kann ich mir vorstellen«, sagte sie. »Du wirst schon jemanden finden, Juniper. Aber bis dahin brauchen wir trotzdem was zu essen. Und weil deine Pyramide doch nicht ganz so leistungsstark ist wie unser Kühlschrank, geh ich schnell noch einkaufen und besorg uns was Frisches zum Abendessen.« An der Tür fiel ihr noch etwas ein und sie drehte sich zu ihrer Tochter um. »Juniper? Hast du diese Woche überhaupt irgendetwas für die Schule gemacht?«

»Nicht sehr viel«, gestand Juniper mit einem unbekümmerten Lachen. »Jetzt werde ich mich zur Abwechslung mal mit einer Zwei begnügen müssen, anstatt immer nur Einser einzuheimsen.«

»Das wird das ganze System erschüttern«, sagte Marsha. »Wie kommst du inzwischen mit deinem Biolehrer klar?«

»Ganz gut«, sagte Juniper. »Immerhin sagt er nicht mehr Puppe zu mir. Und morgen wollen wir Ratten sezieren.«

»Das liegt ja ganz auf deiner Linie«, sagte Marsha.

»Schon, nur muss ich mit dem Neuen zusammenarbeiten, Dylan Pidgely.«

»Und was ist so schlimm an ihm?«

Juniper zuckte mit den Schultern. »Er ist eine ziemliche Pappnase, das ist alles. Aber wenigstens wird er sich ordentlich benehmen. Das letzte Mal musste ich mit Joe Fripps zusammenarbeiten und er hat die ganze Zeit versucht in meinen Ausschnitt zu gucken.«

»Du musst dich wirklich mit schrecklichen Problemen herumschlagen«, murmelte Marsha vor sich hin, während sie aus dem Zimmer ging.

Als sie weg war, machte Juniper ihre Schultasche auf und kippte alles heraus. Seufzend griff sie nach ihrem Mathebuch. Dann schaute sie zu dem ruhigen, entschlossenen Gesicht der Jungfrau von Orleans auf der Buntglasscheibe hoch.

»Na, Schwester«, sagte sie. »Wenn du dir eine solche Rüstung anlegen und in die Schlacht ziehen kannst und einer ganzen Armee zeigst, was kämpfen heißt, kann ich ja wohl dem alten Bates zeigen, wie gut ich mich im Kampf mit seiner Algebra behaupte.«

2. Der Künstler wird gefunden

Die helle Haut ließ sich zurückschieben, sodass die Eingeweide in ihrer säuberlichen Anordnung sichtbar wurden – das zarte Graugrün des ineinander verschlungenen Darms, das tiefe Dunkelrot der Leber und der hellere Farbton des kleinen Herzens.

Juniper beugte sich fasziniert darüber. »Tolle Farben«, sagte sie.

Neben ihr ertönte ein Ächzen und Juniper warf dem Jungen, der ihr beim Sezieren helfen sollte, einen schnellen Seitenblick zu. Er stützte sich auf den Labortisch. Seine grauen Augen hinter der Nickelbrille waren halb geschlossen. Er hatte weiße Lippen bekommen und sogar seine Sommersprossen sahen irgendwie blass aus.

»Kipp bloß nicht um, Dylan Pidgely«, murmelte Juniper. »Untersteh dich!«

Er machte die Augen jetzt ganz zu, schluckte geräuschvoll und schüttelte den Kopf.

»Dann schnapp dir deinen Bleistift«, sagte Juniper und wandte ihre Aufmerksamkeit wieder der Ratte zu. »Deine Aufgabe besteht darin, die Skizze zu beschriften. Also, schau her. Das hier ist der Dünndarm und das ist der Magen. Das ist die Leber. Und diese kleinen gelben Dinger dürften Fettklümpchen sein. Und das hier sind die Hoden. Dylan? Dylan!«

Aber es war zu spät. Er knickte in den Knien ein und ging bereits höchst ungraziös zu Boden. Seufzend legte Juniper ihr Skalpell aus der Hand. Sie beugte sich über Dylan, machte an seinem Hemd den obersten Knopf auf und lockerte seinen Kragen. Dann brachte sie ihn in eine Haltung, bei der sein Kopf auf den hochgezogenen Knien lag.

»Sieh zu, dass du wieder etwas Blut ins Gehirn kriegst«, riet sie ihm freundlich.

Der Junge vor ihr beugte sich über den Labortisch zu ihr nach hinten und grinste ihr lüstern zu. »Würdest du mit deinen zarten Fingerchen auch mein Hemd aufknöpfen, wenn ich ohnmächtig werde?«, fragte er.

Juniper achtete nicht auf ihn.

Der Lehrer kam und kniete sich neben Dylan auf den Boden. »Meinst du, dass du's in den Ruheraum schaffst, wenn jemand mit dir geht?«, fragte er. »Der Chloroformgestank hier drin macht es wahrscheinlich nur noch schlimmer. Dir wird schon allein der Weg an der frischen Luft gut tun.«

Dylan nickte schwach und rappelte sich taumelnd hoch.

»Du begleitest ihn, Juniper, ja?«, sagte der Lehrer. »Und bleib eine Weile bei ihm.«

Juniper sammelte Dylans Siebensachen ein und stopfte Bücher und Papiere in seine Schultasche. Dann nahm sie seinen Arm, der schlaff herunterhing, und führte Dylan feierlich zur Tür des Biologiesaals. Als er schwankte, legte sie stützend den Arm um ihn. Unter lauten Pfiffen

und Beifallskundgebungen der restlichen Klasse verließen sie den Saal.
Draußen warf Juniper einen Blick auf sein kreidebleiches Gesicht und lächelte. »Wir kennen uns kaum«, sagte sie, »und jetzt schau dir nur die Situation an, in der ich mich befinde. Die halbe Welt kann sehen, wie ich dich in aller Öffentlichkeit in den Armen halte. Mein guter Ruf ist jetzt vielleicht für immer dahin.«
»Tut mir Leid«, sagte er.
Sie führte ihn über den asphaltierten Hof zum Verwaltungsgebäude. Dylan hielt den Kopf gesenkt und ließ sich in der kühlen Stille des Ruheraums mit sichtlicher Erleichterung auf der Bettkante nieder.
»Ich komm jetzt schon klar, vielen Dank«, sagte er und vermied es dabei, sie anzusehen. »Du kannst ruhig wieder gehen.«
Juniper stellte seine Tasche auf dem blank polierten Fußboden ab und nahm Dylan in Augenschein, betrachtete ihn eine Weile. Sie nahm seine blasse Haut wahr, den leichten Rotschimmer in den glatten blonden Haaren und den sensiblen Mund. Die hellen Augen hinter der Brille waren groß und wiesen wie bei einem Spaniel an den Außenseiten leicht nach unten, was ihm einen ständig traurigen Ausdruck verlieh. Seine ungewöhnlich langen Wimpern hatten einen leuchtend goldenen Farbton.
»Du bist immer noch ein bisschen blass um die Nase«, stellte Juniper fest. »Willst du dich nicht hinlegen und etwas ausruhen?«

Er streifte die Schuhe ab, streckte sich auf dem Bett aus und zog die graue Decke über sich.
So schlecht sieht er gar nicht aus, dachte Juniper, nur farblos und uninteressant. Seit einem Monat war er bei ihr in der Klasse und sie hatte es noch nie erlebt, dass er zornig oder aufgeregt gewesen wäre oder gelacht hätte. Er war still und ungesellig und hatte immer ein Buch vor der Nase. Sagte nichts, machte nirgends mit. Dass er beim Sezieren einer Ratte in Ohnmacht gefallen war, stellte vermutlich den größten Gefühlsausbruch seines Lebens dar.
»Möchtest du was zu lesen?«, fragte sie.
»In meiner Tasche ist ein Buch aus der Bibliothek«, sagte er. »Wenn du mir das geben könntest?«
Sie zog den Reißverschluss an seiner Tasche auf und kramte in ihr herum. »Das hier?«, fragte sie und hielt es hoch. Dabei warf sie einen Blick auf den Titel. *Alltagsleben im England des Mittelalters,* las sie. Das brachte sie dazu, ihn genauer anzusehen. »Interessierst du dich fürs Mittelalter?«, fragte sie.
Er antwortete mit einem flüchtigen Nicken und schaute zum Fenster hinaus. Aber sein Gesicht wirkte plötzlich angespannt und er zupfte nervös an der Decke herum.
Juniper blätterte das Buch durch.
»Gib das her«, sagte Dylan und schlug plötzlich einen energischen Tonfall an.
»Gleich. Mich interessieren solche Sachen auch. Hier sind ein paar gute Abbildungen von Rüstungen.« Sie

stieß auf ein loses Blatt, das zwischen den Seiten steckte, und nahm es heraus. Es war eine kleine Bleistiftzeichnung von einer Burg, die bis ins Detail mit großer Sorgfalt ausgeführt war, wirklich wunderschön. Mit einem Mal wurde Juniper so aufgeregt, dass sie kaum noch Luft bekam.

Sie gab sich alle Mühe, sich nichts anmerken zu lassen.

»Ganz schön beeindruckend«, sagte sie und hielt das Blatt hoch. »Wer hat das gemacht?«

Dylan starrte sie erschrocken an.

Ihre Freude war wie weggeblasen. »Du hast es geklaut«, sagte sie.

Er schüttelte den Kopf. »Nein. Gib's mir bitte wieder. Das Bild ist mir wichtig.«

»Ja, das kann ich mir vorstellen«, sagte Juniper und hielt sich die Zeichnung dicht vor die Augen. »Sie stammt von einem echten Künstler und ist bestimmt ziemlich wertvoll, auch wenn sie nicht signiert ist. Wer ist der Maler? Ein Freund von dir?«

»Das kann ich dir nicht sagen.«

»Natürlich kannst du das. Sag mir wenigstens, wo du's herhast.«

Dylan sah wieder zum Fenster hinaus und schwieg.

»Ich muss es wissen, Dylan!«

Hilflos schaute er sie an, mit einem Blick, in dem so etwas wie Furcht lag. »Ich hab das gezeichnet«, sagte er.

»Du!«

Mit der Zeichnung in der Hand ließ sich Juniper neben

ihm auf der Bettkante nieder. Sie war völlig verblüfft. Das konnte doch nicht wahr sein! Nicht Dylan Pidgely.
»Du machst mir doch nichts vor, oder?«, fragte sie misstrauisch.
»Das Bild ist von mir«, sagte er.
Juniper schaute ihn an, als sähe sie ihn zum ersten Mal. Dann wandte sie sich wieder der Zeichnung zu, hielt sie ganz vorsichtig mit den Fingerspitzen und betrachtete sie bewundernd.
Verstohlen beobachtete Dylan sie dabei, wie sie sich über das Bild beugte. Sie hielt den Kopf gesenkt, sodass ihre üppige Haarmähne ihr Gesicht verdeckte. Aber er brauchte ihr Gesicht gar nicht zu sehen. Er kannte jeden Zug davon, wusste, wie sich ihre lebhaften schwarzen Augen veränderten, wenn sie zornig wurde, und wie sie beim Lachen den Kopf zurückwarf. Er kannte ihr Lächeln, dieses strahlende Lächeln, das sich langsam auf ihrem Gesicht ausbreitete und sowohl amüsiert als auch teilnahmsvoll und fröhlich war. Ihre Haare hingen ihr offen ums Gesicht, aber er wusste dennoch, dass sie kleine lila Ohrringe trug und dass sie unten an der linken Wange einen Leberfleck hatte und am Hals noch einen zweiten.
Sie schaute von seinem Bild auf und lächelte ihn an. »Das ist Scotney Castle«, sagte sie. »Du hast es genau getroffen – die Insel, den See, die Bäume, die Fenster mit den Butzenscheiben, den Turm. Alles ganz perfekt.«
»Ich hab's von einem Foto abgezeichnet«, erklärte Dy-

lan. »Ich bin nicht so gut darin, mir selbst was auszudenken.«
Eine Weile schwieg sie und musterte sein Gesicht. Ihm wurde unbehaglich unter ihrem forschenden Blick, aber es gelang ihm, standzuhalten und nicht wegzusehen. Sie hatte wunderschöne Augen, geheimnisvoll und tiefgründig.
»Hast du telepathische Fähigkeiten, Dylan?«, fragte sie.
»Keine Ahnung.« Er zuckte mit den Schultern und dachte nach. »Ich träume sehr lebhaft. Und ich weiß immer Bescheid, wenn Bob unglücklich ist. Bob ist mein Bruder. Er ist zum Studium weg, an der Uni.«
Juniper gab ihm das Bild. Dann stand sie auf und lief im Zimmer auf und ab. Dylan schlug die graue Decke zurück, setzte sich hoch, tastete unter dem Bett nach seinen Schuhen und schlüpfte hinein.
»Kommst du mich mal besuchen?«, fragte sie plötzlich.
»Jetzt am Wochenende?«
Ein paar Sekunden lang rührte er sich nicht und atmete noch nicht einmal. Dann machte er damit weiter, sich die Schnürsenkel zuzubinden. Seine Finger hantierten ungeschickt daran herum, seine Brillengläser beschlugen.
»Kommst du?«, fragte Juniper.
Er stand auf. Dabei trafen sich ihre Blicke und er sah, dass sie lächelte. Er schluckte. »Was ist mit Kingsley?«, fragte er.
An ihrem Gesichtsausdruck veränderte sich nichts. »Was soll mit ihm sein?«, fragte sie zurück.

Dylan steckte die Zeichnung und das Buch in seine Tasche. Dann richtete er sich auf und strich sich die Haare aus der Stirn. »Er ist doch dein Freund, oder?«, sagte er und gab sich alle Mühe, ruhig und gelassen zu klingen.
»Ja.«
»Dann will er bestimmt nicht, dass ich bei dir rumhänge.«
»Was für eine scharfsinnige Schlussfolgerung, Dylan.« Junipers Lächeln wurde noch strahlender. »Du bist nicht nur hochgradig sensibel und ein großartiger Künstler, sondern hast auch noch eine schnelle Auffassungsgabe.«
Tiefe Röte zog sich von seinem Hals nach oben ins Gesicht. Verlegen wandte Dylan den Blick ab. Er hatte den Verdacht, dass Juniper ihn auslachte, aber er verstand nicht, worüber sie sich lustig machte. Im Augenblick war er sowieso nicht in der Lage, irgendetwas zu verstehen.
»Und? Kommst du?«, fragte sie noch mal.
Er konnte ihr immer noch nicht in die Augen sehen. »Okay«, sagte er. »Aber ich muss den Rasen mähen und meinem Vater dabei helfen, die Gemüsebeete umzugraben.«
»Ich brauch dich nur ein paar Stunden und nicht das ganze Wochenende«, sagte Juniper und ließ wieder ihr Lächeln sehen. »Streck doch mal die Hand aus.«
Zögernd hielt er ihr die Hand hin und Juniper nahm einen Stift und schrieb ihm etwas aufs Handgelenk.

»Meine Adresse«, sagte sie. »Und vergiss unsere Verabredung nicht, Leonardo da Vinci Pidgely. Ich möchte dir nämlich etwas vorschlagen. Etwas Wichtiges.«
Und noch bevor er auch nur einen Ton hervorbringen konnte, war sie bereits verschwunden.

3. Auf schwankendem Boden

Dylan stach den Spaten in die weiche Erde, stützte sich auf den Stiel und fuhr sich mit dem Arm über das schweißtriefende Gesicht. Er warf einen Blick auf die Uhr. »Es ist vier Uhr, Dad.«

Tom Pidgely hielt in der Arbeit inne. Mit finsterer Miene sah er Dylan über den Streifen umgegrabener Erde hinweg an. »Na und? Es ist noch vier Stunden lang hell. Hör jetzt nicht auf.«

»Und es ist Sonntag, Dad.«

Verwirrt fuhr sich Tom über die kahle Stelle auf seinem Kopf und den Kranz aus lockigen Haaren. Er war klein und stämmig und hatte kräftige Muskeln, die er mit Gewichtheben in der Garage entwickelt hatte. »Stimmt«, sagte er und seufzte. »Jetzt habe ich wieder den Gottesdienst verpasst. Der Pfarrer ist bestimmt enttäuscht.«

»Das Wochenende ist fast vorbei«, sagte Dylan verzweifelt. »Und ich habe Juniper versprochen, dass ich vorbeikommen würde.«

Sein Vater arbeitete weiter. »Aha, ein Mädchen?«

Dylan nickte. »Kann ich jetzt gehen?«

»Von mir aus. Ich kann mich wahrer Liebe doch nicht in den Weg stellen, oder?«

»Es geht nicht um Liebe, Dad. Sie hat schon einen Freund. Kingsley Blayd geht in die Siebte und ist der beste Turner der Schule. Er arbeitet auch als Model für Zeitschriften.«

Tom hörte auf zu graben und wandte sich wieder seinem Sohn zu. Dabei runzelte er die Stirn und kniff im hellen Sonnenlicht die Augen zusammen. »Was will sie dann von dir, Dylan? Deine Intelligenz? Sie spielt wohl gern *Trivial Pursuit*, was?«

»Juniper hat mich eingeladen.«

»Sie hat dir ihre Adresse gegeben?«

»Ja.«

»Und du bist sicher, dass sie stimmt?«

»Ich hab im Telefonbuch nachgesehen. M. und J. Golding, Carradice Drive 19.«

Sein Vater stieß einen leisen Pfiff aus. »Dann solltest du dich wohl auf dein Rad schwingen, nicht wahr? Aber geh um Himmels willen zuerst unter die Dusche.«

Die Dusche machte die Sache nicht besser. Dylan kam erhitzt und zitternd unter ihr hervor und war sich nur allzu klar darüber, wie die Zeit immer weiter verstrich. In seinem Zimmer ließ er das Handtuch auf den abgetretenen Teppich fallen, holte eine frische Unterhose aus der Schublade und stieg hinein. Sie klebte an seiner feuchten Haut und er überdehnte das Gummiband, als er die Unterhose an den Beinen nach oben zerrte. Aus dem Kleiderhaufen am Fußende seines Betts suchte er sein bestes Hemd hervor, schüttelte es kräftig aus und zog es an. Dann stieg er in seine Jeans und klopfte sich den Schmutz von seiner letzten Fahrradspritztour ab.

Als er fertig angezogen war, kämmte er sich die nassen Haare und setzte seine Brille auf. Die Gläser beschlugen, aber er kümmerte sich nicht darum und stürmte blind ins Wohnzimmer.

»Ich geh jetzt zu Juniper, Mum.«

»Viel Spaß, mein Schatz.« Kathy Pidgely saß in einem abgeschabten orangefarbenen Sessel, sah fern und strickte dabei. Sie hatte Übergewicht und ihre grauen Haare hätten dringend eine neue Dauerwelle gebraucht. Neben ihr lag eine offene Kekstüte und sie langte automatisch hinein, ohne es selbst zu merken.

»Hast du nicht gesagt, dass du wieder eine Diät machst?«, fragte Dylan. Er schnappte sich die Kekse, drehte die Tüte oben zusammen und warf sie quer durchs Zimmer aufs Sofa.

Kathy seufzte. »Na ja, ich hatte in letzter Zeit ziemlich viel Stress«, murmelte sie.

»Ich weiß nicht, wann ich nach Hause komme«, sagte Dylan. »Du brauchst mir kein Abendessen hinzustellen. Ich mach mir dann selbst etwas, wärme mir ein paar dicke Bohnen auf oder so.«

Seine Mutter sah ihm forschend ins Gesicht. Sie hatte eine Schwäche für ihren jüngeren Sohn, auch wenn er nicht so intelligent war wie sein Bruder. Er war still und machte seinen Eltern keinen Ärger. Dafür war sie dankbar.

»Komm her, Dylan«, sagte sie.

Er seufzte, trat aber zu ihr heran und sie tupfte ihm mit

ihrem Taschentuch die Oberlippe ab. »Du schwitzt ja, mein Schatz«, sagte sie. »Nur keine Panik. Du gehst doch nur zu einem Mädchen.«
»Sie ist wunderschön, Mum. Die Hälfte der Jungs an der Schule ist scharf auf ein Date mit ihr.«
»Na, mach dir keine zu großen Hoffnungen. Irgendwo muss ein Haken sein. Du hättest bei Helen bleiben sollen. Sie war ein nettes, zuverlässiges Mädchen. Und für ihre großen Zähne kann sie ja nichts.«
»Wie hätte ich bei ihr bleiben sollen? Wir sind hierher gezogen. Und überhaupt ist sie meine Kusine.«
Kathy seufzte schwer und nahm ihr Strickzeug wieder auf. »Ich weiß. Du bist nicht der Einzige, der nicht umziehen wollte. Auch Barbara und Robyn mussten all ihre Freunde zurücklassen. Aber die Arbeitslosigkeit ist hier nicht so schlimm. Dein Vater hat jetzt eine viel größere Chance, wieder Arbeit zu bekommen.«
Dylan nickte teilnahmslos. Dann beugte er sich zu ihr hinunter, gab ihr einen Kuss auf die Wange und lief eilig hinaus.

Im Carradice Drive hielt Dylan vor der Nummer 19 an. Er stieg von seinem Rad, blieb in der Einfahrt stehen und schaute mit heftig pochendem Herzen zum Haus hoch.
Das Haus stand an einem steilen Hang und hatte viele verschiedene Ebenen. Es war ein Pfahlbau, bestand ganz aus Naturholz und hatte Fenster in seltsamen Formen.

Es gab Balkone und Blumenkästen an Stellen, wo man sie nie und nimmer erwartet hätte, und überall Buntglasscheiben und Efeu.

Dylan überprüfte die Hausnummer am Briefkasten und machte sich dann auf die Suche nach der Eingangstür. Schließlich entdeckte er sie in einer verborgenen Nische auf halber Höhe des Hauses. Eine Holztreppe führte zu ihr hinauf. Als er sie emporstieg, geriet er zunehmend in Panik. Er bekam Schweißausbrüche, seine Handflächen wurden feucht und er wollte, er wäre nie gekommen.

Er klopfte an die Tür. Sie ging auf und vor ihm stand eine Frau, die sich die Hände an einem kleinen Handtuch abtrocknete. Sie sah ein wenig älter aus als Juniper und hatte das gleiche offene Gesicht, die reine, seidenweiche Haut und das strahlende Lächeln. Ihre Haare hatten einen wilden leuchtend roten Farbton.

»Hallo«, sagte sie. »Du bist doch bestimmt Dylan.«

Er nickte und sah sie sprachlos an. Sie trug enge Jeans mit einem Hemd aus grob gewebtem Baumwollstoff und sie hatte eine Figur wie die Frauen in den Zeitschriften seines Vaters.

Ihr Lächeln wurde noch strahlender und Dylan fiel auf, dass sie blaue Augen hatte. »Komm herein«, sagte sie. »Ich bin Marsha. Juniper macht gerade einen Spaziergang, aber sie wird gleich wieder da sein.«

Er folgte ihr durch einen kleinen Flur, der aprikosenfarben gestrichen war. Das Licht, das durch drei kreisrunde Fenster fiel, schimmerte bernsteinfarben und grün. Der

Flur führte in eine große Küche, in der alles aus Naturholz bestand, sogar der Fußboden, die Arbeitsplatten, die Schränke und die offenen Regalfächer.
Marsha ging zur Spüle und machte sich wieder ans Gemüseputzen. »Wie gut bist du darin, Kohl für Salat klein zu schneiden?«, fragte sie und lächelte Dylan über die Schulter zu.
»Das hab ich noch nie gemacht«, gestand er.
»Hier ist der Kohlkopf und hier ist ein Messer. Schneid ihn so fein, wie es nur geht.«
Dylan stellte sich neben sie und hackte auf den Kohlkopf ein. Behutsam nahm Marsha ihm das Messer aus der Hand.
»Es geht leichter, wenn du erst ein Stück abschneidest und es in feine Streifen hackst«, sagte sie und zeigte ihm, wie es ging. »So ist das schon viel besser. Ich hoffe, du bleibst zum Abendessen, wo du doch bei der Zubereitung hilfst.«
»Danke. Nur wenn es keine Umstände macht. Sind Sie Junipers Schwester?«
»Danke für das Kompliment. Ich bin ihre Mutter.«
»Oh. Verzeihung.«
»Du brauchst dich nicht zu entschuldigen. Schneid den Kohl noch etwas feiner, ja?«
»Tut mir Leid. Ich bin nicht daran gewöhnt, irgendetwas aufzuschneiden.«
»Davon hab ich schon gehört. Weder Kohl noch Ratten. Du Ärmster. Mir ist das in der Schule auch mal passiert.

Nur bin ich noch einen Schritt weiter gegangen und habe mich übergeben, voll auf die Augäpfel meines Lehrers.«
Dylan sah sie so entsetzt an, dass sie lachte. »Nicht seine eigenen Augäpfel. Die Augäpfel von einem Schaf, die er gerade sezierte. Ich kann so was auch nicht verkraften. Juniper schon. Ich schätze, sie wird mal Chirurgin. Was willst du denn werden?«
»Metzger, nehm ich an«, sagte er. »Wie mein Vater.«
Marsha lachte schallend. Dylan begriff nicht so recht, warum. Aber bevor er darüber nachdenken konnte, hörte er draußen ein Motorrad und dann Stimmen. Juniper kam herein. In der einen Hand trug sie eine Flasche Rotwein und in der anderen eine Packung Käse, der sehr exotisch aussah. Sie lächelte Dylan strahlend an.
»Hallo, Leonardo. Ich dachte schon, du würdest kneifen.«
Sprachlos, mit rotem Kopf, erwiderte er das Lächeln und legte das Messer und den verstümmelten Kohlkopf hin.
Hinter Juniper kam ein blonder junger Mann Anfang zwanzig. Er war schlank und gut gebaut und sah sehr gut aus. Seine Kleidung bestand aus Jeans und Lederjacke; ein Hemd trug er nicht. Er trat von hinten an Marsha heran, die immer noch am Spülbecken stand, schlang die Arme um ihre Taille und küsste sie in den Nacken.
»Hallo, meine Schöne«, sagte er. »Wie geht's?«
»Bestens. Das ist aber eine nette Überraschung.«

»Ich hab mich selbst zum Essen eingeladen. Hoffentlich hast du nichts dagegen. Ich habe dafür auch Wein mitgebracht und deinen Lieblingskäse.«

»Da werde ich ja gleich doppelt verwöhnt«, sagte Marsha. »Das ist Dylan Pidgely. Er bleibt auch zum Essen. Dylan, das ist Niall.«

Niall hielt Dylan die Hand hin. Sein Händedruck war fest und herzlich.

»Hallo, Dylan. Freut mich, dich kennen zu lernen.«

»Hallo.« Dylan brachte ein kleines Lächeln zu Stande. »Ich hab gar nicht gewusst, dass Juniper einen Bruder hat.«

Niall grinste breit. »Ich bin nicht ihr Bruder. Ich bin Marshas Freund.«

Dylan wurde knallrot im Gesicht und wandte sich verlegen ab. Marsha drückte ihm lachend eine Flasche Ingwerlimonade und zwei Gläser in die Hand.

»Das muss dir nicht peinlich sein«, sagte sie leise. »Uns ist es ja auch nicht peinlich. Geh du nur mit Juniper. Ihr könnt Bücher betrachten oder euch unterhalten oder was auch immer und Niall und ich machen inzwischen das Essen. Du magst doch Ingwerlimonade, ja?«

Er nickte stumm und folgte Juniper in ein anderes Zimmer.

Dort nahm sie ihm die Flasche und die Gläser ab und stellte sie auf einen niedrigen Tisch, mitten zwischen Zeitschriften, Muscheln und allerhand Keramik. Außerdem stand noch eine Schale mit großen leuchtend bunten Eiern da.

»Ich bin ganz schön ins Fettnäpfchen getreten, was?«, sagte er. »Vielleicht sollte ich lieber nach Hause gehen.«
»Spinn doch nicht. Marsha macht das nichts aus und Niall auch nicht. Viele Leute haben jüngere Partner. Nur ist normalerweise die Frau jünger, das ist alles. Hier, trink deine Limo.« Sie reichte ihm ein volles Glas und er nahm es dankbar entgegen.
»Ich hab auch geglaubt, dass sie deine Schwester ist«, murmelte er.
»Das geht allen so. Niall hat sie auch für meine Schwester gehalten, als er uns das erste Mal sah. Das war letzten Sommer auf einem Fest von Sinti und Roma. Er lebt in einem Zigeunerwagen am Linsloe River. Dort ist es phantastisch. Manchmal fährt Marsha dorthin und bleibt eine Weile bei ihm. Für mich ist dort kein Platz, in mehr als einer Hinsicht.« Sie grinste und setzte sich auf das riesige Sofa, das an der Wand stand. Ein großes Stück grüner Samt war nachlässig darüber geworfen und hüllte es voll und ganz ein.
Dylan setzte sich neben sie. Dabei versank er tiefer, als er erwartet hatte, sein Glas schwappte über und er kippte sich seine Ingwerlimonade übers Hemd. Juniper stand auf, um einen Lappen zu holen. Als sie wiederkam, half sie ihm dabei, die verschüttete Limo aufzuwischen.
»Vielen Dank. Vielleicht sollte ich ihn griffbereit zur Hand haben«, sagte er und legte den Lappen auf die samtüberzogene Armlehne, auf der schnell ein dunkler Fleck erschien.

Juniper sah ihn von der Seite an, lächelte leicht und seufzte. »Dylan Pidgely, du bist wirklich köstlich«, sagte sie.

»Hast du mich deshalb hergebeten?«

»Das ist der eine Grund.«

»Und was ist der andere?«

Juniper schaute schweigend auf ihre Hände hinunter und zog die geraden dunklen Augenbrauen zusammen, sodass es aussah, als runzelte sie die Stirn. Sie trug graue Jeans und ein schwarzes T-Shirt mit einer zarten silbernen Halskette. Ihre Haut hob sich strahlend hell vom Schwarz ihres T-Shirts ab. Das Gesicht war hinter den Haaren verborgen, aber Dylan spürte deutlich ihr Unbehagen. Er hätte ihr liebend gern geholfen, wusste aber nicht, wie er das anstellen sollte.

Sie stand auf und ging über den blank polierten Holzboden zum Fenster. Dort blieb sie eine Weile mit dem Rücken zu ihm stehen und schaute hinaus. Dylan wartete, angespannt und voller Staunen darüber, dass er ihr irgendwie Unbehagen bereitete.

Schließlich drehte sie sich um und setzte sich auf die Kante der breiten Fensterbank, die mit üppigem Samt und Seidenkissen gepolstert war und als Sitzbank diente. Vor dem Hintergrund dieser leuchtenden Stoffe und Farben sah Juniper kühl und dunkel aus. Ihr Gesicht lag im Dunkeln, aber durchs Fenster fiel Licht, in dem ihre Haare rotgolden schimmerten. Sie wirkte klein und verletzlich und fast furchtsam. Immer noch hielt sie das leere Glas in der Hand und umklammerte es so fest, dass ihre Finger ganz weiß waren. Dann hob sie das Kinn, holte tief Luft und sah Dylan mit kerzengeradem Blick ins Gesicht.

»Ich möchte etwas mit dir machen«, sagte sie. »Etwas, was ich noch nie gemacht habe.«

Dylans Brille beschlug. Er nahm sie ab und putzte die Gläser langsam und sorgfältig an seinem Hemd blank. Dann setzte er die Brille wieder auf und schaute an Junipers Schulter vorbei, in den blendend hellen Abendsonnenschein hinaus.

»Du solltest mir jetzt endlich mal sagen, worum es eigentlich geht«, sagte er mit belegter Stimme.

4. Der Vorschlag

Es geht dabei um Folgendes«, sagte Juniper. »Ich möchte ein Experiment mit Gedankenübertragung machen.« Sie hielt inne und wartete auf seine Reaktion, aber es kam keine.

»Ich weiß, dass ich telepathische Fähigkeiten habe«, fuhr sie fort und wurde jetzt schon etwas sicherer. »Ich kann einen Stapel Spielkarten durchblättern, die mit der Rückseite nach oben liegen, und ungefähr fünfzehn davon richtig erraten. Und wenn das Telefon klingelt, weiß ich oft schon, wer dran ist, noch bevor ich abnehme. Aber ich möchte ausprobieren, ob auch Gedankenübertragung auf einen anderen Menschen funktioniert. Ich möchte versuchen jemandem meine Gedanken zu übermitteln. Bilder sind leichter zu empfangen als Wörter. Sie sind irgendwie intuitiv, nicht so verstrickt in Logik und Vernunft. Ich möchte wissen, ob ich einem anderen Menschen Bilder übermitteln kann und derjenige dann in der Lage ist, das empfangene Bild aufzuzeichnen. Dazu brauche ich jemanden, der sensibel ist und gut malen kann.«

Dylan sah zu ihr hin und ihre Blicke trafen sich. »Du meinst – ich?«, fragte er.

Sie lächelte, ein Lächeln, das ganz plötzlich und unerwartet kam.

»Wen sonst, Leonardo? Du bist ideal dafür.«
»Warum nicht Kingsley? Er hat beim Malwettbewerb in der Schule den ersten Preis gewonnen.«
»Nur weil du dich nicht beteiligt hast. Du hast Kunst ja noch nicht mal genommen, weiß der Himmel, warum nicht.«
»Weil ich nicht glaube, dass meine Kritzelei was taugt. Es ist nur das Einzige, was mir Spaß macht: Zeichnen und Lesen. Ich will nicht, dass man an meinen Sachen herumkritisiert. Es ist schon schlimm genug, in Englisch und Bio und Sport und Werken und Kochen und allem anderen eine Niete zu sein, auch ohne dass mir meine Bilder auseinander genommen werden.«
»Niemand kritisiert deine Bilder«, sagte Juniper. »Du musst nicht gleich in Verteidigungsposition gehen. Ich finde, dass du toll zeichnen kannst. Und wenn du willst, sag ich auch keiner Menschenseele was davon. Möchtest du das mit mir ausprobieren?«
Dylan zuckte mit den Schultern. »Warum nimmst du nicht Kingsley dafür?«
»Er glaubt nicht an außersinnliche Wahrnehmung.«
»Und jemand von deinen anderen Freunden? Du hast doch genug.«
»Ich will aber keinen von ihnen. Ich möchte dich dafür haben.«
Er wandte den Blick wieder ab. Seine Handflächen waren heiß und feucht. »Ich weiß nicht«, sagte er.
Juniper durchquerte das Zimmer und stellte sich ganz

dicht neben ihn. »Bitte, Dylan. Ich möchte das so gern mal versuchen. Das bedeutet mir wirklich sehr viel. Wegen Kingsley brauchst du dir keine Sorgen zu machen. Er ist zwar mein Freund, aber er hat keinen Besitzanspruch auf mich. Wenn ich mit dir Gedankenübertragung ausprobieren möchte, dann mach ich das auch. Und wenn Kingsley das nicht passt, ist das sein Problem.«

Eine Zeit lang schwiegen sie beide. Dann fragte Dylan: »Diese Telepathie-Geschichte – ist das gefährlich?«

»Nein. Es ist einfach eine Kommunikation ohne Worte. Tiere machen das dauernd. Und auch Menschen, die sich sehr nahe sind, Zwillinge zum Beispiel oder enge Freunde. Daran ist nichts Böses, Dylan, und es hat nichts mit finsteren Mächten zu tun. Ich möchte einfach nur mein ganzes Gehirn einsetzen, weiter nichts. Die Gaben erforschen, die wir von Gott erhalten haben. Den Intuitionen nachspüren, die uns von Geburt an gegeben sind. Das hat etwas mit Geisteskraft und Phantasie zu tun, so wie man meditiert oder malt oder sich eine Szene aus einem Buch vorstellt. Es ist etwas Positives, Fröhliches. Ein Spiel.«

Dylan seufzte, hin- und hergerissen zwischen seiner Furcht vor dem Unbekannten und der Sehnsucht, öfter mit Juniper zusammen sein zu können. Er schaute sie von der Seite an und sah, dass ihre Lippen leicht geöffnet waren und ihre wunderbaren Augen leuchteten und ein ganz intensiver Ausdruck in ihnen lag. Ihre dunklen Haare umhüllten ihr Gesicht wie eine weiche Wolke und kräuselten sich am Haaransatz zu kleinen Löckchen. Dylans Brille beschlug wieder und er nahm sie ab.

»Na gut«, sagte er. »Ich mach's.«

Junipers triumphierendes Lächeln war wunderschön anzusehen. Sie beugte sich zu ihm vor und drückte ihm einen leichten Kuss auf die Wange.

»Danke, Leonardo«, sagte sie. »Du bist ein ganz besonderer Mensch.«

Er wurde rot. »Ich wollte, es wär so«, sagte er.

Mit großer Geste warf Niall seinen Karo-König auf den Tisch. »Das überbiete mal, wenn du kannst, Dylan!«, sagte er.

Dylan sah zu Juniper hinüber, die links von ihm saß. Sie erwiderte seinen Blick ganz gelassen, mit undurchdringlicher Miene. Er fragte sich, ob sie wohl wusste, welche Karten er hatte.

»Keine Bange«, sagte sie. »Ich kann sie nicht sehen.«

»Das enttäuscht mich aber«, sagte Niall. »Du gewinnst beim Kartenspielen so oft, dass ich dachte, du kannst hellsehen. Deshalb wollte ich dich diesmal als Partnerin haben.«

Dylan spielte seinen Karo-Buben aus und Marsha lachte. »Wir haben schon wieder gewonnen, Dylan!«, sagte sie. »Für jemanden, der noch nie *Fünfhundert Punkte* gespielt hat, machst du das wirklich toll!«

Juniper warf ihre nutzlose, letzte Karte auf den Tisch und sah Dylan mit einem Blick an, in dem widerwillige Bewunderung lag. »Es wird Zeit für dich, nach Hause zu gehen, Leonardo«, sagte sie.
Dylan schaute auf die Uhr und stellte überrascht fest, dass es kurz vor eins war.
»Aber zuerst mach ich uns noch was zu trinken«, sagte Marsha und stand auf. »Kaffee für dich, Dylan? Du kannst auch Kakao, Kräutertee oder chinesischen Tee haben.«
»Chinesischen Tee, bitte«, sagte Dylan und kam sich dabei sehr abenteuerlustig vor.
»Wieso sagt Juniper eigentlich Leonardo zu dir?«, fragte Niall.
»Weil ich gern zeichne«, sagte Dylan.
»So Sachen wie Leonardo da Vinci«, erklärte Juniper und wies auf ein großes Bild an der Wand. »Du hättest nur mal die Burg sehen sollen, die er gemalt hat. Sie war phantastisch.«
Dylan stand auf, trat an das Bild und sah es sich genauer an.
»Es heißt *Die Madonna in der Felsengrotte«*, sagte Juniper. »Mir gefällt es noch besser als die *Mona Lisa.* Ich finde, die sieht ein bisschen lasch aus.«
Dylans Blick war auf das Bild gerichtet. »Es ist wunderbar«, sagte er. »So tiefgründig. Hinter diesen Felsen liegt eine ganze Welt. Und ich liebe seine Farben. Aber er hat diesen kleinen Kindern einen allzu intelligenten Ausdruck gegeben.«

»Die dürfen so aussehen«, sagte Juniper. »Es handelt sich nämlich um Johannes den Täufer und Jesus Christus.«

Dylan grinste. »Dann verzeihe ich ihm.«

»Ich habe ein Buch über Leonardos Gemälde. Das kannst du dir leihen, wenn du möchtest«, sagte Juniper. »Hast du gewusst, dass er auch Musiker war? Und Naturforscher und Erfinder. Vierhundert Jahre, bevor das erste Flugzeug gebaut wurde, hat er bereits eine Flugmaschine entworfen.«

Dylan setzte sich neben sie und strahlte sie an. Zum ersten Mal sah Juniper ihn richtig lächeln und sie war freudig überrascht. Sein ganzes Gesicht veränderte sich dadurch.

»Und du hast mich nach ihm benannt«, murmelte Dylan ehrfürchtig. »Nach einem Genie. Das muss ich erst mal verkraften.«

»Du wirst noch sehr viel mehr zu verkraften haben«, sagte Juniper. »Wir haben noch gar nicht richtig angefangen, Dylan Pidgely.«

Niall lachte. »Das hört sich bedrohlich an, Leo«, sagte er. »Sieh zu, dass du dich wappnest und die Kriegsbemalung hervorholst. Du wirst dich zur Wehr setzen müssen. Und wenn es angeraten sein sollte, dass du dich mal eine Weile zurückziehst, kannst du zu mir kommen. Mein Wohnwagen müsste mal wieder gestrichen werden.«

Dylan wusste nicht, ob er lachen sollte oder nicht. Er beschloss lieber ernst zu bleiben. »Danke«, sagte er. »Ich würde gern mal eine Zeit lang ein Zigeunerleben führen.« Er sah Niall neugierig an. »Was machen Sie den ganzen Tag? Sie arbeiten doch nicht, oder? Wird Ihnen da nicht langweilig?«

»Oh, ich arbeite sehr wohl«, sagte Niall amüsiert. »Ich sitze unter den Weiden und fertige Schmuck an und schnitze Figuren aus Knochen. Davon verkaufe ich genug, um mir von den Einnahmen mein Essen kaufen zu können. Ich nähe fast meine gesamte Kleidung selbst und backe auch selbst Brot. Es ist ein Leben am Rand des Existenzminimums, aber es hat auch seine guten Seiten. Ich habe keine Geräte, die kaputtgehen, muss keine Rechnungen bezahlen und kein Chef sagt mir, was ich zu tun habe. Am Morgen gehe ich angeln, schlafe in der Sonne, spiele Flöte oder schreibe ein Gedicht, und am Nachmittag treffe ich mich mit Marsha und wir lieben uns. Wie kann man sein Leben besser nutzen?«

Dylan lächelte. Er konnte sich nicht vorstellen, dass seine Eltern am Nachmittag Sex hatten. Oder sonst irgendwann.

»Was machen deine Eltern?«, fragte Niall.

»Eigentlich gar nichts«, sagte Dylan und zuckte mit den Schultern. »Sie sehen viel fern. Mein Vater ist arbeitslos. Meine Mutter geht zu einer alten Dame bei uns in der Straße putzen. Den größten Teil von ihrem Lohn schickt sie Bob. Er studiert und will Rechtsanwalt werden. Ich habe noch zwei kleine Schwestern, sechsjährige Zwillinge, Barbara und Robyn. Wenn meine Mutter arbeitet, passe ich auf sie auf.«

Marsha kam mit den Getränken herein und reichte Dylan seinen Tee. »Ich habe gehört, wie du gesagt hast, dass dein Vater arbeitslos ist«, sagte sie. »Wenn er daran interessiert ist, hier am Haus ein paar Arbeiten zu erledigen, bezahle ich ihn gern dafür. Versteht er sich auf Malerarbeiten? Die Fensterbänke mussten abgeschliffen und neu gestrichen werden.«

»Er kann alles«, sagte Dylan.

»Vergiss nicht, dass er Leonardos Vater ist«, sagte Niall. »Wahrscheinlich könnte er dir einen Hubschrauber bauen, wenn du einen haben wolltest. Die Fensterbänke streiche ich dir, Liebste. Dafür brauchst du niemanden einzustellen.«

Marsha gab ihm seinen Kaffee und lächelte ihn liebevoll an.

»Ich habe deine Malerarbeiten gesehen«, sagte sie. »An meine Fensterbänke lass ich dich nicht ran. Es sei denn, du benutzt sie dazu, um mitten in der Nacht bei mir einzusteigen. Meinst du, dass dein Vater Interesse hat, Dylan?«

»Unbedingt«, sagte Dylan. »Vor allem wenn dabei etwas Geld herausspringt.«

»Dann sag ihm doch bitte, dass er mich mal anrufen soll«, sagte Marsha.

»Wirklich toll«, knurrte Juniper. »Wie sollen Dylan und

ich irgendetwas tun können, wenn sein Vater überall herumschleicht und durch die Fenster lugt?«

»Er wird nicht lugen, sondern arbeiten«, sagte Marsha. »Und wenn ihr ungestört sein wollt, könnt ihr euch ja auf den Dachboden zurückziehen. Dylans Vater dürfte es schwer fallen, dort am Fenster herumzuschleichen.«

Dylan verschluckte sich an seinem Tee und verschüttete den Inhalt seiner Tasse auf seine Hose. Juniper lief wieder nach dem Lappen und Dylan putzte sich ab.

»Ich glaube, ich geh jetzt mal lieber«, sagte er mit hochrotem Gesicht. »Vielen Dank für die Einladung, Mrs Golding. Das Essen war super.«

»Gern geschehn«, gab sie zurück. »Und sag doch bitte Marsha und du zu mir. Ich hoffe, du kommst bald wieder. Es ist schön, wenn zur Abwechslung mal jemand anderes als Juniper beim Kartenspielen gewinnt.«

Juniper begleitete Dylan die Treppe zur Straße hinunter und wartete, während er sein Rad bestieg. »Wann seh ich dich wieder?«, fragte sie.

»Morgen in der Schule, schätze ich.«

»Ich meine: hier.«

In fieberhafter Eile dachte er nach. »Dienstag. Nein, da müssen die Zwillinge zum Schwimmen. Dann also erst am Mittwoch. Nein – Donnerstag. Am Donnerstag ganz bestimmt.«

»Am Donnerstag? ›Zwanzig Jahre sind's bis dahin!‹«, rief Juniper aus. Trotz der Dunkelheit konnte sie sehen, dass er rot geworden war. »Shakespeare«, erklärte sie la-

chend. »Das sagt Julia zu Romeo, als sie Abschied nehmen.«
Darauf wusste er keine Antwort. Und so lächelte er ihr nur kurz zu und fuhr davon.

5. Die Gabe

Als Dylan am Donnerstag bei Juniper ankam, stand die Tür weit offen und er konnte irgendwo hinten aus dem Haus Musik hören. Er klopfte mehrmals und war sich dabei unangenehm bewusst, dass die Nachmittagssonne auf sein Hemd brannte und dass er schweißnasse Handflächen hatte. Verlegen fuhr er sich mit dem Ärmel über das heiße Gesicht und klopfte noch mal. Juniper tauchte auf und erstrahlte in einem goldgrünen Glanz, als sie an der Buntglasscheibe vorbei auf ihn zukam. Sie trug ein leichtes weißes Baumwollkleid, in dem sie hell und kühl aussah.

»Hallo, Leonardo«, sagte sie. »Du bist spät dran. Ich dachte schon, du kommst überhaupt nicht mehr.«

»Dad war heute doch nicht zu Hause«, erklärte er, während er ihr durch die bunten Lichtsprenkel in die Küche folgte. »Ich musste eine Nachbarin organisieren, die auf die Zwillinge aufpasst, und dann bin ich auch noch mit dem Fahrrad hingeknallt. Das Vorderrad ist ganz verdreht. Ich musste mein Rad nach Hause tragen und dann zu Fuß herkommen.«

»Hast du dir wehgetan?«, fragte Juniper und reichte ihm ein Glas eisgekühlten Apfelsaft.

»Danke. Nein.«

»Du bist doch nicht etwa nervös?«, fragte sie sanft. »Du siehst so ... aufgelöst aus.«

Dylan trank den Saft aus und stellte das Glas ganz vorsichtig ab, damit Juniper nicht merkte, dass ihm die Hände zitterten. »Nein«, sagte er. »Ich bin nicht nervös. Nur etwas abgehetzt, das ist alles.«
»Wir hätten das auch auf ein andermal verschieben können«, sagte sie.
Er sah sie an und musste grinsen. »Kommt nicht in Frage. Das ist für mich der einzige Lichtblick in dieser Woche.«
»Ich kann nur hoffen, dass es auch wirklich ein Lichtblick wird und nicht in eine totale Katastrophe ausartet«, sagte Juniper. »Bei telepathischen Dingen kann man nie wissen. Aber komm jetzt mit nach oben. Ich hab dir auf dem Dachboden Papier und Stifte hingelegt. Ich habe die beste Qualität gekauft, die ich nur auftreiben konnte.«
Er stieg hinter ihr mehrere Treppen empor, an Erkern und Treppenabsätzen mit schimmernden Buntglasscheiben und weichen Wandbehängen vorbei. Der Weg führte auf verschiedenen Ebenen an mehreren geschlossenen Türen vorbei und an der offenen Tür zu einem Badezimmer, in dem eine gekachelte Wanne tief in den Boden eingelassen war. Das ganze Haus strahlte die Wärme von naturbelassenem Holz aus und duftete angenehm. Überall waren Blumen, sogar auf der Treppe standen Keramikschalen in den Ecken.
»Ich liebe euer Haus«, sagte Dylan, als sie die letzte Treppe hinaufstiegen. »Es ist, als wäre man im Inneren eines großen Baums.«

»Dieses Zimmer wird dir gefallen«, sagte sie und machte die Tür zum Dachboden auf. »Es ist etwas ganz Besonderes.«
Er ging hinein und wusste sofort, was sie meinte. Es war nur eine kleine Dachkammer, aber durch das große, bis tief nach unten reichende Fenster mit dem zur Sitzbank ausgebauten Sims entstand der Eindruck von Weite. Auf der Fensterbank lagen lila Samtkissen, die aus dem goldenen Sonnenlicht hervorleuchteten. Das ganze Zimmer bestand aus einem Halbkreis, der einen weiten Bogen beschrieb und von Licht durchflutet war. Ein ovaler Teppich bildete einen blau-violetten Farbtupfer auf dem Fußboden und auf der Fensterbank stand eine Schale mit weißen Blüten. Die schrägen Wände senkten sich zum Fenster hinab. Bis auf einige Papierbögen mitten auf dem Fußboden, ein paar Stifte und Radiergummis und der Schale mit Blumen war das Zimmer leer.
»Marsha kommt zum Meditieren hierher«, erklärte Juniper. »Sie nennt es ihren Hochsitz und ohne ihre Erlaubnis darf niemand herein. Sie lässt nur Leute mit positiven Schwingungen ein.«
»Dann fühle ich mich sehr geehrt«, sagte Dylan lächelnd und beugte sich vor, um aus dem niedrigen Fenster schauen zu können. Er konnte nur Baumwipfel sehen, ein paar Dächer und in der Ferne das schimmernde Wasser des Meers.
Als er sich wieder zu Juniper umwandte, war er irgendwie verändert, sicherer und mehr im Einklang mit

sich selbst. »Hier ist es wunderschön«, sagte er leise. »Von einem solchen Zimmer hab ich schon immer geträumt.«

Er hockte sich auf den Boden, befühlte das Papier und prüfte die Beschaffenheit und das Gewicht. Dann nickte er überrascht und erfreut mit dem Kopf. »Französisches Zeichenpapier«, sagte er. »Absolut holzfrei. Du musst ein Vermögen dafür bezahlt haben.«

»Das bist du mir wert«, sagte sie und schwang sich auf die Fensterbank. »Jetzt setz dich, dann sag ich dir, was wir machen.«

Dylan saß auf dem Teppich, einen Bleistift in der Hand, das leere strahlend weiße Papier vor sich. Er sah auf die Uhr. Es war eine Minute vor sechs. Juniper war seit einer halben Stunde fort. Er hatte keine Ahnung, wo sie hingegangen war. Wenn sie ihr Fahrrad genommen hatte, konnte sie jetzt schon am anderen Ende der Stadt sein. Noch eine Minute, dann würde sie ihm ein Bild übermitteln.

Geistesabwesend spielte er mit dem Bleistift. Dann fiel ihm ein, dass er sich vorbereiten sollte. Er schloss die Augen und versuchte sich zu konzentrieren.

Draußen zirpten Grillen und irgendwo hörte er einen Rasenmäher rattern. In der Ferne fuhr ein schwerer Lastwagen mit dröhnendem Motor einen Berg hinauf. Und die Sonne ergoss sich über seine Hände und wärmte sie. Er versuchte langsam zu atmen, wie Juniper ihn angewiesen hatte, aber Panik überkam ihn, eine entsetzliche Angst, zu versagen, nichts zu sehen, nichts zu tun. Wenn sie doch nur billiges Zeichenpapier gekauft hätte, für den Fall, dass er alles verpatzte. Er wagte es nicht, noch einen Blick auf seine Armbanduhr zu werfen. Es musste inzwischen schon nach sechs sein. Lange nach sechs.

Friede, meine Seele, dachte er. Nur die Ruhe. An nichts denken. Sei so leer und aufnahmebereit wie das Papier, das vor dir liegt.

Er machte die Augen einen Spalt auf und betrachtete durch seine langen goldenen Wimpern das Papier. Das Weiß flackerte auf und erstrahlte in hellem Glanz, Schatten fügten sich zu angedeuteten Formen zusammen und dann war das Papier wieder leer. Der Rasenmäher hörte auf und Dylan entspannte sich. Der Friede in ihm wurde kraftvoll, sprühend und freudig. Ohne dass er sich darum bemühte, verlangsamte sich seine Atmung, bis kaum noch ein Hauch wahrzunehmen war. Dabei war er nicht schläfrig; sein Geist war hellwach und aufnahmebereit. Wieder kam das Papier in Bewegung. Bilder wie Traumgebilde schwebten darüber hinweg.

Dylans Herz schlug schneller und er umfasste den Stift mit festem Griff. Seine Augenlider zuckten. Er machte die Augen auf und führte die Hand zum Papier, ganz ruhig und zielgerichtet.

Nicht zu viele Einzelheiten bei diesem ersten Mal, hatte

Juniper gesagt; nur Umrisse und Striche. Mach's ganz einfach, achte auf das Ganze, den Überblick.
Durch seinen Kopf zogen wirbelnde Kreise, die aber nicht unangenehm waren. Er nahm etwas Vollkommenes, Friedliches wahr, ein glattes, durch nichts durchbrochenes Ganzes. So genau, als hätte er einen Zirkel dazu benutzt, zeichnete er es auf: drei Kreise nebeneinander.
Die Bilder in seinem Kopf verschwammen, verloren an Schärfe, und es war fast so, als gerieten sie aus dem Takt. Es war, als hörte er im Radio einen Sender, der nicht richtig eingestellt war. Der Empfang war gestört, alles war verzerrt. Mit den Kreisen stimmte etwas nicht. Nein. Nicht mit den Kreisen an sich, sondern mit ihrer Anordnung. Er malte sie noch mal, und zwar so, dass sie einander überschnitten, wobei jeder Kreis immer ein kleines Stück über dem anderen war. Das Verschwommene in seinem Kopf wurde klar und scharf und war in völligem Einklang mit der Melodie. Erfreut lächelte Dylan vor sich hin. Die Kreise hab ich, Juniper, dachte er. Jetzt kannst du mir den Rest schicken.
Als Nächstes kam ein langer, kerzengerader Strich, der den Kreis auf der rechten Seite durchschnitt. Es folgte noch ein Strich, der fast parallel verlief. Dann nahm Dylan wieder dieses Verschwommene wahr und einen Missklang. Er radierte den zweiten Strich aus und zog ihn neu, führte ihn zum Ausgangspunkt der ersten Linie, etwas unterhalb der Kreise, und ließ ihn schräg auf-

ragen. Er zeichnete weitere Linien und ordnete sie fächerförmig um die Kreise an, alle im gleichen Winkel. Was für ein verrücktes Gebäude, dachte er, falls es überhaupt eins ist. Vielleicht sind es nur Wandmalereien oder Graffiti. Nicht raten, hatte Juniper gesagt, und keine Spekulationen, keine Beurteilung; dadurch entstehen nur Sperren. Einfach nur empfangen und aufzeichnen.
Und so zeichnete er auf, was zu ihm durchdrang. Manchmal verbesserte er etwas, dann wieder führte er den Stift mit einer Sicherheit und Genauigkeit, über die er sich selbst nur wundern konnte. Was er zeichnete, war nicht von ihm geplant oder ausgedacht; das wusste er jetzt. Es kam von außen zu ihm und er staunte darüber und freute sich.
Als es vorbei war, ließ er den Stift fallen und schlug die Hände vors Gesicht. Er zitterte vor Erschöpfung und war fast zu müde, um das fertige Gebilde anzusehen. Als er es doch betrachtete, war er enttäuscht.
Es war nichts Erkennbares. Ein abstraktes Muster aus Kreisen und Strichen und Halbkreisen, die alle von einem Punkt ausgingen. Hübsch anzusehen, aber ohne jede Bedeutung.
Mit wackeligen Knien rappelte er sich hoch und machte ein Fenster auf. Lange Schatten fielen über den Garten und die Sonne stand tief und blendend grell hinter den Bäumen. Er sah auf die Uhr. Halb acht! Und er sollte heute wieder das Abendessen machen.
Als er sich umdrehte, sah er Juniper vor sich stehen, mit

seiner Zeichnung in der Hand. Er hatte sie nicht kommen hören.
Langsam bückte sie sich und breitete die Zeichnung vorsichtig auf dem Boden aus. Dylan wartete angespannt, mit hängenden Armen, und sah ihr forschend ins Gesicht.
»Na?«, fragte er.
Mit einem Mal wirbelte sie herum und legte einen wilden Freudentanz hin. »Wir haben's geschafft, Leonardo!«, jubelte sie und schwenkte lachend die Arme. »Wir haben's geschafft!«
Dylan setzte sich auf die Fensterbank, weil er sich plötzlich ganz schwach fühlte. Juniper ließ sich neben ihm nieder und lächelte über sein verdutztes Gesicht.
»Wir haben es geschafft, du und ich«, sagte sie. »Es hat geklappt, und zwar besser, als ich es mir je erhofft hatte.«
»Das freut mich«, sagte er mit einem matten Lächeln. »Aber was genau haben wir eigentlich geschafft?«
»Die Skulptur im St. Stephen's Park. Gleich um die Ecke.«
»Dort steht keine Skulptur.«
»Doch, jetzt schon. Sie wurde gestern dort aufgestellt.«
»Ich hab sie noch nie gesehen.«
»Ich auch nicht, erst heute. Und du hast sie perfekt wiedergegeben, Dylan. Na ja, fast perfekt. Es gehen sieben Strahlen von ihr aus und nicht zehn. Und der mittlere Kreis ist etwas höher als die beiden anderen. Und diese Halbkreise sind in Wirklichkeit fliegende Vögel, und es

gibt nur drei davon. Die Skulptur ist ein Symbol für die Freiheit. Sie ist wunderschön. Und du bist großartig.«
Eine Zeit lang sahen sie einander nur an, ohne etwas zu sagen. Zwischen ihnen entspann sich etwas Gewaltiges, etwas Erstaunliches und Rätselhaftes, das sie stärker miteinander verband als jedes Wort oder eine Berührung. Im ersten Augenblick waren sie überwältigt davon und empfanden fast so etwas wie Furcht. Dann lächelte Juniper wieder und der Zauber verschwand.
Dylan nahm die Brille ab und rieb sich mit den Fingerspitzen über die Augen. Als er wieder aufschaute, war seine Stirn gefurcht und in seinen grauen Augen lag ein besorgter Ausdruck.
»Und du weißt wirklich, was wir da machen?«, fragte er.
»Klar doch«, gab sie zurück. »Wir setzen unser ganzes Gehirn ein, schöpfen unsere Gaben zur Gänze aus. Unsere geistigen Kräfte wurden uns von Natur aus mitgegeben. Wir machen nichts weiter, als unsere Möglichkeiten voll zu nutzen. Verstehst du das nicht, Dylan? Das könnte unser Leben verändern.«
Er sah sie mit einem langsamen, unsicheren Lächeln an. »Genau davor hab ich Angst.«
»Ich seh dich nicht oft ohne deine Brille«, sagte Juniper leise. »Du hast wunderschöne Augen, Dylan. Und ein nettes Lächeln, wenn du dir eins abringen kannst.«
Sein Lächeln breitete sich aus, bis sein ganzes Gesicht strahlte. Dann wurde er knallrot und setzte die Brille wieder auf.

Plötzlich sprang er hoch.
»Die Kartoffeln!«, rief er. »Ich soll die Kartoffeln aufsetzen!«
Hals über Kopf stürzte er hinaus und Juniper hörte ihn die Treppe hinunterpoltern.
»Wann?«, rief sie ihm nach.
Er blieb stehen und schaute durch das Kaleidoskop aus buntem Licht zu ihr hoch. »Was wann?«, fragte er.
»Wann kommst du wieder?«
»In zwanzig Jahren«, rief er zurück. »Am Wochenende. Heute Abend. In einer Stunde.«

Um zehn Uhr abends rief er bei ihr an.
»Hallo, Dylan«, sagte Juniper, noch bevor er auch nur einen Ton gesagt hatte.
Im ersten Augenblick war er wie vor den Kopf gestoßen, aber dann lachte er. »Das hatte ich ganz vergessen«, sagte er. »Hör mal, das mit dem Wochenende oder in einer Stunde war nicht so gemeint. Würde es dir morgen Abend passen?«
»Morgen passt großartig«, sagte sie wie aus der Pistole geschossen.
Dylan zögerte noch. »Du gehst nicht mit Kingsley aus?«, fragte er dann.
»Das hatte ich vor.« Ihre Stimme klang warm und herzlich. »Aber ich sag ab. Bleibst du auch zum Essen?«
»Wenn deine Mutter damit einverstanden ist.«
»Ich bin sicher, dass sie mehr als einverstanden ist.«

»Also, dann Gute Nacht.«
»Leonardo? Soll ich dir ein paar Träume schicken?«
Es dauerte lange, bis er antwortete. »Äh ... lieber nicht«, sagte er mit heiserer Stimme. »Ich hab mit meinen eigenen Träumen schon genug Probleme.« Er hatte auch mit seinem Puls Probleme, der wie rasend klopfte.
Ein erfreutes Lachen kam durch die Leitung. »Du bist ein Feigling, Leonardo. Gute Nacht.«

6. Erwartungen

Seufzend riss Dylan den voll gekritzelten Teil von seinem Zeichenpapier ab und knüllte das Blatt zusammen. Er schloss die Augen, atmete tief durch und machte die Augen wieder auf. Draußen vor dem Fenster flatterte ein Spatz auf dem Sims herum und versuchte ein Insekt zu erwischen, das über die Glasscheibe kroch. Dylan sah eine Weile zu, dann zwang er sich dazu, sich wieder auf das Papier vor ihm zu konzentrieren.

Nichts.

Panik befiel ihn. Mit einem Mal bekam er Angst. Angst davor, dass er versagte, und Angst davor, dass es klappte; Angst davor, dass er gar keine telepathischen Fähigkeiten hatte, und Angst davor, dass er sie besaß. Teils hoffte er, dass der gestrige Erfolg eine Ausnahme gewesen war, ein ganz großer Zufall, und teils sehnte er sich voller Verzweiflung danach, ihn immer von neuem wiederholen zu können, damit Juniper sich freute.

Mit aller Macht kämpfte er gegen seine Ängste an und unternahm einen ernsthaften Versuch, die Gedanken aus seinem Kopf zu verdrängen. Entspann dich, hielt er sich verzweifelt vor. Zähl bis zwanzig. Atme tief durch. Nach einer Weile bildete er sich ein etwas Sternenförmiges zu sehen und er zeichnete es sorgfältig auf. Wunderschöne Sterne mit fünf gleichmäßigen Zacken.

Der Hintergrund war leicht abgedunkelt, sodass die Ränder leuchteten. Dann sah er etwas Verschwommenes, das ständig hin- und herschwankte. Er zeichnete die Umrisse auf, eine unregelmäßige Form, so wie ein Gesicht im Profil. Interessant. Sorgfältig trug er die Einzelheiten ein. Dunkles Haar, kräftiges Kinn und einen festen, entschlossenen Mund. Irgendwie kam ihm das Gesicht bekannt vor. »Kingsley Blayd!«, sagte er laut. Er nahm das Blatt, riss es mehrfach durch und warf die Schnipsel quer durchs Zimmer.

Er holte sich ein neues Blatt und fing wieder von vorn an. Eine ganze Weile zeichnete er und lehnte sich dann zufrieden zurück. Danach sah er sich die Zeichnung noch mal an und fluchte. Um aus diesem Gekritzel schlau zu werden, musste man schon mehr als nur telepathische Fähigkeiten haben. Dazu waren Zauberkräfte vonnöten.

Völlig genervt stand er schließlich auf und ging ins Wohnzimmer hinunter. Marsha saß dort und las in einem Buch.

»Hallo, Dylan. Du warst ja so still. Ich hab gar nicht gewusst, dass du da bist. Wo steckt denn Juniper?«

Er zuckte mit den Schultern und setzte sich neben sie aufs Sofa. Unwillkürlich hielt er nach dem Fernseher Ausschau. Es gab keinen. Er griff in die Schale mit den bunten Eiern, nahm eins heraus und sah es sich genauer an.

»Ich weiß auch nicht, wo Juniper ist«, sagte er. »Aber ich schätze, sie kommt bald wieder.«

Marsha warf ihm einen verwunderten Blick zu und schüttelte den Kopf. »Ihr habt wirklich eine lustige Beziehung«, sagte sie. »Hoffentlich hat sie dir wenigstens ein paar Bücher hingelegt, damit du was zu lesen hast, während sie davonspaziert.«

»Ich war oben auf dem Dachboden und hab gezeichnet.«

»Dann hoffe ich, dass du dich dabei wohl gefühlt hast.«

»Eigentlich nicht. Es ist nichts Vernünftiges daraus geworden.« Er drehte das Ei in seinen Händen hin und her und bewunderte es von allen Seiten. Es war groß, bestand aus Pappmachee und war leuchtend blau bemalt. Das Blau diente als Hintergrund für bis ins kleinste Detail ausgeführte Bilder von Rittern beim Turnier, von Burgen mit zahlreichen Türmen und von Drachen, die vor Silbermonden durch die Luft flogen.

Einen Augenblick lang vergaß Dylan das katastrophale Ergebnis seiner Zeichenversuche auf dem Dachboden.

»Das Ei ist wunderschön«, sagte er. »Wer hat es gemacht?«

»Ein Freund von Niall. Von ihm stammen auch die anderen Eier. Es sind Dracheneier. Er hat sie Juniper zum Geburtstag geschenkt.«

»Ihr habt so viele schöne Dinge hier«, stellte Dylan fest. Dabei betrachtete er immer noch das Ei und fuhr mit dem Finger die Bilder nach.

Nach einer Weile fragte Marsha: »Was malst du denn so, Dylan?«

»Dinge aus dem Mittelalter«, sagte er.
»Malst du ein Bild für Juniper? Etwas Mittelalterliches?«
»Ich wär heilfroh, wenn's so wäre. Im Moment hab ich keine Ahnung, was ich zeichnen soll.«
»Das hört sich sehr spannend an.«
Er sah sie an und versuchte ein wenig zu lächeln. »Wir tauschen durch Gedankenübertragung Bilder aus«, sagte er.
»Und das funktioniert?«
Jetzt strahlte Dylans Gesicht auf. »Gestern hat es funktioniert«, sagte er. »Heute hab ich's vermasselt.«
»Warum?«
»Aus Angst, nehm ich an.«
»Das wundert mich gar nicht. Es geht dabei um eine besondere Gabe, Dylan. Meinst du, dass du damit umgehen kannst?«
»Ich glaub schon. Und ich kann's nur dadurch erfahren, dass ich es ausprobiere.«
»Sei vorsichtig, ja?«, sagte Marsha. Als Dylan sie verwundert ansah, zögerte sie einen Augenblick und fuhr dann fort: »Bleib auf dem Teppich, Dylan. Juniper neigt dazu, in wunderbare Welten abzuheben, und sie erwartet, dass alle anderen ihr hinterherzockeln. Aber was ihr da macht, ist etwas ganz Besonderes. Lass sie nicht immer alles bestimmen. Du musst die Kontrolle behalten.«
»Ich werde mein Bestes tun«, sagte er ernst.
»Davon bin ich überzeugt.« Marsha lächelte. »Darf ich

sehen, was du gestern gemalt hast? Oder ist das zu persönlich?«

»Nein, das ist nichts Persönliches. Ich hol's gleich.«

Er lief die Treppe hinauf, machte oben auf dem Dachboden jedoch Halt und betrachtete die verpatzten Zeichnungen. Schließlich hockte er sich vor sie hin und wieder stiegen Enttäuschung, Angst und Wut in ihm auf.

Die Bilder bestanden aus einer Unmenge von grellen Strichen, die immer wieder unterbrochen waren. Dazu gab es unförmige Kritzeleien und grob skizzierte Schatten, in denen Zorn und Wut lagen. Das war nichts. Schlimmer als nichts. Die Bilder verhöhnten all seine Träume und machten sie zunichte. Mit einer heftigen Bewegung knüllte er die Blätter zusammen und schmiss sie quer durch den Raum. Bestes Zeichenpapier im Wert von zwanzig Dollar zu Grunde gerichtet. Von seiner Seele ganz zu schweigen. Und Junipers Lächeln konnte er vergessen. Vermutlich würde sie ihn zur Schnecke machen und ihn nie wieder zu sich einladen.

Du musst die Kontrolle behalten, hatte Marsha gesagt. Bitter dachte er: Ich hab noch nicht mal über einen Bleistift Kontrolle und schon gar nicht über ein Mädchen wie Juniper.

Müde seufzte er auf und suchte unter dem unbenutzten Zeichenpapier nach dem gestrigen Bild. Da war es, flach ausgebreitet und sicher verwahrt. In eine Ecke hatte Juniper mit kleinen, wunderschönen Buchstaben das gestrige Datum geschrieben, die Uhrzeit, zu der sie das Bild übertragen hatten, und dazu den Text: *Erstes Ergebnis. Übermitteltes Bild: Skulptur aus dem St. Stephen's Park.* Er hob das Blatt auf und nahm es mit nach unten, um es Marsha zu zeigen.

Sie hatte bereits ein Stück vom Tisch frei geräumt, um Platz dafür zu schaffen. Verwirrt betrachtete sie das Bild. »Was ist das, Dylan?«

»Die neue Skulptur im Park«, erklärte er.

Allmählich ging Marsha ein Licht auf. »Natürlich!«, sagte sie und lachte. »Gestern Abend war ein Foto davon in der Zeitung. Diese Halbmonde sollen wohl die Vögel sein. Lieber Himmel, das ist wirklich erstaunlich! Und du hast das gezeichnet, ohne die Skulptur je gesehen zu haben? Nur nach dem, was Juniper dir per Gedankenübertragung geschickt hat?«

Er nickte. »Nicht übel, meinst du nicht?«

»Nicht übel? Das ist unglaublich!«

Die Haustür fiel mit einem lauten Knall ins Schloss und kurz darauf kam Juniper herein. Sie war erhitzt und wirkte gereizt und verärgert. Ihr Blick fiel auf die Zeichnung, die auf dem Tisch lag, dann sah sie Dylan an. Er bemerkte, dass ihre Augen noch dunkler waren als sonst, und er schluckte nervös.

»Was hat das hier zu suchen?«, fragte sie.

»Ich habe Marsha gezeigt, was wir gestern gemacht haben«, sagte Dylan. »Das ist doch kein Problem, oder?«

»Also, es ist schon ein Problem. Es ist für uns schwer genug, in dieser Sache unseren eigenen Erwartungen gerecht zu werden, auch ohne dass wir uns noch über die Erwartungen anderer den Kopf zerbrechen müssen.«

»Ich habe keine Erwartungen«, sagte Marsha. »Ich werde auch keine Fragen stellen, wenn du das nicht möchtest. Und es gibt keinen Grund, Dylan so anzuschnauzen. Die Zeichnung gehört ihm. Er kann damit machen, was er will.«

Juniper sah Dylan an. Dabei veränderte sich der Ausdruck in ihren Augen, ihr Blick wurde weich. »Macht es dir was aus, wenn wir uns die heutige Zeichnung nicht gleich ansehen? Ich brauch etwas Zeit für mich allein.«

»Das geht in Ordnung«, sagte er. Nach kurzem Zögern setzte er hinzu: »Was hast du, Juniper? Was stimmt nicht?«

»Alles«, sagte sie und ging nach oben auf ihr Zimmer.

Mit einem Mal fühlte sich Dylan ganz leer. Er setzte sich und starrte bedrückt die Zeichnung an, ohne sie wirklich wahrzunehmen.

Marsha setzte sich zu ihm.

»Du darfst Junipers Gefühle nicht so an dich heranlassen«, sagte sie leise. »Mit den Bildern, die sie dir übermitteln möchte, ist das was anderes. Aber nicht ihre Stimmungen und Probleme.«

»Ich kann nichts dagegen tun«, sagte er.

»Doch, das kannst du. Und ich halte es für wichtig, dass du es auch tust. Was du mit Juniper machst, ist etwas ganz Besonderes und Wunderbares. Aber es kann euch enger miteinander verbinden, als ihr es vielleicht wollt. Das ist etwas Gewaltiges, Dylan, eine große Kraft. Du darfst dabei nicht den Blick für das richtige Maß verlieren. Juniper hat sich über etwas geärgert. Das ist ihr Problem, nicht deins oder meins. Sie wird heute Abend schlechte Laune haben und nicht viel reden. Aber das ist ihre Entscheidung. Wir beide, du und ich, können das Abendessen zubereiten und dabei lachen und Spaß haben. Und wenn wir Glück haben, hebt das die Stimmung hier im Haus.«

Er sah sie an und grinste ein bisschen. »Soll ich den Kohl schneiden?«, fragte er.

Marsha zögerte mit der Antwort, aber dann lächelte sie. »Ich schätze, ich kann das Risiko eingehen, wenn der Kohl dazu bereit ist«, sagte sie.

7. Dylans Probleme

Tom Pidgely sah fern, bis der Sender sein Abendprogramm beendete. Dann stand er auf und stellte den Fernseher ab. Er schaute auf die Uhr und runzelte die Stirn. Schließlich setzte er sich wieder, krallte sich an den Armlehnen seines Sessels fest und starrte unverwandt auf die bunt gemusterte Tapete vor ihm. Die großen Blumen in Gelb und Orange nervten ihn so sehr, dass er den Blick zu dem Bild über dem Kamin schweifen ließ. Aber das war noch schlimmer. Er hasste diese Bilder von plärrenden Kindern mit weit aufgerissenen Augen und Tränen auf den Wangen. Was die Inneneinrichtung anbetraf, hatte Kathy keinerlei Geschmack. Normalerweise störte ihn das nicht, aber heute schon.

Heute ging ihm das ganze Haus auf die Nerven. Er verabscheute das alte Wetterhäuschen, die grellen Tapetenmuster, den düsteren Flur zur Küche, die in Rot und Grau gehalten war, die rosendurchwirkten Teppiche mit ihren verblassten Farben und die schäbigen Möbel. Er hasste seine eigene Machtlosigkeit angesichts seiner Arbeitslosigkeit und er hasste sich dafür, dass er nicht in der Lage war, seine Familie besser zu versorgen.

Mit finsterer Miene rutschte er tiefer in den Sessel hinein und wartete.

Er wartete drei Stunden.

Dann war draußen ein Schlurfen zu hören und der Gartenrechen klapperte, als jemand über ihn stolperte. Es folgten eine kurze Stille, ein lauter Schluckauf und wieder Schlurfen. Der Knauf an der Eingangstür wurde behutsam gedreht und jemand schlich ins Haus.

Tom umfasste die Armlehne mit noch festerem Griff. »Komm her zu mir, Dylan«, rief er laut.

Schweigen und totale Stille. Dann ertönte wieder ein Schluckauf. Die Wohnzimmertür ging langsam auf und Dylan stand leicht schwankend vor ihm.

»Morgen, Dad.«

»Komm her.«

Dylan schlurfte ins Zimmer. Er hielt den Kopf gesenkt und wandte das Gesicht ab. Seine Haare waren zerzaust und über seine Ärmel zogen sich nasse Flecken.

»Mach die Tür zu, Dylan.«

Dylan zog die Wohnzimmertür ins Schloss und steuerte einen Sessel an. Vorsichtig setzte er sich hinein und sah seinen Vater mit einem verlegenen Lächeln an. »Hast du auf mich gewartet, Dad?«

»Nein. Ich sitze hier, damit ich vielleicht einen Einbrecher erwische. Wo warst du?«

»Bei Juniper.«

»Weißt du, wie spät es ist?«

»Äh . . . muss schon bald Mitternacht sein.«

»Es ist schon bald Zeit fürs Frühstück.«

»Das kann nicht sein. Wir haben eben erst zu Abend gegessen.«

»Werd nicht auch noch frech, Dylan. Du hast dir schon genug geleistet. Gestern hättest du mit Barbara zum Arzt gehen sollen. Sie hat solche Ohrenschmerzen, dass sie geweint hat. Und das ist jetzt schon das zweite Mal, dass du dich in den frühen Morgenstunden hier einschleichst. Was hast du gemacht?«

»Geschirr gespült. Ich bin noch länger geblieben, um beim Spülen zu helfen. Juniper hat dauernd etwas zerbrochen. Sie war etwas aufgewüht . . . aufwewüh. . . aufü. . . nervös. Deshalb hab ich das übernommen und Marsha geholfen.«

»Komm mal her, Dylan.«

Dylan stand schwankend auf und stellte sich vor seinen Vater. Tom sah ihn an. Dylans Gesicht war unnatürlich gerötet und er schielte ein wenig.

»Kannst du gerade stehen?«, fragte Tom.

»Dasis schwierig, Dad.«

»Du hast getrunken, nicht wahr?«

»Marsha hat ein Fläschchen Wein mit mir geleert.«

»Wer ist Marsha?«

»Junipers Mutter.«

»Die Mutter von Juniper?«

»Ja. Genau die.«

»Ich bin nicht sehr begeistert von dir, Dylan. Wir reden morgen früh darüber. Und ich werde mal diese Marsha aufsuchen.«

»Sie möchte, dass du zu ihr kommst, Dad. Es geht um ihre Fenster.«

»Was ist damit?«
»Hab ich vergessen. Irgendwas mit einsteigen.«
»War ein Einbrecher bei ihr?«
»Nein. Ein Zigeuner.«
»Ach, Himmel noch mal, Dylan, scher dich ins Bett.«
»Gute Nacht, Dad.« Er torkelte davon.
Tom schlug die Hände vors Gesicht und sank in seinem Sessel vornüber. Nach einer Weile fing er an zu lachen. Dann stand er auf, machte das Licht aus und ging durch den stockfinsteren Flur. Als er an Dylans Zimmer vorbeikam, öffnete er die Tür und schaute hinein. Im Dunkeln konnte er Dylan ausmachen, der in voller Montur flach auf dem Rücken lag und vor sich hin schnarchte. Auf seinem Gesicht lag ein seliges Lächeln.

Juniper kniete sich hin und hob im schwachen Dämmerlicht des Dachbodens den Schnipsel einer Zeichnung auf, die Dylan zerrissen hatte. Es war ein Stück eines Gesichts im Profil. Sie klaubte die anderen Fetzen zusammen und ging damit zur Fensterbank, über die fahles Morgenlicht fiel. Dort breitete sie die Papierfetzen aus, strich sie sorgfältig glatt und fügte sie säuberlich zusammen.
Es war ein Gesicht. Das von Kingsley Blayd. Juniper starrte es entgeistert an. Dann legte sie die Fetzen vorsichtig aufeinander, genau der Reihe nach, um sie später wieder zusammenzukleben.
Ihr Blick fiel auf weitere Zeichnungen, die zerknüllt auf dem Boden lagen. Sie strich auch diese glatt und achtete

darauf, die Bleistiftstriche nicht zu verwischen. Dann trat sie damit ans Fenster und betrachtete sie. Sie sah dunkle, zornig hingekritzelte Linien und schattenhafte Formen, die keine erkennbare Gestalt ergaben. Und Sterne. Gespannt, mit weit aufgerissenen Augen, beugte sie sich vor. Nein, dachte sie. Das ist unmöglich. So gut kann Dylan nicht sein.

Sie atmete tief aus und lehnte sich ans Fenster. Ihr war etwas übel, sie fröstelte und war völlig verspannt. Nach einer Weile stand sie auf und breitete die Zeichnungen auf dem Fußboden aus. Das zerrissene Porträt legte sie obenauf. Sie griff nach einem Bleistift und schrieb mit zittriger Hand unten auf jede Zeichnung: *Zweites Ergebnis. Dazu gehört noch ein zerrissenes Porträt von K. B. Übermitteltes Bild: keins, jedenfalls nicht bewusst. Wurde von K. B. unterbrochen und war sauer. K. B.s Pullover hatte ein Sternenmuster.*

Dylan knallte die Badezimmertür zu, zuckte zusammen und schob den Riegel vor. Draußen im Flur wurde geschrien und geschluchzt und ein kleiner Fuß trat wutentbrannt gegen die Tür.

»Jetzt reicht's, Robyn!«, rief Kathy aus der Küche und knallte die Bratpfanne auf den Herd, dass es nur so schepperte. »Du musst warten, bis du an der Reihe bist. Komm her zu mir und hilf mir den Toast zu rösten.«

»Ich will Mrs Tiffany!«, heulte Robyn und fummelte am Schloss der Badezimmertür herum.

Ächzend beugte Dylan sich über die Badewanne und fischte das durchnässte Gummipüppchen aus der Seifenwasserpfütze am Wannenboden. Dann machte er die Tür auf und schleuderte die Puppe durch den Spalt. Sie prallte im Flur gegen die Wand und Robyn schrie: »Damit kränkst du sie doch!«

»Warum auch nicht?«, schrie Dylan zurück und knallte die Tür wieder zu. »Du ertränkst sie schließlich jeden Abend.«

Robyn schimpfte vor sich hin, ging aber fort und sprach tröstend auf die Puppe ein. Und Dylan beugte sich mit geschlossenen Augen über das Waschbecken, lehnte die Stirn an das kühle Glas des Spiegels und seufzte.

Dann musste er lachen. Es war eine tolle Nacht, dachte er, auch wenn Juniper sich über irgendetwas geärgert hatte. Sie hatten bis zehn Uhr Musik gehört und dann hatte es Abendessen gegeben. Beim Essen hatte Juniper wieder einen ganz normalen Eindruck gemacht, schien nur etwas rastlos und aufgewühlt zu sein.

Marsha hatte großartige CDs. Die Musik stammte von Leuten, von denen Dylan noch nie gehört hatte – eine elektronische Musik, die absolut erstaunlich war, voll und tief und gewaltiger als alles, was er je gehört hatte. Die Musik hatte Bilder und Farben und Gefühle in ihm wachgerufen und seiner Seele Flügel verliehen. Und die Tonqualität war phantastisch gewesen, gar kein Vergleich zu den zerkratzten Schallplatten, die seine Eltern auflegten. Die Musik gestern Abend war rein und klar gewesen, strahlend und wunderschön. Und Marsha hatte es nicht gestört, dass er einfach nur dasaß und zuhörte, so hingerissen und beglückt, dass ihm fast die Tränen kamen, trunken von den harmonischen Klängen und vom Wein. Was für eine Nacht!

Er wusch sich, befand, dass eine Rasur nicht nötig war, und verließ das Bad. Direkt vor der Tür begegnete ihm sein Vater und zwinkerte ihm zu.

»Geht's dir gut, Bacchus?«

Dylan grinste. »So gut wie noch nie, Dad.«

Am Frühstückstisch stellte Kathy einen Teller mit fettigen Spiegeleiern vor ihn hin und runzelte die Stirn, als sie seine verquollenen Augen sah. »Wann bist du denn gestern nach Hause gekommen, Dylan?«

»Schon gut, Liebes, ich hab schon mit ihm gesprochen«, sagte Tom hinter seiner Zeitung hervor. »Er wird nicht mehr so spät heimkommen.«

»Er sieht furchtbar aus«, sagte Kathy.

»Er sieht doch immer furchtbar aus«, stellte Robyn fröhlich fest.

»Sei still und iss«, sagte Tom. Er legte seine Zeitung beiseite und griff nach Messer und Gabel.

Barbara warf Dylan über das karierte Tischtuch hinweg einen finsteren Blick zu und rieb sich das rechte Ohr.

Schuldbewusst bohrte Dylan die Gabel in seine Spiegeleier. »Ich geh heute mit dir zum Arzt, Barbie«, versprach er.

»Heute muss ein Wochenendzuschlag bezahlt werden«,

sagte Kathy. »Ich nehme an, dass du dir einen Job suchst, Dylan, und für die zusätzlichen Kosten aufkommst.«

»Tut mir Leid«, murmelte Dylan und legte sein Besteck hin. Jetzt würde es wieder Zoff geben.

»Schon gut, Liebes«, sagte Tom besänftigend. »Ich soll weiter unten in der Straße eine Voliere bauen. Das bringt uns ein bisschen was ein.«

Kathy hob den Kopf und sah ihn scharf an. »Und wie lange wirst du diesen Job haben?«, fragte sie. »Vogelkäfige bauen reicht nicht, Tom. Du denkst vielleicht, dass es Spaß macht, in der Nachbarschaft herumzulaufen und Gelegenheitsarbeiten für allein erziehende Mütter zu verrichten, die unendlich dankbar dafür sind. Aber davon kann ich die Stromrechnung nicht bezahlen. Die letzte war über hundertzwanzig Dollar. Und nächste Woche ist sie fällig. Was sollen wir bloß machen?«

»Essen wir doch bei Kerzenschein«, sagte Tom und griff wieder nach seiner Zeitung. »Ich hätte gegen ein Candlelight-Dinner nichts einzuwenden.«

»Das ist mal wieder typisch«, sagte Kathy. »Drück dich nur weiter um das Thema herum. Tu so, als gäb's keine Stromrechnung. Wir zünden ein paar Kerzen an, kochen Spagetti, speisen heute Abend italienisch und bitten den alten Mr Shirazi von nebenan zu uns, damit er uns auf der Geige aufspielt.«

»Das wird bestimmt nett«, sagte Dylan ernsthaft und seine Mutter funkelte ihn böse an.

»Wenn du fertig gefrühstückt hast, mähst du den Rasen«, sagte sie.
Dylan goss sich ein Glas Milch ein und Robyn schaufelte sich die Eier, die er nicht gegessen hatte, auf ihren Teller. »Ich mag Mr Shirazi«, sagte sie eifrig. »Er hat so interessante Haare in den Nasenlöchern und lange gelbe Fingernägel. Kann er seinen Hund mitbringen?«
»Schluss jetzt«, sagte Tom und blätterte die Zeitung um. »Deine Mutter hat nur Spaß gemacht. Hey – hier wird ein Nachtwächter in der neuen Kunststoff-Fabrik gesucht.«
»Nachtwächter?«, fragte Kathy. »Du möchtest nachts arbeiten?«
»Warum nicht?«, sagte Tom. »Du würdest mich bestimmt nicht vermissen.«
Dylan trank seine Milch aus und verließ den Frühstückstisch.
»Zieh dir Schuhe an!«, rief Kathy ihm nach. »Das hat mir noch gefehlt, dass du dir die Füße abmähst!«
Dylan holte seine Turnschuhe und ging in den Garten. Als er den Rasen zur Hälfte gemäht hatte, rief Barbara durchs Küchenfenster nach ihm. »Dylan! Telefon! Deine Freundin!«
Dylan stellte den Rasenmäher ab und stürmte so schnell ins Haus, dass er im ganzen Flur Grashalme verstreute und eine grüne Bremsspur auf dem Linoleumboden der Küche hinterließ. Atemlos griff er nach dem Hörer. »Hallo? Juniper?«
»In höchsteigener Person«, sagte sie und Dylan hörte ih-

rer Stimme an, dass sie lächelte. »Schnaufst du morgens immer so heftig in den Hörer, Leonardo?«
»Ich hab gerade den Rasen gemäht.«
»Ach. Und mir wurde eben schon ganz flatterig zu Mute. Hast du Lust, heute Nachmittag zu uns zu kommen?«
»Zum Zeichnen?«
»Natürlich. Ich glaube aber, dass wir den Wein diesmal lieber weglassen.«
»Gestern hat es nicht funktioniert.«
»Ich fand, dass der Wein bestens funktioniert hat. Du warst ganz schön angesäuselt, als du gegangen bist.«
»Ich hab das Zeichnen gemeint. Das hat nicht geklappt.«
»Doch, Leonardo. Aber das erklär ich dir, wenn du hier bist.«
Einen Augenblick lang schwieg er und keuchte nur. Dann sagte er: »Würde es dir um zwei passen?«
»Zwei Uhr passt großartig. Bis dann!«
Ihm schoss die Röte ins Gesicht und er legte schnell auf. Als er sich umdrehte, sah er die Zwillinge, die ihn interessiert musterten.
»Du *zeichnest* für sie?«, fragte Barbara. »Du malst Bilder?«
Dylan ignorierte die beiden und goss sich ein Glas Wasser ein.
»Was malst du denn?«, fragte Robyn hinterhältig. »Unanständige Sachen?«
»Ja. Mickymaus ohne seine Hosen«, sagte Dylan und machte sich wieder ans Rasenmähen.

8. »Dylan Pidgely, du bist wirklich erstaunlich«

Und deshalb waren die Bilder so wirr – und so zornig«, sagte Juniper abschließend und zeigte auf die Zeichnungen, die auf dem Boden lagen. Sie hatte Kingsleys Profil auf lila Karton geklebt und die Schnipsel so geschickt zusammengefügt, dass die Zwischenräume kaum zu erkennen waren.

»Ich hab ehrlich nicht gewusst, dass er in der Bücherei sein würde«, fügte sie hinzu. »Eigentlich wollte ich dir Bilder von Bücherregalen übermitteln und diese große Wendeltreppe, die in den zweiten Stock hinaufführt. Das wären klare Umrisse gewesen, die sich gut zeichnen lassen. Aber das nächste Mal suche ich mir einen Ort aus, wo es weniger wahrscheinlich ist, dass ich jemanden treffe, den ich kenne.«

Dylan sammelte die Bilder auf und legte sie in die Mappe, die Juniper aus dicker Pappe angefertigt hatte. Er lehnte sie in der hintersten Ecke des Dachbodens an die Wand.

»Aber wieso warst du so wütend?«, fragte er neugierig. »Er konnte doch nicht wissen, dass du telepathische Botschaften aussenden wolltest.«

»Er war mit Dianne Winthrop zusammen«, sagte Juniper kurz angebunden. »Und jetzt geh ich los, Dylan. Lass mir bis vier Uhr Zeit. Um Punkt vier fange ich dann an dir ein Bild zu übermitteln.«

Er schaute auf die Uhr. »Aber bis dahin ist ja noch ewig Zeit!«
»Ich weiß. Es kann auch sein, dass ich danach erst spät nach Hause komme. Gibst du bitte Marsha Bescheid? Sie ist heute Nachmittag im Aerobic-Kurs. Du bleibst doch wieder zum Abendessen, ja? Du gehst nicht weg, bevor ich wieder da bin?«
»Ich bleibe hier«, versprach er.
An der Tür hielt Juniper inne und drehte sich noch einmal um. »Dylan? Hast du schon mal gemerkt, dass sich dein Puls beschleunigt, wenn du die Bilder empfängst?«
»Ja«, sagte er nachdenklich, »das ist tatsächlich der Fall. Ich atme langsamer, aber mein Herz hämmert wie verrückt.«
»In einem Buch hab ich etwas Interessantes darüber gelesen«, sagte Juniper. »Wenn zwei Menschen durch Gedankenübertragung verbunden sind, schlagen ihre Herzen in genau dem gleichen Rhythmus. Das muss irgendwas mit Körperenergien und Schwingungen zu tun haben. Miss doch diesmal deinen Puls, genau eine halbe Stunde, nachdem du angefangen hast zu zeichnen. Um halb fünf. Und ich messe meinen.« Sie legte eine Pause ein und lächelte. »Du weißt doch, wie man den Puls fühlt, oder?«
»Klar«, sagte er und umfasste mit der rechten Hand den linken Unterarm. »Hier muss er irgendwo sein. Keine Sorge, ich find ihn schon.«
»Ich mach mir aber Sorgen, Dylan«, sagte sie seufzend und trat zu ihm. »So wirst du deinen Puls nicht finden.

Damit schnürst du dir höchstens die Blutzufuhr ab. Hier, ich zeig's dir.«
Sie stellte sich neben ihn, griff behutsam nach seiner linken Hand, drehte die Handfläche nach oben, legte die Fingerspitzen seitlich an sein Handgelenk und drückte leicht in die kleine Kuhle unter seinem Daumen.
»Da drin ist er«, sagte sie. »Fühl den Puls mit den Fingern, nicht mit dem Daumen. Dein Daumen hat einen eigenen Puls, das könnte dich durcheinander bringen. Schau auf den großen Zeiger deiner Uhr und zähl die Schläge innerhalb einer Minute. Das ist dein Puls. Deiner rast ganz schön, stimmt's?«
»Er wird jetzt etwas beschleunigt sein«, murmelte Dylan und sah ihr durch den Schleier aus dunklen Haaren ins Gesicht.
Juniper schaute auf. Sie war ihm so nah, dass seine Brille von ihrem Atem beschlug. Mit einem amüsierten Lächeln ließ sie sein Handgelenk los.
»Sieh zu, dass dein Puls wieder normal ist, wenn du anfängst zu zeichnen«, sagte sie. »Wir wollen doch keine falschen Ergebnisse haben, nicht wahr?«
Er sah ihr hinterher, als sie aus dem Zimmer ging. Dabei lächelte er vor sich hin und dachte nach.
Hier, an diesem Ort, war der Umgang mit ihr ganz leicht – sie war freundlich und offen und herzlich. Hier herrschte Eintracht zwischen ihnen. Es gab eine Verbindung und eine Lockerheit, die ihn immer wieder aufs Neue erstaunte und beglückte. Aber in der Schule ging

Juniper auf Distanz. Es war nicht so, dass sie etwas Unfreundliches gesagt oder getan hätte – die Barriere zwischen ihnen war subtiler. Ein leichtes Nachlassen ihrer Herzlichkeit, ein Blick, der von ihm abschweifte, oder ein unausgesprochenes Wort – das alles sagte ihm: bis hierher und nicht weiter.

Es verletzte ihn tief, dass sie in der Schule so unerreichbar fern war, aber er akzeptierte es, weil es hier so vieles gab, was sie miteinander verband. Dafür war er bereit, alles Mögliche hinzunehmen.

Er setzte sich auf den Fußboden, umgeben von Zeichenpapier, und griff nach einem frisch gespitzten Bleistift. Die Sonne ergoss sich über seinen gesenkten Kopf, glitzerte auf seinen Brillengläsern und schien ihm auf die blonden Haare. Er schloss die Augen und nahm den Frieden des Dachbodens in sich auf. Das war ein Ort für sich, abgeschieden von allem anderen, hoch über dem Treiben des Alltagslebens. Hier gehörte er nur sich selbst. Und Juniper.

Während er wartete, döste er in dem milden goldenen Licht fast ein. In dieser ruhigen, friedlichen Atmosphäre wartete er anderthalb Stunden lang. Er roch das warme Braun der holzverkleideten Wände und den berauschenden Duft der Blumen. Dann vibrierte etwas in seinem Kopf, so wie ein unhörbares Summen.

Juniper stieg über eine niedrige Backsteinmauer und sah sich auf dem Abrissgelände um. Von der alten Fabrik waren nur noch die Schlote übrig. Wie Säulen eines antiken Tempels ragten sie hoch über dem ganzen Chaos empor, ruhig und gelassen und absolut fehl am Platz. Zerschlagene Betonbrocken lagen in großen Haufen überall herum und halb zerfallene Mauern zogen sich schief und krumm über das Gelände. Auf einer flachen Betonplatte ließ Juniper sich nieder und schaute über die Trümmer hinweg. Wenn sie die Augen halb zukniff, sahen sie fast wie Berge aus, ein kahles, wildes, zerklüftetes Gebirge. Sie sah auf die Uhr. Punkt vier. Sie stützte die Arme auf, legte das Kinn auf die verschränkten Hände und blickte unverwandt auf die Szene, die sich vor ihr ausbreitete.

Dylan führte die Hand zum Papier und hielt am Rand an. Während er wartete, war er hellwach und aufmerksam, aber auch ganz entspannt. Ohne sich dabei zu bewegen, schaute er wieder auf die Uhr. Es war vier. Er machte die Augen zu, atmete nur ganz flach und spürte, wie sich sein Herzschlag leicht beschleunigte. Langsam, mit erstaunlicher Klarheit, strömten die Bilder in das Dunkel hinter seinen Augen. Es war wie im Traum, nur dass er bei vollem Bewusstsein war. Diesmal bildeten sich keine vagen, flüchtigen Formen – in aller Klarheit konnte er ein hohes, massives Gebilde erkennen, das sich vor dem Hintergrund der Sonne dunkel abzeichnete, mit einer schrägen, gezackten Form daneben.

Verwirrt machte er die Augen auf und zeichnete die Bilder. Sein Stift glitt behände über das Blatt. Ohne Zögern zeichnete er schiefe Striche, die in seltsamen Winkeln zueinander standen. Es gab keine Struktur in der Zeichnung, kein Muster und keine regelmäßigen Formen, aber in den Gebilden lag Kraft, etwas Stabiles, Dreidimensionales, das der realen Welt entstammte.

Die untere Hälfte des Blatts wurde von einer großen Menge kaputter, verwüsteter Formen eingenommen, zerbröckelnde Trümmer, die ohne jede Ordnung waren. Aber hinter ihnen ragte dunkel und kraftvoll eine mächtige Säule empor. Sie war um ein Vielfaches höher als die anderen Gebilde, schien aber doch zu ihnen zu gehören. Dunkle Schatten durchschnitten die wirren Formen an ihrem Sockel, aber auch etwas Helles umspielte ihn, etwas Zartes, Feines, das etwas Unwirkliches hatte. Dylan kam nicht dahinter, was diese zarten Formen waren; sie bewegten sich und wirkten irgendwie zerbrechlich.

Er legte nur eine kurze Pause ein, um seinen Puls zu fühlen. In einer Ecke des Blatts notierte er sechsundachtzig und dann zeichnete er weiter.

Schließlich legte er den Stift hin und betrachtete sein Bild. »Ach, du Schande – ich hab einen Berg gezeichnet!«, stieß er hervor. »Ein Berg aus Felsen, mit einem Turm obendrauf. Wo ist sie denn hin – nach Tibet?«

Langsam stand er auf und humpelte zum Fenster hinüber. Vom langen Sitzen waren ihm die Beine eingeschlafen, er zitterte am ganzen Körper und schwitzte. Ihm war zu Mute, als hätte er einen Marathonlauf hinter sich. Nach einer Weile ging er die Treppe hinunter und holte sich ein Glas Tomatensaft aus dem Kühlschrank. Er warf einen Blick auf die Küchenuhr. Viertel nach sechs. Über zwei Stunden hatte er unablässig gezeichnet. Kein Wunder, dass er so erschöpft war.

Er ging ins Wohnzimmer, trat vor das Leonardo-da-Vinci-Gemälde an der Wand und prostete ihm zu. »Auf deine heilige Jungfrau, die Felsgrotten-Madonna, und meine Jungfrau in Tibet«, sagte er feierlich und trank.

Hinter ihm ertönte ein leises Lachen. Knallrot im Gesicht, fuhr er herum. Der Tomatensaft hatte einen zarten roten Schnurrbart auf seiner Oberlippe hinterlassen.

»Sei mir gegrüßt, Leonardo«, sagte Niall mit einem breiten Grinsen. »Ich muss schon sagen, das war ein interessanter Trinkspruch.«

Statt einer Antwort errötete Dylan nur noch mehr.

Niall betrachtete ihn amüsiert. »Marsha und Juniper sind beide außer Haus?«, fragte er.

Dylan nickte und trank seinen Saft aus. »Marsha macht Aerobic und Juniper ist . . . äh . . .«

»In Tibet«, sagte Niall mit todernster Miene. »Na, es sieht ganz danach aus, als würde es an uns hängen bleiben, etwas zum Abendessen zu machen.«

Und damit stand er auf und ging in die Küche. Dylan folgte ihm und schaute zu, wie Niall Speisekammer, Regale und Kühlschrank plünderte.

»Wir machen Salat«, verkündete Niall und warf Dylan einen Kopfsalat zu. Dylan griff daneben und der Salat platschte auf den Boden.

»Gemischter Salat, leicht gequetscht und gut durchgeschüttelt.« Niall lachte. »Schmeiß einfach alles rein, was du magst. Im Garten findest du Petersilie und Kresse und noch tausend andere Kräuter. Ich bereite den Fisch zu.«

Es machte Dylan Spaß, mit Niall zu arbeiten. Niall hatte eine entspannte, umgängliche Art, versteckte sich nicht hinter Masken, fällte keine Urteile und erwartete nichts von anderen Menschen. Er war so gelassen, sanft und fröhlich, wie es Dylan noch bei niemandem erlebt hatte. Mit ihm konnte er unbefangen reden und sie lachten viel.

Gerade als sie mit der Zubereitung fertig waren, kam Marsha nach Hause. Sie hatte offenbar Einkäufe gemacht und war beim Friseur gewesen. Jedenfalls schleppte sie Einkaufstüten mit Lebensmitteln und hatte eine neue Frisur.

»Hmmm ... sehr hübsch«, sagte Niall bewundernd und drehte sie langsam um ihre eigene Achse. Dabei küsste er sie auf die Ohren, die Nase und den Hals. Lachend stieß sie ihn fort und betrachtete die chaotische Arbeitsplatte in der Küche und den mit Gemüsestückchen und geriebenem Käse übersäten Fußboden.

»Was für eine schöne Überraschung«, sagte sie mit einem Lächeln, das auch Dylan mit einschloss. »Ihr habt schon Abendessen gemacht.«

»Roher Fisch, in Zitronensaft mariniert«, verkündete Niall mit großer Geste. »Dazu Tomaten und gemischten Salat. Sogar ein sehr gemischter Salat, nach Leonardos ureigenem, unnachahmlichem Rezept mit großer Begeisterung zubereitet.«

Dylan wurde rot, freute sich aber.

»Ich hoffe, er ist okay«, sagte er. »Niall hat alles mir überlassen.«

Marsha schaute in die große Keramikschüssel und fischte zwischen Salat- und Pfefferminzblättern eine Krabbe hervor. »Sehr malerisch angeordnet«, sagte sie beifällig. »Und was hat Juniper dazu beigetragen? Die Anweisungen gegeben?«

»Sie ist noch nicht wieder da«, sagte Dylan. »Ich soll dir ausrichten, dass sie erst spät kommt.«

Marsha nickte und stellte keine Fragen.

Aber es war fast neun Uhr, als Juniper nach Hause kam, und inzwischen hatte sich sogar Dylan schon Sorgen gemacht. Sie stürmte ins Zimmer, zerzaust und mit leuchtenden Augen, packte Dylan am Arm und schleppte ihn geradewegs nach oben zum Dachboden.

Um Dylans Zeichnung genau betrachten zu können, kniete sie sich davor hin. Eine ganze Weile sagte sie gar nichts. Dylan wartete angespannt und schwieg ebenfalls.

Dann stand sie langsam auf, trat zu ihm hin und schlang ihm die Arme um den Hals. »Dylan Pidgely, du bist erstaunlich«, flüsterte sie. »Wirklich erstaunlich.«

»Ich hab's wieder getroffen?« Ihre Nähe, ihre Wärme erschreckten ihn, er war davon überwältigt und beglückt zugleich.
»Genau«, sagte sie lachend und drückte ihn an sich. »Perfekt getroffen, unglaublich getroffen.« Sie löste sich von ihm und betrachtete wieder das Bild auf dem Fußboden. »Das ist die alte Fabrik draußen in Richmond«, erklärte sie. »Die wird gerade abgerissen. Der Schlot ist das Einzige, was noch steht. Überall liegen umgekippte Mauern und Steinhaufen. Du hast sogar die Kinder gemalt, die in den Trümmern gespielt haben. Hier, siehst du?«
Sie zeigte auf die zarten, undeutlichen Formen, die er im Vordergrund anskizziert hatte. »Die Sonne schien so strahlend hell auf die Kinder, dass sie wie elfenhafte Märchenwesen aussahen«, sagte Juniper. »Du hast die Szene perfekt eingefangen.«
»Aber bis nach Richmond sind es zehn Kilometer!«
»Deshalb war ich ja auch so lange weg. Ich bin mit dem Bus gefahren und musste umsteigen. Auf dem Heimweg hab ich den letzten Bus verpasst und musste per Anhalter fahren.«
»Was wird Marsha dazu sagen?«
»Sie weiß doch nichts davon, nicht wahr? Schau mich nicht so an, Dylan. Du hast das großartig hingekriegt. Freust du dich denn nicht?«
»Doch, natürlich. Aber jetzt geht es nicht um die Zeichnung, sondern um dich. Richmond ist eine schreckliche

Gegend. Letzte Woche wurden dort drei Mädchen überfallen. Und du bist per Anhalter gefahren!«
Sie lächelte und strich ihm mit dem Handrücken über die Wange. »Machst du dir Sorgen um mich, Leonardo?«
»Ja.«
»Aber wenn irgendwo etwas Schlimmes auf mich warten würde, wüsste ich davon und würde mich hüten dorthin zu gehen.«
»Vielleicht funktioniert das nicht immer so.«
»Bei mir schon.«
Dylan schwieg und sah ihr dabei ins Gesicht. Schließlich lächelte er.
»Da hast du wohl Recht«, sagte er.
»Ich hab immer Recht«, sagte Juniper.
Und sonderbarerweise hatte er keinen Zweifel daran.

9. Hochfliegende Pläne

Masha machte die Tür zum Dachboden auf und trug eine Schale mit frischen Blumen in die Kammer. Um zur Fensterbank zu kommen, musste sie über mehrere Zeichnungen steigen, die auf dem Fußboden herumlagen. Als sie die Blumen abgestellt hatte, bückte sie sich nach den Zeichenblättern und hob sie auf.

»Wenn sie nicht hinter sich aufräumen, dürfen sie nicht mehr hier herein«, sagte sie.

Sie schichtete die Blätter achtlos aufeinander, hielt dann aber inne. Langsam breitete sie die Zeichnungen auf dem Boden aus und ordnete sie nach der Nummerierung und den Daten, die darauf standen. Dann kniete sie sich hin und betrachtete sie verblüfft.

Es waren jetzt sieben Bilder. Da war das erste mit der unglaublich genauen Wiedergabe der neuen Skulptur im Park. Da war das Porträt von Kingsley mit den nichts sagenden Schatten und Sternen. Da war eine öde, steinige Landschaft mit einem Turm. Darunter stand: *Drittes Ergebnis. Übermitteltes Bild: die alte Fabrik in Richmond, zum Teil schon abgerissen.* Dann gab es noch vier weitere Zeichnungen, von denen eine faszinierender war als die andere.

Eine stellte eine große, undeutliche Gestalt dar, irgendein Tier mit einem seltsam geformten Kopf, der fast so groß

wie der ganze Körper war. Die Umrisse der Zeichnung waren weich und undeutlich, mit Absicht verwischt, sodass sie fast ein wenig pelzig aussahen. Darunter stand: *Viertes Ergebnis. Übermitteltes Bild: Teddybär im Schaufenster eines Spielzeugladens. D.s Puls 84, J.s Puls 89.*
Dann folgte ein Bild von einem Kinderspielplatz mit Karussell und Rutschen und Schaukeln, die sofort erkennbar waren. Es gab ein dunkles, mit kraftvollen Strichen gezeichnetes Bild von etwas, was wie eine Reihe flacher, lang gedehnter Häuser aussah, die dicht nebeneinander standen und durch schmale Zäune oder Ketten verbunden waren. Darunter hatte Juniper geschrieben: *Sechstes Ergebnis. Übermitteltes Bild: Zug in Eisenbahndepot. D.s Puls 79, J.s Puls 80.* Aber die siebte und letzte Zeichnung war die erstaunlichste von allen.
Das Bild zeigte eine Kathedrale mit Bogenfenstern, spitzen Türmen und einem schrägen Dach. Das alles war erstaunlich kraftvoll und einfühlsam gezeichnet, in der richtigen Perspektive und mit einer genauen Wiedergabe der Größenverhältnisse. Alles stimmte bis ins kleinste Detail. Als Kunstwerk war es beachtlich, als ein durch Gedankenübertragung empfangenes Bild war es fast unglaublich. Im ersten Augenblick hegte Marsha sogar den Verdacht, dass die Zeichnung absichtlich für sie hinterlegt worden war, um sie hereinzulegen. Dann las sie den Text, der unten auf dem Blatt stand: *Siebtes Ergebnis. Übermitteltes Bild: die Kathedrale von Wells. D.s Puls: 92. J.s Puls: 92. Geschafft!*

Das Blatt glitt Marsha aus den Händen, aber sie machte keine Anstalten, es aufzuheben. Sie war kreidebleich geworden. Die Kathedrale von Wells stand in Großbritannien, eine halbe Weltreise entfernt. Was trieb Juniper da? Marsha schwirrte der Kopf. Ihre Gedanken waren ein einziges Durcheinander aus Angst und Staunen und Fassungslosigkeit.

Irgendwo im Haus, so weit entfernt, dass es nur ganz leise zu hören war, erklang eine Flöte, die wunderschön gespielt wurde. Voll und weich schwebten die Klänge über die Holztreppe durch das bunte Licht nach oben. Sie brachten Harmonie mit sich und verliehen Marsha so etwas wie Frieden. Lächelnd bückte sie sich nach der Zeichnung, legte sie zu den anderen auf den Fußboden und ging dann die Treppe hinunter, um Niall zu begrüßen.

»Guten Morgen, du herrliches Licht meiner Seele«, sagte er und legte die Flöte hin. »Ich möchte dich in meinen Palast bei den Weiden einladen, zu einem Tag voller Sonne und reiner Freude.«

Sie kuschelte sich ihm gegenüber in einen Sessel und erwiderte sein Lächeln, war aber zu angespannt, um etwas zu sagen. Niall griff wieder nach der Flöte und spielte eine Weise aus alter Zeit, eine zarte, eindringliche Melodie, die beruhigen sollte, ihre Wirkung aber verfehlte.

»Bitte keine Musik aus dem Mittelalter«, sagte Marsha. Dann schlug sie die Hände vors Gesicht. »Niall, ich weiß nicht weiter. Juniper und Dylan machen etwas ganz Erstaunliches und ich weiß nicht, wo das noch hinführen soll. Ich glaube, das wissen sie selbst nicht. Was soll ich nur machen?«

Er hockte sich vor sie hin und zog ihr behutsam die Hände vom Gesicht. »Du könntest damit anfangen, mir davon zu erzählen«, sagte er.

»Es ist wohl das Beste, wenn du mitkommst und dir das selbst einmal ansiehst«, schlug Marsha vor.

Oben auf dem Dachboden schaute sich Niall die Zeichnungen an, während Marsha kurz erklärte, wie sie zu Stande gekommen waren. Staunend nahm Niall die Blätter in die Hand. »Diese kleine Hexe«, sagte er lächelnd. »Kein Wunder, dass sie beim Kartenspielen immer gewinnt. Sie hat wirklich übersinnliche Fähigkeiten.«

»Sag nicht Hexe zu ihr.«

»Entschuldige, mein Schatz. Das war nur ein Scherz. Die beiden tun nichts Böses. Vergiss nicht, dass auch wir einen sechsten Sinn füreinander haben. Dieses Gespür dafür, wenn der andere unglücklich ist oder Schmerzen hat; ein spontaner Kontakt, weil wir intuitiv wissen, dass der andere uns braucht; ein Geschenk, das genau zur richtigen Zeit kommt.«

Er stand auf, umfasste ihr Gesicht mit den Händen und küsste sie. »Vielleicht sollten wir die beiden darum bitten, uns ein paar Unterrichtsstunden zu geben«, fügte er mit einem Grinsen hinzu. »Dann könnte ich einen lieben Gruß direkt in deinen Kopf übermitteln, ohne mich erst auf mein Motorrad schwingen und den ganzen Weg bis zur Telefonzelle fahren zu müssen.«

Trotz ihrer Ängste musste Marsha lachen. »Das ist nicht lustig, Niall«, protestierte sie. »Das ist etwas Ernstes.«

»Das weiß ich. Die beiden könnten ein Vermögen verdienen, wenn sie damit auftreten würden.«

»Niall!«

»Entschuldige. Aber ich glaube, du machst eine zu große Sache daraus.«

»Aber wie erklärst du dir das mit der Kathedrale von Wells? Die steht noch nicht mal auf unserem Erdteil. Wie hat sie ihm dieses Bild geschickt?«

»Vielleicht per Ansichtskarte?« Niall lachte leise. »Na schön, jetzt mal ernsthaft. Vielleicht hat sie ihm ein Bild aus einem Buch übermittelt.«

»Natürlich! Ihr Buch über das Mittelalter!«

Marsha verließ den Dachboden, lief mehrere kurze Treppen hinunter und durch einen kleinen Flur in Junipers Zimmer. Vor dem Bücherregal hockte sie sich hin. »Es ist nicht da«, sagte sie enttäuscht. »Ein großes Buch über Architektur im Mittelalter. Ihre Großeltern haben es ihr zum achten Geburtstag geschenkt. Sie hat es immer sehr geliebt.«

»Es hat offenbar ihr ganzes Leben beeinflusst«, stellte Niall fest und sah sich um. »Überall mittelalterliche Sachen. Sie hat sogar Stroh auf den Fußboden gestreut!«

»Das mussten wir von einem Bauernhof holen«, erzählte Marsha lächelnd. »Was unser bescheidener Rasen hergab, war ihr nicht gut genug. Natürlich wird hier auch nie Staub gesaugt. Juniper fegt alles sorgfältig zusammen, bringt das Stroh nach draußen und drischt den Staub heraus, wie man früher die Spreu vom Weizen gedroschen hat. Die Nachbarn glauben bestimmt, dass wir Esel halten.«

»Wonach riecht es hier? Nach Minze?«

»Minze und Majoran. Sie sind im Stroh eingestreut.«

»Wo hat sie nur all das Zeug her? Hier drin ist es wie in einem Museum.«

»Das hat sie über Jahre hinweg zusammengetragen, mit allen möglichen und unmöglichen Methoden. Ich hab sie schwer im Verdacht, dass es hauptsächlich unmögliche waren«, sagte Marsha. »Vieles stammt aus Secondhandläden. Den Wandteppich hat sie ihrer Großmutter abgebettelt. Die Buntglasscheibe stammt aus einer Kirche, die vor einigen Jahren abgebrannt ist. Juniper hat sie selbst restauriert.«

»Wofür ist dieses Regal?«, fragte Niall und wies auf ein wunderschönes, handgeschnitztes Regal, das an der Wand angebracht war. Eine Girlande aus getrockneten Blumen wand sich darum. Das Regal war leer, hatte aber offensichtlich eine besondere Bedeutung.

»Hier soll ein echter Trinkbecher aus dem fünfzehnten Jahrhundert hin«, sagte Marsha. »Der Becher gehört einem guten Freund von Juniper, einem Professor für mittelalterliche Geschichte, der auch Bücher schreibt. Er hat Juniper versprochen ihr den Becher in seinem Testament zu vermachen.«

»Da hoffe ich in ihrem Interesse, dass er schon alt ist.«

»Das kann man wohl sagen. Er ist neunzig. Juniper behauptet, dass der Becher in ihrem Besitz sein wird, wenn sie fünfundzwanzig ist. Aber ich glaube, man braucht keine hellseherischen Fähigkeiten, um das voraussagen zu können. Ah – da ist das Buch!«

An der Wand neben dem Bett stand eine alte Truhe, auf der das Buch lag, zwischen einer Kerze und einer weißen Taube aus Porzellan.

Marsha setzte sich auf die Bettkante und legte sich das Buch auf den Schoß. Ein schwarzes Samtband lag als Lesezeichen darin. Sie schlug das Buch an dieser Stelle auf.

Es war die Kathedrale von Wells. Sie sah haargenau so aus, wie Dylan sie gezeichnet hatte.

Unten auf der Seite hatte Juniper mit Bleistift ein Datum notiert und dazugeschrieben: *Das letzte Bild von etwas Gegenständlichem, das übermittelt wurde. Von jetzt an fliegen wir.*

10. Der Traum wird wahr

Lachend und außer Atem, stürmten Dylan und Juniper durch die Eingangstür und liefen in die Küche. Dylan riss die Kühlschranktür auf und suchte nach etwas zu trinken.

»Ist Ingwerlimo da, Marsha?«, rief er quer durchs Haus.

»Keine kalte«, rief Marsha aus dem Wohnzimmer zurück. »Du wirst dich mit Apfelsaft begnügen müssen.«

Juniper schnupperte an dem Karottenkuchen, der auf der Arbeitsplatte stand, und fuhr mit dem Finger über die Zuckerglasur.

»Finger weg, Juniper«, rief Marsha. »Den Kuchen gibt es zum Nachtisch.«

Juniper sah mit einem hinterhältigen Lächeln zu Dylan hinüber und leckte den Finger ab. »Ich glaube, sie kann auch hellsehen«, sagte sie.

»Nein, das kann ich nicht«, sagte Marsha und kam in die Küche. »Ich kenn dich nur zu gut, das ist alles. Du bist heute spät dran.«

»Ich musste nachsitzen«, sagte Dylan. Seine Stimme kam aus den Tiefen der Speisekammer. »Und Juniper hat auf mich gewartet. Sind keine Kekse da?«

»Nein«, sagte Marsha. Dann ging ihr auf, was er gesagt hatte. »*Du* musstest nachsitzen, Dylan Pidgely?«

Mit einem Apfel in jeder Hand kam er aus der Speise-

kammer. »Zum ersten Mal«, sagte er und grinste. »Ich hab mir im Musikunterricht Ärger eingehandelt.«
Juniper versuchte ihm einen warnenden Blick zuzuwerfen, aber er war zu sehr mit Futtern beschäftigt. »Wir haben Musik gehört«, erklärte er Marsha. »Dieses Hummeldings von Rimskij-Korsakow . . .«
»Den *Hummelflug?*«, warf Niall hilfreich ein. Jetzt kam auch er in die Küche.
Dylan nickte. »Ja. Das mit diesem Gesurre. Jedenfalls, wir sollten still zuhören und uns dabei die Hummeln vorstellen. Und dann tauchte vor meinen Augen plötzlich ein Bild von lauter kleinen Nilpferden in Flugzeugen auf. Sie sind . . .« Er fing an zu lachen und verschluckte sich an seinem Apfel. Juniper klopfte ihm den Rücken und kicherte dabei vor sich hin.
Als Dylan sich wieder unter Kontrolle hatte, fuhr er fort: »Sie sind in kleinen rosa Flugzeugen mit lila Herzen drauf durch die Luft gesurrt, haargenau im Rhythmus der Musik, und dann sind sie mit kleinen bunten Fallschirmen abgesprungen . . .« Er sackte über der Arbeitsplatte zusammen und kriegte sich kaum noch ein. »Und dann – dann musste ich so lachen, dass ich aus der Klasse flog. Die Nilpferde waren aber auch so was von süß!«
Juniper lehnte sich an ihn und sie landeten alle beide auf dem Fußboden. Dabei brüllten sie vor Lachen.
Verwundert hockte sich Niall vor sie hin und sah ihnen ins Gesicht. Sie schauten ihn an und konnten nicht

aufhören zu kichern. Vor lauter Lachen liefen ihnen Tränen aus den Augen.

»Habt ihr Hasch geraucht?«, fragte Niall leise.

Dylan schüttelte energisch den Kopf. »Nein. Nur Nilpferde angeguckt.«

Niall stand auf und sah mit einem Schulterzucken zu Marsha hinüber. »Ich glaube, es handelt sich hier nur um einen Fall von pubertärer Unzurechnungsfähigkeit«, sagte er. »Das geht vorüber.«

Aber Marsha runzelte die Stirn und ging ins Wohnzimmer. »Du weißt doch, wieso er Nilpferde gesehen hat, nicht wahr?«, sagte sie. »Juniper hat sie ihm übermittelt.«

»Da hast du wohl Recht«, sagte er und musste plötzlich lächeln. »Ihr Talent könnte in der Schule sehr nützlich sein.«

»Genau. Und das ist nicht witzig.«

»Du meinst, sie würde ihm bei Prüfungen die Antworten schicken? Solche Sachen?«

»Ich weiß nicht. Die Fähigkeit dazu hat sie. Wenn sie in der Lage ist, ihm eine ganze Horde fliegender Nilpferde zu senden, kann sie ihm alles übermitteln.«

Niall trat ans Fenster und schaute in den Garten hinaus. Er hatte Marsha den Rücken zugewandt, aber sie konnte sehen, wie seine Schultern vor Lachen zuckten. Sie stellte sich neben ihn. »Das ist nicht witzig, Niall«, murmelte sie.

»Das sagst du dauernd«, sagte er lachend. »Tut mir Leid,

Schatz, aber ich bin nicht deiner Ansicht. Ich finde das zum Schreien komisch. Schade, dass sie die Nilpferde nicht auch mir gezeigt hat.«

Oben auf dem Dachboden griff Juniper nach dem zweiten Apfel, nahm ihn Dylan aus der Hand und legte ihn auf die Fensterbank. »Jetzt wird nicht mehr gegessen«, sagte sie. »Mit vollem Bauch funktioniert das nicht so gut. Und hoffentlich isst du zu Hause kein Fleisch mehr. Ich bin überzeugt davon, dass man die telepathischen Kräfte damit durcheinander bringt. Du isst doch kein Fleisch, oder?«
»Das würde ich niemals wagen«, sagte er. »Wahrscheinlich würdest du's sofort merken und mir Bilder von Schlachtvieh schicken, um mir den Appetit zu verderben.«
Sie setzte sich ihm gegenüber. Ihr Gesicht war mit einem Mal ganz ernst. »Dylan? Du erinnerst dich doch noch an die Kathedrale, die du gezeichnet hast? Beim letzten Versuch?«
»Wie könnte ich das vergessen? Als ich sie gezeichnet habe, war ich so glücklich wie noch nie in meinem Leben.«
»Na, dann stell dir vor, dass wir mit dieser Sache nur im Schlamm herumgeplantscht haben. Aber heute werden wir fliegen.«
Dylan sah sie verblüfft an. »Wie die Nilpferde?«
»Jetzt vergiss doch mal die Nilpferde«, sagte Juniper

und seufzte tief auf. »Allmählich bereu ich es, dass ich sie mir je ausgedacht habe. Wenn du jetzt wieder anfängst zu lachen, verpass ich dir eine! So, hör zu. Diesmal übermittle ich dir etwas anderes. Ich weiß nicht mal, ob es sich zeichnen lässt. Wenn du einen Eindruck empfängst, den du nicht zeichnen kannst, dann schreib ihn bitte auf. Nur ein Wort, irgendeinen Hinweis, der dir hilft dich später daran zu erinnern. Hast du das verstanden?«

»Ja, Miss Golding.«

Juniper seufzte wieder. »Ich möchte doch nur, dass du diesmal ganz besonders sorgfältig bist.«

»Was meinst du denn, was ich so treibe, während du per Autostopp durch die Weltgeschichte gondelst? Denkst du vielleicht, dass ich mir eine Flasche Wein reinschütte und mit verbundenen Augen zeichne?«

»Schon kapiert«, sagte sie. »Du machst das bestimmt ganz toll.«

»Vielen Dank.«

»Bitte sehr, gern geschehen.« Sie sah auf die Uhr. »Es ist gleich halb sechs. Um Viertel vor sechs fange ich damit an, dir ein Bild zu übermitteln.«

Er zog erstaunt die Augenbrauen hoch. »Heute lässt du dir aber nicht viel Zeit, um durch die Gegend zu reisen«, stellte er fest. »Fliegst du auf deinem Besen?«

Juniper sah ihn mit einem vernichtenden Blick an. »Diese Art des Fliegens hab ich nicht gemeint«, sagte sie und machte sich auf den Weg.

Geräuschvoll polterte sie die Treppe hinunter und ging durch den Flur zur Eingangstür, riss sie auf und knallte sie wieder zu. Dann zog sie leise die Schuhe aus und schlich die Treppe zu ihrem Zimmer hinauf. Im Schneidersitz ließ sie sich auf dem Bett nieder, nahm ihre Armbanduhr ab und legte sie vor sich auf die Bettdecke. Sie sah sich in ihrem Zimmer um, betrachtete ausgiebig die Gegenstände aus dem Mittelalter, die sie so liebte, die Bilder und Wandteppiche und die alten Kupferstiche. Dann entspannte sie sich, atmete tief durch und legte die Hände mit den Handflächen nach oben auf die Knie. Sie machte die Augen zu.

Dylan wartete, gelassen und entspannt und hellwach. Er spürte, wie sein Herzschlag beschleunigte, und schloss erwartungsvoll die Augen. Er war bereit.
Er nahm Dunkelheit wahr und uralte Dinge und ihn überkam das Gefühl, sich außerhalb seiner Zeit zu befinden. Das war eine sehr tief greifende Erfahrung, die ihm zunächst Angst einflößte. Es gab keine Bilder, nur die Stille war da und die Wahrnehmung einer anderen Realität. Dylan wartete weiter, atmete in schnellen, flachen Zügen und forschte in den dunklen Nischen in seinem Kopf nach.
Aus der Düsternis kristallisierte sich eine Straße heraus, so wie ein Foto beim Entwickeln langsam sichtbar wird. Zuerst war alles dunkel, die Straße war mit groben Steinen gepflastert und wieder hatte Dylan den Eindruck

von etwas sehr Altem. Fasziniert drang er in die Straße ein. Jetzt hatte er keine Angst mehr – er war nur aufgekratzt und voller Staunen. Es war, als schaute er sich einen Film an, nur dass er mittendrin war, anstatt ihn von außen zu betrachten. Das war eine neue Erfahrung, eine Begegnung mit etwas Dreidimensionalem, das absolut wirklich war.

Er ging die Straße entlang und kam zu einer Mauer, die sich rechts von ihm erhob. Die Mauer war so hoch, dass er nicht darüber sehen konnte. Die Steine kamen ihm sehr alt vor. Eine kurze Strecke ging er an der Mauer entlang und kam schließlich zu einem Haus. Überrascht schaute er auf. Das Haus war nicht groß, obwohl es offenbar zwei Stockwerke hatte. Es hatte verputzte Steinwände, die hell aus der Dunkelheit schimmerten. Die Tür, die von der Straße ins Haus führte, war niedrig und sehr, sehr alt. Auch die Fenster waren niedrig. Sie waren von schweren Holzbalken umrahmt und mit schmalen Fensterläden verschlossen. Glasscheiben gab es nicht. Ein Fensterladen stand einen Spalt offen, aber Dylan konnte im Inneren nur Dunkelheit ausmachen.

Der erste Stock war so gebaut, dass er über dem Erdgeschoss hervorsprang. Die Enden der großen Balken, die den Fußboden trugen, ragten ein Stück hervor. Dylan konnte sie fast mit den Händen berühren. Über den Balken befand sich ein weiteres Fenster. Es war ringsum in Holz eingebettet und hob sich von der Wand ab. Darüber ragte ein steiles Giebeldach empor, das nach vorn

geneigt war und dem Haus einen schiefen Anstrich verlieh, so als könnte es jederzeit umkippen.
Lächelnd trat Dylan von dem Haus zurück. Er war völlig hingerissen. Ihm war klar, dass er sich in einer Straße in England zur Zeit des Mittelalters befand, und doch kam sie ihm seltsam vertraut vor, behaglich und wohl bekannt.
Mit einem Mal fiel ihm ein, dass er zeichnen sollte. Er machte die Augen auf und griff nach dem Bleistift. Die düstere Straße, der Eindruck von etwas sehr Altem, das seltsam schiefe Haus – das alles blieb und war ganz lebendig und real. Schnell begann er zu zeichnen, mit Schwung und voller Freude. Er brauchte die Augen nicht zu schließen, um zu sehen, was er sehen musste. Es war alles in ihm und um ihn herum, ein Ort und eine Zeit, die er mit all seinen Sinnen erfuhr.
Er zeichnete gerade die Stufen und die Tür, als ihn plötzlich ein Schock durchfuhr. Dort stand ein Mädchen mit einem Korb voll Pflanzen und Beeren. Sie hatte ihm den Rücken zugewandt, sah sich aber wachsam über die Schulter um, fast so, als hätte sie ihn bemerkt. Er nahm den Duft von Tau und Erde wahr und den wilden, süßen Geruch von frisch gepflückten Kräutern. Schnell machte er sich daran, das Mädchen zu zeichnen, das Gewebe ihres knöchellangen Rocks und das zerschlissene Leder ihrer Schuhe, die locker an den Füßen saßen. Er zeichnete ihre weiße Schürze und die Schleife, mit der sie im Rücken gebunden war. Er zeichnete das

seltsame weiße Häubchen, das sie trug, und die glatten hellen Haare, die zu zwei dicken Zöpfen geflochten waren. Er zeichnete den zarten Schimmer ihres halb abgewandten Gesichts, das spitz zulaufende Kinn, die schönen, breiten Backenknochen und ihre lebhaften, glänzenden Augen.

Dann malte er das Haus fertig, trug die Einzelheiten wie die Balken und das roh behauene Holz ein. Er zeichnete die Ränder der Ziegel an der Dachrinne und die tiefe Dunkelheit hinter den Fensterläden. Mit der Spitze seines kleinen Fingers hob er die glänzenden Beeren im Korb des Mädchens hervor und er nahm einen Kohlestift, um das Dunkel der Treppe, auf der ihr Fuß stand, noch dunkler zu machen.

Dann legte er den Stift weg und stützte den Kopf in die Hände. Er umfasste sein Handgelenk, heftete den Blick auf seine Armbanduhr und zählte den Pulsschlag. Hundertundfünf.

Er seufzte auf und entspannte sich, betrachtete das Bild, das vor ihm lag.

Es war großartig gelungen. Das Haus sah haargenau so aus, wie er es erlebt hatte, stabil und windschief und bezaubernd. Alter verlieh den dunklen Schatten eine besondere Tiefe und Düsternis und die Straße hatte kein Ende.

Und das blonde Mädchen, das in der Tür stand und zu einem Lächeln ansetzte, war von einer eigenartigen, elfenhaften Schönheit, die sich unvergesslich einprägte.

11. Die Probleme häufen sich

Das Telefon klingelte laut und beharrlich und Dylan warf seinen Stift hin. »Robyn?«, rief er zornig. »Barbie? Geht vielleicht mal jemand ans Telefon?«
Niemand nahm ab und so stand er fluchend auf und ging durch den Flur in die Küche.
»Hallo«, blaffte er in die Sprechmuschel.
»Es gibt keinen Grund, sich in diesem Ton zu melden«, sagte sein Vater.
»Na ja, ich versuch gerade meine Hausaufgaben zu machen.«
»Ich bitte untertänigst um Vergebung«, sagte Tom. »Es lag nicht in meiner Absicht, die intellektuelle Glanzleistung des Jahrhunderts zu unterbrechen. Ist deine Mutter da?«
»Nein.«
»Wenn sie nach Hause kommt, dann richte ihr bitte aus, dass ich heute erst spät komme.«
»Ich dachte, du wolltest sie heute ins Kino ausführen. In den Film über Chopin, den sie so gern sehen wollte, mit der vielen Klaviermusik.«
»Es ist etwas dazwischengekommen. Ich kann heute nicht.«
»Wieso nicht? Ich dachte, du baust diese Voliere.«
»Das mach ich auch. Aber die Sache hat sich als ziemlich

kompliziert entpuppt. Erklärst du das bitte deiner Mutter?«
Was kann an einem Vogelkäfig kompliziert sein?, dachte Dylan. Der Einbau einer Frettchen-Alarmanlage? Laut sagte er: »Was soll ich ihr denn sagen?«
»Was du willst. Tschüss, bis nachher.«
»Dad?«
Aber Tom hatte schon aufgelegt. Dylan zuckte mit den Schultern und machte sich wieder an seine Hausaufgaben. Er musste einen Aufsatz darüber schreiben, wie sich Energie einsparen ließ. Ihm fiel so etwas schwer und er beneidete Juniper, die für ihren Aufsatz nicht mal eine Stunde gebraucht hatte und dafür bestimmt wieder eine Spitzennote einheimsen würde. Er griff nach seinem Stift und kaute nachdenklich darauf herum.
Nach einer Weile hörte er seine Mutter ins Haus kommen. Schuldbewusst fiel ihm ein, dass er eigentlich auf die Zwillinge hätte aufpassen sollen. Aber er hörte sie in der Küche mit ihrer Mutter reden, also hatten sie offenbar überlebt, was immer sie in der Zwischenzeit auch alles angestellt haben mochten. Er schrieb weitere zehn Minuten an seinem Aufsatz, dann rief ihn seine Mutter.
»Dylan? Holst du mal bitte die Wäsche herein? Es sieht nach Regen aus. Und lässt du den Zwillingen Badewasser ein?«
»Warum stellen wir die kleinen Biester nicht einfach in den Regen und kippen ein bisschen Waschpulver über sie?«, brummte er vor sich hin, während er nach draußen

ging. Er nahm die Wäsche von der Leine, warf sie in die Abstellkammer und ließ Badewasser in die Wanne. Als sie zur Hälfte voll war, fiel ihm der Anruf seines Vaters ein. Er ging in die Küche.

»Mum? Dad hat vorhin angerufen. Er wird heute etwas später kommen.«

Kathy sah von den kleinen Pastetchen auf, die sie gerade in Fett briet. »Aber er denkt doch daran, dass wir ins Kino wollen? Er hat mir vor Wochen versprochen, dass wir uns diesen Film ansehen. Ich hab die Karten schon besorgt.« Sie lächelte und sah mit einem Mal ganz anders aus, weicher und fast auch jünger. »Das ist seit deiner Geburt das erste Mal, dass dein Vater mit mir ausgeht. Hilfst du mir dabei, die Kartoffeln zu stampfen, ja? Hoffentlich verspätet sich dein Vater nicht zu sehr. Sonst wird sein Essen kalt.«

Dylan nahm den Topf vom Herd und goss das Wasser ab. Der Wasserdampf verbrannte ihm die Hand und er stellte den Topf auf der Arbeitsplatte ab.

»Dad kann nicht mit dir ausgehen, Mum«, sagte er. »Deshalb hat er angerufen. Er ist ... er ist ... ich glaube, er ist mit der Arbeit noch nicht fertig.«

»Für diese Frau? Diese Mrs Honeyburn?«

»Das weiß ich nicht. Er lässt dir sagen, dass es ihm Leid tut.«

Kathy trat vom Herd weg und ließ sich auf einem Stuhl am Esstisch nieder, wobei sie ihrem Sohn den Rücken zuwandte. Dylan zerquetschte die Kartoffeln und stellte den Topf wieder auf den Herd, damit der Kartoffelbrei warm blieb. Dann ging er zu seiner Mutter.

»Er hat doch gesagt, dass es ihm Leid tut.«

Zu seinem Entsetzen stellte er fest, dass sie weinte. Im ersten Augenblick wäre er am liebsten davongelaufen und hätte seine Mutter sich selbst überlassen. Dann legte er ihr unbeholfen die Hand auf die Schulter. »Tut mir Leid, Mum. Vielleicht kann er ja morgen mit dir hingehen.«

»Heute ist die letzte Vorführung.«

»Der Film wird bestimmt noch mal gezeigt. Es kommen doch alle Filme noch mal wieder.«

»Richte den Zwillingen ihr Essen her, ja?«

»Aber sollten sie nicht erst ba. . .?«

In diesem Augenblick gellte hinten im Haus ein Schrei.

»MUM! HIER IST ÜBERALL WASSER!«

Dylan stürzte aus der Küche. Durch den ganzen Flur floss ihm Wasser über den Teppich entgegen, drang ins Schlafzimmer ein und hatte den Wohnzimmerteppich schon zur Hälfte durchtränkt. Er watete durch die warme Flut und drehte an der Wanne das Wasser ab. Seine Füße standen in vier Zentimeter hohem Wasser, als er sich mit geschlossenen Augen über die Wanne beugte. Er sagte ein Wort, das in diesem Haus noch nie gesprochen worden war.

Die Zwillinge, die von der Tür aus zusahen, schnappten nach Luft und fingen dann an zu kichern.

»Jimmy Bryan wurde zum Direktor geschickt, weil er das gesagt hat«, sagte Robyn beeindruckt.

Dylan schaute die beiden an. Er war kalkweiß im Gesicht. »Holt mir einen Eimer und einen Mopp aus der Abstellkammer«, sagte er.
Die beiden sausten davon. Sie kreischten und kicherten und durch den ganzen Flur war das Glucksen und Platschen zu hören, das ihre Füße auf dem Teppich verursachten. Dylan riss ein paar Handtücher aus dem Badezimmerschrank und warf sie in den See auf dem Fußboden. Er tauchte den Arm in die Wanne und zog mit einiger Mühe den Stöpsel heraus. Voller Verzweiflung fing er damit an, die nassen Handtücher über der Wanne auszuwringen.
Die Zwillinge kamen zurück. Sie strahlten vor Begeisterung und drängelten sich unter Einsatz ihrer Ellbogen ins enge Badezimmer.
»Schöpft so viel Wasser auf, wie es nur geht«, sagte Dylan. »Ich nehme den Mopp. Nein – ihr sollt nicht darin spielen! Schaut her, so macht ihr das. Schüttet das Wasser in die Wanne und spritzt euch damit nicht gegenseitig voll. Und macht keine Wellen – sonst fließt nur noch mehr über den Teppich. Was macht Mum?«
»Sie ist weggegangen«, sagte Barbara und kippte einen halben Eimer Wasser in Richtung Badewanne aus. Aber sie hatte schlecht gezielt und das Wasser ergoss sich über Dylans gebeugten Rücken. Dylan richtete sich auf und funkelte sie böse an, dann nahm er ihr den Eimer aus der Hand.
»Und auf dem Herd verbrennt irgendwas«, fügte Barbara beiläufig hinzu.

Dylan ließ den Eimer fallen und raste in die Küche. Aus dem Topf mit dem Kartoffelbrei stiegen dicke Rauchwolken auf. Er hatte die Herdplatte nicht heruntergedreht. Und die Pasteten waren schwarz. Er goss Wasser in den Topf und stellte ihn mit der ekligen, zischenden Pampe ins Spülbecken. Dann fischte er die Pasteten aus der Pfanne, schaltete den Herd ab und ging wieder ins Bad.

Die Zwillinge hatten sich ausgezogen, hockten splitternackt im Wasser und schöpften es mit winzigen Puppentässchen auf, die sie im Zeitlupentempo in die Wanne ausleerten. Sie waren von oben bis unten eingeseift und ihre Lockenköpfe trugen eine glitzernde Schaumkappe aus Shampoo.

»Wir baden dabei auch gleich«, erklärte Barbara fröhlich. »Dann wird das warme Wasser nicht vergeudet. Mummy sagt, dass wir kein warmes Wasser vergeuden dürfen, weil die Stromrechnung so hoch ist.«

Seufzend bückte sich Dylan nach den triefend nassen Handtüchern.

Um zwei Uhr morgens warf er das letzte schmutzige Handtuch in die Waschmaschine. Er holte den Heizlüfter aus der Garage und stellte ihn ins Wohnzimmer, damit der Teppich trocknen konnte. Dann machte er alle Fenster auf und hoffte, dass der Wind mithelfen würde. Im ganzen Haus stank es nach angebrannten Kartoffeln, nassem Teppich und dem warmen Gummi der Unterlage.

Der Gestank war fast noch schlimmer als der Wasserschaden.

Er warf einen Blick ins Zimmer der Zwillinge. Die beiden schliefen tief und fest. Am Fußende ihrer Betten waren Spielsachen, Kleider und Bücher zu hohen Stapeln aufgehäuft, damit sie möglichst weit weg vom feuchten Fußboden waren. Dann schaute er ins Elternschlafzimmer. Das Bett darin war unberührt. Seine Mutter war noch nicht wieder da und sein Vater war immer noch weg.

Dylan ging in sein eigenes Zimmer. Müde patschte er über den nassen Teppich und zog sich die feuchten Sachen vom Leib. Eigentlich hätte er dringend eine Dusche gebraucht, aber dafür war er zu erschöpft. Er zog seinen Schlafanzug an, ging in die Küche, räumte auf der Arbeitsplatte ein Stück frei und machte sich ein Brot mit Erdnusscreme. Dabei gab er sich Mühe, den Topf mit der ekligen Pampe und die fettigen Teller auf dem Tisch nicht zu beachten.

Die Zwillinge hatten die angebrannten Pasteten zwischen Brotscheiben geklemmt und jede Menge Tomatensoße drübergegossen. Beim Essen hatten sie auf hohen Stühlen über dem Teppich mit den nassen Flecken gethront und dabei ferngesehen. Das hatte ihnen einen Riesenspaß gemacht. Seit dem Abend, an dem Dad betrunken nach Hause gekommen war, hatten sie nicht mehr so etwas Aufregendes erlebt.

Als Dylan in sein Brot biss, hielt er inne und lauschte.

Hinten im Haus war ein leises, verstohlenes Geräusch zu hören.
»Bist du's, Mum?«, rief er, ging zur Tür und schaute in den Flur hinaus. Das ganze Haus lag im Dunkeln. Bis auf das rote Leuchten des Heizlüfters im Wohnzimmer war nichts zu sehen.
Dann flammte Licht auf und er sah seinen Vater, der ein erschrockenes Gesicht machte und sich sichtlich unbehaglich fühlte.
»Was ist hier los, Dylan? Wo kommt dieser schreckliche Gestank her? Und wo ist deine Mutter?«
Dylan biss noch einen Happen von seinem Brot ab. »Das weiß ich auch nicht, Dad. Sie ist weg. Wir hatten eine Überschwemmung. Das war meine Schuld. Und sie ist mittendrin weggegangen.«
Tom stützte sich an der Wand ab. Er konnte kaum sprechen. »Sie hat uns verlassen? Hat sie eine Nachricht hinterlegt?«
»Nein, Dad. Sie hat uns nicht verlassen, sie ist einfach aus dem Haus gegangen. Um heute Abend auszugehen, schätze ich. Vielleicht ist sie ja allein ins Kino gegangen. Das mit dem Teppich tut mir Leid. Ich hab ihn sauber gemacht, so gut es nur ging. Im Wohnzimmer habe ich den Heizlüfter angestellt, damit alles trocknen kann.«
»Hat sie nicht gesagt, wo sie hinwill?«
»Nein.«
»Ach, Dylan, was für ein Schlamassel. Was für ein schrecklicher Schlamassel.« Tom ging ins Wohnzim-

mer, setzte sich im Dunkeln hin und barg sein Gesicht in den Händen. Das Licht des Heizlüfters warf einen schwachen Schein auf die kahle Stelle auf seinem Kopf und Dylan empfand plötzlich eine tiefe Zärtlichkeit für seinen Vater.

»Es tut mir so Leid, Dad«, murmelte er. »Wenn wir einen neuen Teppich kaufen müssen, besorg ich mir einen Job im Supermarkt oder sonst wo und beteilige mich an den Kosten.«

»Ich spreche nicht vom Teppich, Dylan. Der Teppich ist mir egal. Es geht um uns. Um deine Mutter und mich.«

Dylan warf den Rest von seinem Brot weg. Unglücklich drückte er sich in der Tür herum. »Wenn du nichts dagegen hast, geh ich jetzt ins Bett. Ich bin total erledigt.«

Dann machte er kehrt, ging in sein Zimmer, knipste das Licht an und zog die Tür ins Schloss. Er lehnte sich von innen dagegen, atmete tief durch und versuchte an nichts zu denken, versuchte vor allen Dingen nichts zu fühlen.

Nach einer Weile ging er zu seinem Schreibtisch mit dem angefangenen Aufsatz. Zwischen seinen Unterlagen zog er eine kleine Zeichnung hervor. Es war ein Porträt von Juniper, das er aus dem Gedächtnis angefertigt hatte. Er hatte sie genau getroffen. Die Augen waren dunkel und ernst, die Lippen verführerisch und leicht nach oben gebogen. So sah sie manchmal aus: verschleiert, entrückt, geheimnisvoll und unbeschreiblich schön.

Er lehnte das Porträt an einen Stapel Schulbücher, sodass er es sehen konnte, und stieg ins Bett. Lange blieb er so liegen, die Hände hinter dem Kopf verschränkt, und betrachtete ihr Gesicht.

»Gute Nacht, Juniper«, sagte er leise und fragte sich, ob sie das wohl hören konnte. »Weißt du, du bist wirklich der einzige Lichtblick in meinem Leben.«

Dann drehte er sich zur Wand und schlief ein.

12. Der Fluss der Zeit

Als Kathy nach Hause kam, saßen sie gerade beim Frühstück. Sie hörten sie ins Haus kommen und ins Bad gehen.

Tom stellte seine Kaffeetasse ab. »Ihr bleibt hier«, sagte er. »Dylan, ich möchte nicht, dass deine Mutter und ich jetzt gestört werden. Mach du die Zwillinge für die Schule fertig. Achte darauf, dass sie ihre Schulbrote mitnehmen und ihre Schwimmsachen dabeihaben.«

Damit ging er hinaus und zog die Küchentür zu.

Robyn aß mit ernster Miene weiter. »Jetzt kriegt sie bestimmt Dresche«, sagte er.

»Red nicht so blöd daher«, sagte Dylan.

»Wir würden doch auch Dresche kriegen, wenn wir die ganze Nacht wegbleiben würden«, stellte Barbara fest. Sie dachte eine Weile nach und grinste dann ihrer Schwester spitzbübisch zu. »Weißt du, das könnten wir doch mal machen. Wir nehmen uns Brote mit und ein paar Decken und unsere Puppen und Teddybären und die Morgenmäntel, und dann laufen wir weg und schlafen im Freien.«

Robyn riss erschrocken die Augen auf. »Im Dunkeln?«, fragte sie.

»Klar doch. Wir könnten in dem kleinen Hexenhäuschen auf dem Spielplatz schlafen.«

»Das wär aber ziemlich gruselig«, sagte Robyn unsicher.
»Und eng«, sagte Dylan. »Bis ihr mit all eurem Krempel dort drin wärt, zusammen mit Hänsel und Gretel und der Hexe, wärt ihr alle schon zu Mus zerquetscht.«
»Die Hexe war doch gar nicht da«, sagte Barbara und streckte ihm die Zunge raus.
Aus dem Bad konnten sie die Stimme ihrer Mutter hören. Sie sprach laut, schrie durch die geschlossene Tür. Ihre Stimme klang, als weinte sie. Dylan stellte das Radio an und Barbara stellte es wieder aus.
»Ich will zuhören«, sagte sie.
»Pech«, sagte Dylan und machte das Radio wieder an.
Sie hörten ihren Vater brüllen und Kathy schrie zurück. Dylan stellte das Radio lauter. Dann räumte er den Tisch ab und fing an zu spülen. Als er das Wasser ins Becken laufen ließ, merkte er, dass ihm die Hände zitterten. Es kam ihm selbst lächerlich vor, aber er war den Tränen nahe.
Robyn weinte. Wie ein verängstigtes Tier wimmerte sie leise vor sich hin. Das Geschrei ging immer weiter, die Stimme ihrer Mutter klang schrill und hysterisch. Dann fing Barbara an zu schluchzen. Dylan ließ das Spülbecken im Stich und versuchte die beiden zu trösten, aber seine Zuwendung war den Zwillingen nicht vertraut und sie wanden sich heulend aus seiner Umarmung. Also überließ er sie ihrem lautstarken Kummer und fuhr damit fort, die Küche aufzuräumen. Er musste auch noch das verdreckte Geschirr vom gestrigen Abend spü-

len. Als er damit fertig war, hatten die Zwillinge sich müde geheult. Sie saßen mit ihren Schultaschen auf der Hintertreppe, gaben lange, zittrige Seufzer von sich und sahen mit ihren fleckigen, verquollenen Gesichtern wie zwei kleine Kobolde aus.
Dylan ging in sein Zimmer und warf den unfertigen Aufsatz in seine Schultasche. Dabei gab er sich alle Mühe, das wütende Geschrei aus dem Zimmer seiner Eltern zu ignorieren. Er kämmte sich die Haare und versuchte so zu tun, als wäre ihm nicht aufgefallen, wie blass er aussah. Ihm zitterten immer noch die Hände und das Frühstück rumorte in seinem Magen. Er ging hinaus und holte sein Fahrrad. Dann rief er die Zwillinge und begleitete sie bis zu der großen, verkehrsreichen Kreuzung, an der sie eine andere Richtung einschlagen mussten als er.
»Wir sehn uns dann nach der Schule«, sagte er und wünschte sich sehr, sie würden etwas fröhlicher dreinschauen. »Passt gut auf, wenn ihr die Straßen überquert, ja?«
»Ist Mummy zu Hause, wenn wir aus der Schule kommen?«, fragte Robyn mit verzagtem Stimmchen.
»Natürlich ist sie da. Tschüss!«
Die Mädchen schlurften davon und ihn überkam das verrückte Verlangen, sie zurückzurufen und in die Arme zu nehmen. Aber er unterdrückte diesen Impuls und sah ihnen stattdessen nach, bis sie hinter der nächsten Ecke verschwunden waren.
Mit einem tiefen Seufzer sah Dylan auf die Uhr. Sieben

nach neun. Er würde zu spät kommen, mitten in den Englischunterricht hineinplatzen und einen unfertigen Aufsatz abgeben. Und dabei hatte der Tag noch gar nicht richtig angefangen.

Juniper reichte Dylan ein Glas Ingwerlimonade und setzte sich zu ihm aufs Sofa. Sie hob ihr Glas, stieß mit ihm an und lächelte ihm dabei mitfühlend zu.
»Auf einen besseren Tag morgen«, sagte sie.
»Es muss ja besser werden«, sagte er und seufzte. »Schlimmer kann's nicht mehr kommen.«
»Kopf hoch, Leonardo. Hier bist du sicher. Niemand schreit dich an, weil du zu spät gekommen bist und deine Hausaufgaben nicht gemacht hast; niemand lacht dich aus, wenn du im Sitzen einschläfst; niemand macht sich über dich lustig und du kannst sicher sein, dass dich niemand auch nur in den weiteren Umkreis von Wasser lässt. Hier bist du Leonardo, Seher und Künstler und als mein Freund jederzeit willkommen. Also, wo bleibt dein Lächeln?«
Er rang sich eins ab und Juniper jubelte laut. »Das erste Lächeln des Tages!«, rief sie triumphierend. »Das erste Anzeichen von Feiern und Leben! Ach, wie wohl es meiner Seele tut, dein sonniges Gesicht zu sehen!«
»Shakespeare?«, fragte er und kippte sich prompt die Limonade über die Hose, weil er lachen musste.
»Nein. Noch besser. Von mir.« Sie lächelte ihn strahlend an. »Du bist wirklich Weltmeister im Verschütten, nicht wahr, Dylan Pidgely?«

»Ich hab viel Übung darin«, sagte er.
Juniper stand auf und holte ihm einen Lappen.
»Ein Glück, dass du nicht mit Feder und Tusche arbeitest«, sagte sie, als sie wiederkam. »Was das für Folgen hätte, würde mich dann doch überfordern.«
»Also, ich wollte ja eigentlich fragen, ob ich's nicht mal mit Aquarellfarben probieren kann«, sagte er, während er an seiner Hose herumputzte. »Aber vielleicht lass ich das lieber.«
»Leonardo«, sagte sie mit großzügiger Geste. »Wenn du Aquarellfarben möchtest, bekommst du Aquarellfarben. Du kannst auch Ölfarben haben, wenn du magst. Du bekommst Kreide, Stifte, Pastellfarbe, Temperafarbe, Spachtel, Leinwand, Ton, Bronze, Marmor, die Decke der Sixtinischen Kapelle – was du nur willst. Alles, nur keine Tusche.«
Er schüttelte lachend den Kopf. »Aquarellfarben wären schön.«
»Ich hab Aquarellfarben«, sagte Juniper. »Sie sind in meinem Zimmer. Warte hier.«
Kurz darauf kehrte sie mit einem Holzkasten zurück und sie gingen zum Dachboden hinauf. Dort hockte sie sich neben Dylan auf den Boden und klappte den Deckel auf. Gemeinsam breiteten sie den Inhalt aus. Der Kasten enthielt über dreißig Tuben mit Aquarellfarben von der besten Qualität und sieben Zobelhaarpinsel unterschiedlicher Stärke.
Dylan geriet in einen Begeisterungstaumel. »Mit sol-

chen Farben wollte ich schon immer malen«, flüsterte er und drehte eine Tube Karmesinrot hin und her. »Aber so was können wir uns nie und nimmer leisten.«

»Meine Großmutter hat sie mir geschenkt«, sagte Juniper. »Von ihr bekommen wir immer so schöne Sachen und sie hilft uns auch finanziell. Sie ist nämlich sehr wohlhabend und geht großzügig mit ihrem Geld um. Für Marsha hat sie die Hypothek getilgt, die sie auf dem Haus hatte.«

»Da habt ihr Glück«, sagte er.

»Wirst du gleich damit malen, während ich dir das Bild übermittle?«, fragte Juniper. »Oder zeichnest du zuerst und malst dann später?«

»Ich werde so zeichnen wie sonst auch«, sagte Dylan. »Und dazu mach ich mir Notizen zu den Farben. So wie bisher mache ich alle Schattierungen mit dem Bleistift. Dann besprühe ich das ganze Blatt mit Fixiermittel, damit die Zeichnung nicht verwischt. Danach male ich das Bild mit den Aquarellfarben aus, aber nur ganz leicht, sodass die ursprüngliche Bleistiftzeichnung noch durchschimmert. Das sieht dann wie ein leicht koloriertes Foto aus. Ich hab so was schon in einem Buch abgebildet gesehen. Das war toll.«

»Dann legen wir gleich los«, sagte Juniper und stand voller Eifer auf.

Dylan, mit der Farbtube in der Hand, stellte sich neben sie und senkte den Kopf. »Juniper?«, fragte er. »Was genau hast du gemacht, als du mir dieses letzte Bild übermittelt hast? War das wirklich alles nur Phantasie?«

Eine volle Minute lang stand Juniper da und schaute ihn schweigend an. Auf ihrem Gesicht lag ein seltsamer Ausdruck, der Dylan an die Zwillinge erinnerte, wenn sie bei etwas Verbotenem ertappt worden waren und nicht wussten, ob sie sich herauslügen, ein Geständnis ablegen oder abhauen sollten.

»Das sollte ich wohl erklären«, sagte Juniper schließlich und setzte sich wieder.

Er schwang sich neben sie auf die Fensterbank. Ihre Köpfe und die Schultern waren in das helle Licht der Nachmittagssonne getaucht. Eine Weile blieb Juniper stumm und betrachtete nachdenklich ihre Hände. Sie hatte die Handflächen nach oben gedreht, zu einer friedlichen Geste, so als wollte sie ein Geschenk darbieten. Die Sonne schien direkt darauf, sodass es aussah, als hätte sie die Hände voller Licht.

»Ich glaube, dass ich mir das alles nur ausmale«, sagte sie. »Aber sicher bin ich mir nicht. Was ich beim Meditieren sehe, überrascht mich selbst, so als käme es von außerhalb. Ich hab mich neulich nicht mit der Vorstellung hingesetzt, dass ich mir jetzt eine mittelalterliche Straße und ein Haus ausmalen würde und ein Mädchen mit einem Korb voller Kräuter und Beeren. Das habe ich sozusagen erst unterwegs entdeckt. Kannst du das verstehen?«

»Ja. Ich hab das genauso empfunden.«

»Ach ja, richtig. Also, bei mir läuft das auch so. Das Einzige, was ich bewusst steuere, ist ein Gefühl für Dinge aus dem Mittelalter. Woher die Bilder dann kommen, weiß ich eigentlich gar nicht. Das ist so, als ob ich die Segel in eine bestimmte Richtung setze, aber dann muss ich dorthin fahren, wo der Wind mich hinweht oder die Strömung mich treibt oder wo ich eben hingezogen werde.«

»Das verstehe ich«, sagte Dylan. »Aber wo kommen diese Bilder her? Irgendwo müssen sie ja herkommen. Oder von irgendwem.«

»Ich glaube, das hat was mit der Zeit zu tun, Dylan. Es gibt eine Theorie, dass die Zeit gar nicht so ist, wie wir meinen – sie läuft nicht chronologisch ab und ist auch nicht schön säuberlich in Vergangenheit, Gegenwart und Zukunft unterteilt. Vielleicht gibt es ja nur ein ewiges Jetzt, das ständig in Bewegung ist, sodass alle Zeit gleichzeitig stattfindet. Und dieses Jetzt können wir durchqueren, vorwärts und rückwärts, und manchmal können wir die Leute und die Orte sehen, die sich darin befinden.«

»Willst du damit sagen, dass du eine Zeitreise machst?«, fragte Dylan ungläubig. »Dass alles, was wir gesehen haben, in Wirklichkeit existiert – die Straße und das Haus und das Mädchen?«

»Keine Ahnung. Das ist nur eine Theorie. Ich habe in einigen Büchern davon gelesen. Einstein hat Vorstellungen dazu entwickelt und auch C. G. Jung. Viele alte Kulturen haben daran geglaubt. Deshalb sind für manche Menschen ihre Traditionen, die Stammesgebiete und die

Vorfahren so wichtig: Sie haben nie wirklich aufgehört zu existieren. Vielleicht hat Jesus das gemeint, als er sich als das A und das O bezeichnete, den Anfang und das Ende. Das ist eine völlig neue Auffassung von Zeit. Also, neu ist sie eigentlich nicht, in Wirklichkeit ist das etwas ganz Altes. Es ist, als würde die Zeit gar nicht existieren. Ich blicke überhaupt nicht durch, Dylan. Ich weiß einfach nur, dass sich damit einige Erfahrungen erklären lassen, die ich gemacht habe.«

Dann brach sie zögernd ab und Dylan sah ihr ins Gesicht. Er war selbst zutiefst verwirrt und erstaunt. »Mach weiter«, sagte er. »Ich hör dir zu.«

Sie holte tief Luft und sprach weiter.

»Als Sechsjährige hab ich mal einen alten Herrn besucht, den ich gut kannte, einen Professor für mittelalterliche Geschichte. Er hatte einen Becher aus dem fünfzehnten Jahrhundert und ich durfte ihn in die Hand nehmen. Die Gefühle, die mich dabei überkamen, lassen sich nicht erklären. Ich hatte Heimweh, Dylan. Schreckliches Heimweh. Ich sehnte mich nach etwas und wusste noch nicht mal, was das war. Die Sehnsucht war fast so wie Hunger oder ein körperlicher Schmerz und ich wusste nicht, was ich dagegen machen sollte. Gleichzeitig war ich aber froh – so froh wie noch nie zuvor. Es war, als käme ich nach Hause, während ich gleichzeitig Heimweh hatte. Ich hatte das Gefühl, in etwas einbezogen zu sein, was ich nicht fassen konnte, etwas Freudiges und Gewaltiges und Heiliges. Während ich den Becher hielt, fing ich an zu weinen. Ich heulte und heulte und konnte nicht damit aufhören. Kurz darauf hatte ich einen Traum. Ich sah ein Mädchen, das ungefähr so alt war wie ich. Sie trug ein langes braunes Kleid mit hoher Taille und einem weiten Rock. Auf dem Kopf saß ihr eine schlichte weiße Haube, die unterm Kinn gebunden war. Ihre langen blonden Haare waren so gewellt, als wären sie vorher geflochten gewesen, und sie hatte blaue Augen. Diese Augen vergess ich nie.«

Juniper legte eine kleine Pause ein und fuhr dann fort: »Sie spielte mit einer weißen Taube. In ihren Armen wirkte der Vogel sehr groß und ich wunderte mich darüber, dass er nicht wegflog. Er blieb bei dem Mädchen und sie streichelte ihn und strich ihm das Gefieder glatt und er hatte keine Angst. Er gurrte nur leise, wie Tauben es eben machen, und sie sprach auf ihn ein und lachte. Dann flog er ihr auf die Schulter und jemand kam, nahm das Mädchen an der Hand und führte sie fort. Die zweite Person konnte ich nicht richtig sehen, nur sie. Und es war eigentlich auch gar kein Traum, Dylan. Ich saß hellwach unter einer Hecke und spielte in der Sonne.«

Eine Zeit lang sagte Dylan nichts. Er sah Juniper auch nicht an und rührte sich nicht. Dann fragte er: »Hast du sie noch mal wieder gesehen?«

»Ja. Ich glaube, sie war das Mädchen, das in der Tür stand. Aber sie war jetzt älter. Ich hab sie wohl an einer anderen Stelle im Jetzt gesehen.«

Dylan sah sie forschend an, dann schüttelte er den Kopf.

»Nein. Nein, das kann ich nicht akzeptieren«, sagte er. »Ich glaube, du hast dir das nur ausgedacht. Das Ganze. Sogar sie. Vor allem sie.«

»Hast du sie dir nur ausgedacht?«, fragte Juniper.

Er verstummte. Seine Hände lagen zu Fäusten geballt auf den Oberschenkeln, seine Brille war beschlagen. Er nahm sie ab und putzte die Gläser mit langsamen Bewegungen am Ärmel blank.

»Das weiß ich nicht«, sagte er. »Darüber muss ich erst nachdenken.«

Dann setzte er die Brille wieder auf und sah Juniper an. »Deshalb wolltest du diese Sache mit der Bildübertragung durchziehen, stimmt's? An Skulpturen und Schloten und Teddybären in Schaufenstern warst du gar nicht wirklich interessiert. Dir ging es darum, dass jemand diese anderen Orte zeichnet, die du siehst.«

»Macht dir das was aus?«

»Eigentlich nicht. Aber du hättest es mir sagen können.«

»Das hab ich ja gerade und du kannst es kaum verkraften. Wenn ich dir damit schon vor einem Monat gekommen wäre, hättest du mich für verrückt erklärt.«

Dylan lächelte. »Verrückt bist du nicht«, sagte er leise. »Ich bin mir nicht sicher, was du bist, Juniper. Vielleicht eine Mystikerin. Eine Pilgerin auf bislang unbetretenen Pfaden.«

»Sehr poetisch, Leonardo.« Juniper grinste. »Und du bist genau so ein Pilger wie ich. Es wird Zeit, dass wir damit weiterkommen.« Dann bemerkte sie seinen Ge-

sichtsausdruck und brach ab. »Macht dir das Angst, Dylan?«
»Ein bisschen schon. Und dir?«
»Nur ein bisschen, genau wie dir. Wenn das alles so stimmt und ich es mir nicht nur einbilde, dann müssen das Menschen auch schon früher gemacht haben. Und es muss Richtlinien dafür geben. Bestimmt gibt es – also, so was wie Regeln, nehm ich an. Sicherheitsvorschriften für Reisende auf telepathischem Weg. Schade, dass ich niemanden kenne, der das schon mal gemacht hat.«
»Kannst du so jemanden nicht finden?«
»Ich könnte eine Anzeige in die Zeitung setzen. ›Verwandte Seele mit Erfahrung in Zeitreisen gesucht. Treffpunkt: vor dem römischen Senat in den Iden des März. Am besten dann, wenn Brutus gerade nicht da ist.‹«
Dylan lachte. »Du spinnst total.«
»Ich weiß. Wenn ich im Mittelalter gelebt hätte, wäre ich nicht so leicht davongekommen. Man hätte mich nicht als Pilgerin bezeichnet, sondern als Hexe verbrannt.«
Damit wandte sie sich ab und wollte die Dachkammer verlassen, aber Dylan hielt sie zurück. »Juniper? Meinst du das wirklich?«
»Das mit Brutus?«, fragte sie. »Nein. Mich würde er sowieso nicht abmurksen. Er war hinter Cäsar her.«
»Nicht die Sache mit Brutus. Das mit dir. Dass du als Hexe verbrannt worden wärst.«
Sie kam noch mal zurück, setzte sich auf die Fensterbank und musterte Dylan mit nachdenklichem Blick.

»Weißt du, damals konnte eine Frau der Hexerei bezichtigt werden, nur weil sie einen Besen besaß und im Garten Kräuter zog. Es war gefährlich, sich von den anderen zu unterscheiden. Und sich mit Heilkunde auszukennen oder unabhängig zu sein oder übersinnliche Fähigkeiten zu besitzen, war eindeutig ›anders‹. Darin lag der Unterschied zwischen harmlosen Menschen und Hexen.«
Dylan wusste nicht so recht, ob sie das ernst meinte. »Es gab doch Hexenprozesse, oder?«, sagte er. »Selbst ein noch so blöder Anwalt musste wissen, dass man keine Hexe ist, nur weil man Petersilie anbaut. Lieber Himmel, dann hätte man ja die Hälfte aller Frauen in England umbringen müssen!«
»Das ist auch fast geschehen«, sagte Juniper.
Sie stand auf und drehte sich von ihm weg, wandte das Gesicht dem Fenster und der strahlenden Nachmittagssonne zu.
»Im Mittelalter hatten Prozesse nicht viel mit Logik zu tun«, sagte sie leise. »Es gab die so genannte Hexenprobe. Die Priester sprachen ein Gebet an einem Fluss und segneten das Wasser und dann wurde die der Hexerei angeklagte Person mit gefesselten Händen und Füßen hineingeworfen. Wenn sie ertrank, war sie unschuldig, weil das bedeutete, dass der Fluss sie annahm. Wenn sie am Leben blieb, hieß das, dass der Fluss sie abwies, weil sie schuldig war. Und dann wurde sie gefoltert und verbrannt.«
Eine Weile schwiegen sie beide. Dylan spürte bei Juni-

per ein tiefes Unbehagen und eine Angst, die er sich nicht erklären konnte. Er trat zu ihr und strich ihr behutsam übers Haar. »Kopf hoch, liebe Hexe«, sagte er und schlug einen lockeren Tonfall an. »Für solche scharfen Sachen kommen wir fünf Jahrhunderte zu spät.«
Juniper wandte den Kopf und sah ihn an. Ihr Gesicht war ernst und wirkte seltsam entrückt. »Es geht nicht um das Feuer; davor hab ich keine Angst«, sagte sie. Dann lächelte sie, war mit einem Mal wieder ganz munter und schaute auf die Uhr. »Los, spitz deine Bleistifte, Leonardo. Wir sehn uns dann um fünf irgendwo im fünfzehnten Jahrhundert.«
Sie ging hinaus und Dylan setzte sich vor das Zeichenpapier auf den Boden und wartete.

13. Irgendwo im fünfzehnten Jahrhundert

Noch nie zuvor hatte Juniper eine so absolute Finsternis erlebt. Sie konnte die Hand nicht vor den Augen sehen, sie konnte nichts hören und nichts spüren. Sie wusste nur, dass sie aufrecht stand und dass rund um sie herum ein riesiger Raum war. Dann begannen von weit her Geräusche zu ihr durchzudringen: der Gesang von tiefen Männerstimmen und die hellen Klänge einer Flöte. Allmählich kamen Frauenstimmen dazu, die in das Lied mit einstimmten, und die Begleitmusik einer Mandoline. Nach und nach kamen die Töne näher, lösten sich manchmal in Gelächter auf und folgten dann wieder der flotten Melodie der Flöte.

Juniper merkte, dass ihre Haare sich bewegten, als wehte ein leichter Wind; aber sie konnte keinen kühlen Windhauch im Gesicht spüren. Sie roch feuchte Erde und Gras und den süßen, betäubenden Duft von Geißblatt. Ihr wurde bewusst, dass sie in hohem, nassem Gras stand und mit dem Rücken an Blätter und Zweige streifte, aber sie konnte das alles nicht spüren, sondern wusste nur einfach, dass es da war.

Die Luft um sie herum wurde heller, verwandelte sich in ein schimmerndes, nebliges Grau und Juniper konnte sehen, dass sie sich an einer Hecke in einer seltsamen Landschaft befand. In der Nähe verlief eine unbefestigte

Straße, die in der Morgendämmerung nur undeutlich auszumachen war. Der Nebel löste sich auf und die Stimmen kamen näher, manche lachten und plauderten, andere sangen weiter. Darunter mischte sich noch ein tieferes Geräusch wie das Poltern von Wagenrädern und zwischendurch hörte man Tiere schnauben.

Die Flöten verstummten und die Stimme eines jungen Mannes übertönte alle anderen. Sein Tonfall klang heiter, aber auch bestimmt. Alles lachte über seine Worte und das Gelächter hallte in der frostigen Luft wider.

Dann sah Juniper eine Gruppe von Menschen auf sich zukommen. Die Kleider der Frauen waren weiß und zart, die Gewänder der Männer hoben sich bleiern und dunkel vom Grau des frühen Morgens ab. Juniper wich in den dunklen Schatten der Hecke zurück und sah zu, wie die Gruppe an ihr vorüberzog.

Insgesamt waren es etwa dreißig Leute, alles junge Männer und Frauen. Bei vielen von ihnen handelte es sich offenbar um Pärchen: Sie hatten einander die Arme um Schultern und Taille gelegt und gingen eng umschlungen. Einige der einzelnen Männer liefen hinter den Mädchen her, riefen zärtliche Koseworte und wurden lachend weggeschubst. Alle hielten Wiesenblumen und Zweige mit grünen Blättern in den Händen und viele Mädchen hatten Blumen im Haar.

Die Männer trugen dicke bunte Strümpfe und kurze Kittel mit weiten, fließenden Ärmeln. Ihre weichen Schuhe liefen vorne spitz zu und Juniper fiel auf, dass

Messer in ihren Gürteln steckten. Einige hatten Geldbeutel aus weichem Stoff, die mit einer Schnur zugebunden waren.

Die Kleider der Frauen waren lang und einfach geschnitten. Manche hatten sich die Haare hochgesteckt, aber die durchtanzte Nacht, der Fußmarsch an den Hecken entlang und das Blumenpflücken hatten dazu geführt, dass sich lange Strähnen gelöst hatten und wirr herunterhingen.

Hinter der Gruppe kam ein Ochsengespann, das einen langen, hölzernen Heuwagen zog. Der Wagen war über und über mit Blättern bedeckt. Auf ihm wurde ein langer Maibaum transportiert, der mit Blumen und Kräutern, Fahnen und bunten Bändern geschmückt war. Die Bänder flatterten über den grünen Blättern und dem Holz des Wagens und hoben sich leuchtend rot und gelb und blau von der Dunkelheit ab. Die Blumen bildeten einen sanfteren Kontrast. Sie schimmerten so hell wie die Gesichter der jungen Männer und Frauen.

Auch die Ochsen waren geschmückt, ihre Hörner waren mit Blüten und biegsamen Zweigen umwunden. Schnaubend und keuchend, zogen sie den schweren Wagen die Straße entlang und ihr warmer Atem dampfte in der stillen Morgenluft.

Der Mann mit der Mandoline fing wieder an zu spielen und die Gruppe sang.

Niemand bemerkte Juniper. Singend zogen sie an ihr vorbei, wobei das Lied häufig von Gelächter und zotigen Witzen unterbrochen wurde. Einige tanzten im Rhythmus des Lieds. Die hellen Kleider der Frauen schwangen sacht durch das Dunkel der Straße. Alle gingen an ihr vorüber und waren schon bald verschwunden, bis auf das letzte Paar, das Arm in Arm langsam einherschritt.

Sie blieben zurück und der Mann zog die junge Frau von der Straße in den dunklen Schatten der Hecke, wo Juniper stand. Sie waren so nah, dass Juniper den Rosmarin und die Blumen im Haar des Mädchens riechen konnte und den beißenden Geruch der grünen Zweige, die sie im Arm trug.

»Bleib doch ein Weilchen, meine Liebste«, murmelte der Mann und drückte das Mädchen an sich. Sie ließ sich bereitwillig in seine Arme sinken, lachend und atemlos vom Singen und dem Fußmarsch. Juniper sah sie von hinten und konnte sehen, dass sie helle leuchtend blonde Haare hatte, die ihr über den Rücken fielen und fast bis zu den Knien reichten. Ein weißes Band war um die Haare gewunden und hielt sie zusammen.

Die beiden küssten sich und ihre Freunde ein Stück vor ihnen auf der Straße pfiffen und johlten.

»Lass das Mädchen in Ruhe, Edmund!«, rief ein Mann scherzhaft. »Sie wird erst zu Pfingsten deine Frau.«

Edmund lachte leise und beendete den Kuss, aber die beiden kehrten nicht sofort zur Straße zurück. Er hielt sie noch eine Weile in den Armen und sie schmiegte sich an ihn und legte ihren Kopf an seine Schulter. Behutsam strich er ihr mit seinen langen hellen Fingern durchs Haar und steckte ein Rosmarinzweiglein fest, das herausgefallen war. Einen Moment lang sah er genau zu Juniper hin, aber seine Augen behielten ihren lächelnden, verträumten Ausdruck und sein Blick glitt über ihr Gesicht hinweg. Juniper blieb bewegungslos stehen und beobachtete ihn, wagte dabei nicht zu atmen.

Er war ihr so nahe, dass sie den weichen grauen Pelz an seinem dunkelblauen Rock sehen konnte und jeden Zug seines Gesichts. Es war ein ungewöhnliches Gesicht, schmal und zartknochig, mit einem wohl geformten Mund und einem kleinen Grübchen im Kinn. Die Augen mit der goldgrünen Iris waren von schweren Lidern verhangen. Seine schulterlangen Haare waren hellbraun und leicht gelockt. Er war ungefähr siebzehn Jahre alt.

Der Junge flüsterte dem Mädchen etwas zu und sie hob den Kopf und streichelte ihm sacht die Wange. Dabei fiel Juniper auf, dass sie einen goldenen Ring mit einem kleinen violetten Stein trug. Sie war sich ziemlich sicher, dass es sich um das Mädchen handelte, das damals mit dem Korb voller Kräuter in der Tür gestanden hatte. Gespannt wartete sie darauf, dass das Mädchen sich umdrehte, aber das geschah nicht. Stattdessen wandte sich der Mann von ihr weg, legte dem Mädchen den Arm um die Schultern und ging mit ihr durch das glänzende Gras zur Straße zurück, ihren Freunden nach.

Juniper hörte noch mehr Gelächter und dann setzten die

hellen Klänge der Flöten wieder ein. Der Wagen polterte weiter. Die Szene wurde wieder neblig und dunkel.
Dann, hoch oben, sah Juniper wieder Licht, aber immer noch undeutlich, nur ein zarter Schimmer. Zuerst dachte sie, es wäre der Mond oder eine Laterne, die irgendwo in großer Höhe angebracht worden war. Dann begriff sie, dass es die Sonne war; sie war wie ein Bogenfenster geformt und funkelte in vielen Farben. Als Nächstes nahm Juniper Blumenduft wahr und roch Weihrauch. Als das Dunkel langsam wich, konnte sie mächtiges Gemäuer sehen, riesige Arkaden, die zu der gewölbten Decke aufragten, wobei die Bögen ein perfektes geometrisches Muster bildeten.
Juniper senkte den Blick von der anmutig geschwungenen Decke und den hohen Fenstern mit den leuchtenden Buntglasscheiben zu gewaltigen Bogendurchgängen und großen, bemalten Pfeilern bis hinunter zum glänzenden Fußboden und zu der Gemeinde, die dort saß. Alles war jetzt hell.
Die Leute saßen auf dem Fußboden und schockartig wurde Juniper bewusst, dass sie mitten zwischen ihnen saß, neben zwei alten Frauen mit dunklen Gewändern und weißen Schleiern. Sie konnte die Ausdünstungen riechen, die den Kleidern entstiegen, ein Geruch nach Kräutern und nach Schweiß, und sie konnte hören, dass eine der beiden Frauen ständig etwas kaute und schluckte.
Niemand kümmerte sich sonderlich um den Mönch, der die Messe las. Er sprach Latein und seine unaufmerksa-

me Herde, die kein Wort verstand, unterhielt sich mit Scherzen und Geplauder. Zwischendurch wurde laut gelacht. Ein paar Kinder hüpften um einen Pfeiler herum. Sie reckten die Arme hoch und tanzten, als wollten sie Bänder um einen Maibaum schlingen. Im sanften Sonnenschein, der sich in den Fensterscheiben brach, sahen ihre Kleider bunt und fröhlich aus.

Juniper lächelte vor sich hin und warf einen Seitenblick zu der alten Frau hinüber, die neben ihr saß.

»Bei den gesegneten Gebeinen des Herrn, es ist wahrlich eine Schande«, tuschelte die Alte ihrer Freundin zu. »Es ist heidnisch und unchristlich. Der Maibaum ist ein Götze, Maud, ein verfluchtes Götzenbild, und sie sind den ganzen Morgen um ihn herumgetanzt. Und jetzt haben sie auch noch die Frechheit, sich hier hinzusetzen, mit ihren Blumen und ihren lüsternen Blicken und den glühenden Wangen, die von ihren bösen Taten zeugen. Und Johanna, diese Hexe, hat mehr getanzt als alle anderen zusammen und sie hat den jungen Edmund mit ihren Blicken betört. Verhext ist er und wollüstig und sie hat ihm den Kopf so verdreht, dass er sich im Paradies wähnt.«

»Pfui, meine gute Agnes!«, stieß die Alte neben ihr kichernd aus. »Er darf so vernarrt in sie sein. Die beiden sind Brautleute. Und sie ist ein hübsches Mädchen, das musst du zugeben.«

»Ich gebe gar nichts zu, außer dass sie eine Hexe ist«, brummte Agnes. »Es ist noch keine Woche her, dass sie den Müller ausgescholten hat, und gestern ist er gestürzt und hat sich das Bein gebrochen. Das war der Fluch, mit dem sie ihn belegt hat. Heiliger Herr Jesus, beschütze uns vor ihr und ihresgleichen! Pass nur auf – zuletzt wird sie sich ihren Anklägern stellen müssen.«

Juniper folgte dem Blick der alten Frau und entdeckte ein paar Reihen vor sich den jungen Mann. Neben ihm saß das blonde Mädchen. Ihre Haare waren zerzaust, die Blumen rutschten daraus hervor und die weiße Schleife war halb aufgegangen und hing herunter. Der Rücken ihres weißen Kleides wies Grasflecken auf und am linken Ärmel war ein kleiner Riss. Dort war die Naht aufgeplatzt, die den Ärmel mit dem Kleid verband.

Ihr Gesicht konnte Juniper immer noch nicht sehen. Sie wäre liebend gern aufgestanden und hätte sich neben sie gesetzt, aber es saßen bereits andere Leute dicht um das Mädchen herum, all ihre Freunde mit den Blumen und den grünen Zweigen. Für Juniper war kein Platz mehr und so blieb sie still auf ihrem Platz, sah dem Mönch auf der Kanzel zu und lauschte seinem Singsang, der sich manchmal über das Stimmengewirr erhob und manchmal im tiefen, hallenden Echo unterging. Und die ganze Zeit über fiel das Licht durch die hohen Fenster spielerisch auf sie herab, die Pfeiler reckten sich zum Licht empor und das Deckengewölbe breitete sich wie Flügel aus und umfasste auch das Morgen.

Ein tiefer Frieden überkam Juniper, eine freudige Erregung und das Gefühl, hierher zu gehören. Sie vergaß

niemals, wer sie war und wo sie herkam, aber es kam ihr ganz richtig vor, dass sie hier war. Das entsprach einer natürlichen Ordnung der Dinge und es war nichts Widersinniges, nichts Beängstigendes daran.
Unwillkürlich fragte sie sich, ob die anderen sie sehen konnten oder nicht. Die Frage machte ihr solchen Spaß, dass sie fast in Versuchung geriet, sich vorzubeugen, Agnes am Arm zu berühren und sie nach dem Namen der Kirche zu fragen und sich zu erkundigen, in welchem Jahr sie sich befand. Aber irgendetwas hielt sie zurück. Eine innere Stimme warnte sie davor, auch nur an ein Härchen, eine Blume oder eine Kleiderfalte zu rühren oder den Staub auf dem kalten Steinboden durcheinander zu wirbeln. Sie hatte das Gefühl, dass die kleinste Störung ungeheure Folgen haben konnte.
Nach einer Weile kam ihr Dylan in den Sinn und sie dachte daran, dass er in einer anderen Zeit mutterseelenallein oben auf dem Dachboden saß. Sie machte die Augen zu und atmete tief ein und aus. Allmählich verhallten die Stimmen, der Singsang des Mönchs und das Gelächter. Alles wurde undeutlich und klang nur noch wie ein fernes Echo. Als Letztes hörte Juniper noch das Lachen der Kinder. Sie dachte an eine Tür zu ihrer eigenen Welt und ging durch die Dunkelheit darauf zu. Dann atmete sie noch ein paarmal tief durch und machte die Augen auf.
Die Farben ihrer Buntglasscheibe, von der untergehenden Sonne noch verstärkt, ergossen sich über sie. Sie blinzelte

im hellen Licht und stellte überrascht fest, dass sie weinte. In gewisser Weise war sie erleichtert, zutiefst erleichtert, dass sie wieder zu Hause war. Aber ein Teil von ihr trauerte dem Ort nach, den sie soeben verlassen hatte, und sehnte sich verzweifelt zurück. Das war wieder dieses altbekannte Heimweh, diese unerträglich schmerzhafte Sehnsucht, so als handelte es sich bei dem Ort, den sie verlassen hatte, um ihr wahres Zuhause und als wäre sie hier eine Fremde.

Sie fuhr sich über die Augen und dann fiel ihr Dylan wieder ein. Er saß immer noch vor seiner Zeichnung, mit gesenktem Kopf, die Brille in der Hand. Auch er weinte. Juniper setzte sich neben ihn, schlang den Arm um ihn und schaute sich an, was er vollbracht hatte.

Er hatte die Kirche mit den hohen Pfeilern und dem wunderschönen Gewölbe gezeichnet. Und er hatte alle Menschen im Gottesdienst aufs Papier gebannt – die alten Frauen mit ihren dunklen Gewändern und ihren Schleiern; die Männer mit den Messern im Gürtel und den breiten Hüten, die fast wie heruntergerutschte Turbane aussahen; die Kinder, die lachend um die Pfeiler tanzten, und den Mönch oben auf seiner Kanzel, der gelassen über den Menschen thronte und sich nicht um sie kümmerte. Und er hatte Johanna mit ihren langen blonden Haaren gezeichnet, die Schulter an die von Edmund gelehnt. Er hatte die religiösen Motive gezeichnet, mit denen die Pfeiler und die Steinmauern bemalt waren, die Kerzen und die Sonnenstrahlen und die Blumenkörbe zu Füßen der Kirchgänger.

Manche Menschen waren nur kurz anskizziert, aber selbst in diesen flüchtigen Strichen hatte er das Wesentliche von ihnen erfasst: einen Kopf, der lauschend gehoben wurde, ein funkelndes Schwert auf einem Samtumhang, eine knorrige, alte Hand, die auf einem gefältelten Gewand ruhte, und das staunende Grinsen einer zahnlosen, alten Frau. Er hatte Agnes und Maud gezeichnet, Juniper jedoch nicht.

Ein Großteil der Zeichnung war noch unfertig, aber es war dennoch zu sehen, dass er etwas Umwerfendes geleistet hatte.

Er wandte den Kopf und sah Juniper an.

»Wir sind abgehoben, du und ich«, sagte er, »und sehr weit und hoch geflogen.«

»Ich weiß.« Sie zog den Arm weg, den sie um ihn gelegt hatte, und wischte sich die Tränen ab. »Hast du auch diesen anderen Ort gesehen?«, fragte sie.

Dylan nickte. »Gesehen hab ich ihn schon. Ich habe die Straße im Morgengrauen gesehen und die singenden Leute, die auf ihr entlangzogen, und die Ochsen und den Wagen mit dem Maibaum. Aber zum Zeichnen war es zu dunkel und es herrschte zu viel Bewegung. Ich war froh, als die Szene sich änderte und ich die Kirche sah.«

Wieder schauten sie sich an, unter Tränen lachend, zutiefst erstaunt darüber, wo sie gewesen waren. Und Dylan legte Juniper die Hand an den Hinterkopf, zog sie zu sich heran und küsste sie.

Es dauerte lange, bis sie sich voneinander lösten, und

auch dann bewegten sie sich nur ganz leicht. Sie saßen beisammen, so dicht, dass ihre gesenkten Köpfe sich an den Stirnen berührten. Zwischen ihnen strömte eine Harmonie, die ein starkes Band bildete und beglückender war als alles, was sie je erlebt hatten.

»Ich glaube, ich will hier nie wieder weg«, sagte Dylan leise.

»Ich glaube, das muss aber sein«, flüsterte Juniper mit einem kleinen Lachen. »Wenn ich nicht bald aufs Klo gehe, passiert ein Unglück.«

Er grinste und Juniper stand auf und ging hinaus.

Dylan setzte sich die Brille wieder auf und betrachtete seine Zeichnung, seufzte dabei auf. Er war müde, aber zugleich auch froh und ungemein zufrieden.

Es dauerte drei Tage, bis Dylan die Zeichnung fertig gestellt hatte, und dann brauchte er vier weitere Tage zum Kolorieren. Jeden Tag ging er gleich nach der Schule zu Juniper und arbeitete dort bis ein oder zwei Uhr nachts. Er legte keine Pause ein, um zu essen, und rührte oft noch nicht mal die Getränke an, die Juniper ihm brachte.

Während er zeichnete, saß Juniper auf der Fensterbank und machte ihre Hausaufgaben oder las. Sie sprach nur dann, wenn er sie etwas fragte; normalerweise ging es dabei um eine bestimmte Farbe oder um Einzelheiten bei einem Kleidungsstück, die er mit ihr besprechen wollte. Dabei verzichtete sie auf jeglichen Kommentar, erteilte ihm keine Ratschläge und gab keine Urteile ab. Still sah sie dabei zu, wie die Zeichnung sich entwickelte. Jedes Gewand, jeder Haarzopf, jede Blume, jedes Blatt und jedes Schmuckstück wurden mit peinlicher Genauigkeit, mit Können und Einfühlungsvermögen wiedergegeben. Das Bild offenbarte eine andere Zeit, es stimmte alles bis ins kleinste Detail und es war wunderschön. Während sie bei der Entstehung zusah, konnte Juniper es kaum fassen, dass der Mensch, der das zu Wege brachte, sich auf demselben Teil der Erde befand wie sie, in derselben Stadt, im selben Zimmer. Manchmal schaute er bei der Arbeit kurz zu ihr auf und sie konnte ihm ansehen, dass auch er darüber staunte, was seinem Kopf und seiner Hand entsprang. Die Zeichnung war wie ein großes Geschenk. Noch nie zuvor war er so inspiriert gewesen und auch die Ausführung übertraf alles, was er je gemacht hatte.

An einem Sonntagnachmittag, kurz nachdem Juniper vom Mittagessen zurückgekehrt war, wurde er fertig. Seit sieben Uhr morgens hatte er ohne Pause durchgearbeitet. Jetzt legte er den Pinsel hin, nahm die Brille ab und rieb sich die Nase. Als er aufschaute, bemerkte er, dass Juniper ihn ansah. Sie hatte sich, von Kissen gestützt, auf der Fensterbank ausgestreckt, lag auf der Seite und hatte ein Buch vor sich, das sie jedoch nicht aufgeschlagen hatte.

»Es ist fertig«, sagte sie.

Dylan nickte nur; er brachte keinen Ton heraus. Das

Bild war hervorragend. Er konnte kaum glauben, dass es von ihm stammte.
Juniper kniete sich neben ihn auf den Boden und betrachtete das fertige Bild. An den Rändern und oben am prächtigen, hohen Gewölbe hatte er seine Bleistiftzeichnung unverändert gelassen. Aber unten, wo die Menschen saßen und der Mönch predigte und die Kinder tanzten, hatte er nach und nach Farben eingebracht. Zur Mitte zu wurden sie immer stärker, voller Licht und Leben, bis schließlich bei den Blumen, den Körpern und den Kleidern von Johanna und ihren Freunden alles in bunten, lebhaften Farben erstrahlte.
»Das ist überirdisch schön«, hauchte Juniper bewundernd. »Du hast dich selbst übertroffen, Leonardo.«
»Du dich aber auch«, sagte er. »Du hast eine großartige Phantasie. Ich wünsche mir schon fast, das alles wäre real und Johanna und Edmund würden irgendwo an einer anderen Stelle der Zeit wirklich existieren. Aber das werden wir wohl nie erfahren.« Er grinste. »Selbst wenn ich ihr Porträt von vorn gemalt hätte, würde sie aus unserem Bekanntenkreis niemand erkennen.«
»Ich wollte, du könntest ihr Gesicht zeichnen«, sagte Juniper sehnsüchtig. »Ich wüsste so gern, wie sie aussieht. Hast du ihr Gesicht gesehen?«
»Nein. Ich habe nur das gesehen, was du gesehen hast.«
»Hast du den Singsang des Mönchs gehört und das Gerede der Leute und das Lachen der Kinder?«
»Ja. Und ich konnte die Blumen riechen und den Weih-

rauch und die Kräuter ... und die ungewaschenen Kleider.«

»Höre ich da eine leichte Missbilligung der Lebensgewohnheiten im Mittelalter heraus?«

»Ganz und gar nicht. Ich würde sofort dort leben, wenn ich auch nur die geringste Möglichkeit dazu hätte. Und wenn du dort wärst.«

»Ich würde dort sein«, sagte Juniper. »Dann möchtest du also weitermachen? Du hast keine Angst mehr vor unseren seltsamen telepathischen Fähigkeiten?«

Dylan lächelte. Er war plötzlich wie umgewandelt, verändert von der Sonne, die ihm ins Gesicht schien, und von seiner eigenen Begeisterung.

»Das ist wie ein Flug ins Paradies«, sagte er. »Ich wünsche mir, dass es nie zu Ende geht.«

14. Vorahnungen

Als Juniper in die Küche kam, schaute Marsha auf und sah ihre Tochter forschend an. »Er ist fertig?«, fragte sie.

Juniper nickte. »Er macht nur noch die Pinsel sauber und räumt die Farben weg.«

Marsha wandte sich wieder der Quiche zu, die sie gerade machte, streute Käse darüber und schob sie in den Backofen. Als sie sich wieder zu Juniper umdrehte, war ihr Gesichtsausdruck ernst und besorgt.

»Hör mal, Juniper, weißt du auch wirklich, was du mit Dylan da treibst?«

Juniper nahm ein kleines Messer von der Arbeitsplatte, suchte sich einen Apfel aus dem Obstkorb heraus und schälte ihn. »Klar wissen wir das«, sagte sie leichthin. »Und du hast versprochen, dass du uns nicht mit Fragen löchern würdest.«

»Dann mache ich das auch nicht«, sagte Marsha. »Aber eins will ich dir sagen: Diese ganze Geschichte geht bei Dylan viel tiefer als bei dir. Er hat sich die ganze Woche mit nichts anderem befasst als mit dem Bild. Seine Mutter hat viermal hier angerufen und er hat versprochen sie zurückzurufen – aber das hat er nicht getan. Er kann keinerlei Hausaufgaben gemacht haben und ich weiß nur allzu gut, dass er in seiner Verfassung in der Schule zu nichts zu gebrauchen war. In der ganzen Woche hat er keine Nacht mehr als drei oder vier Stunden geschlafen. Mir ist klar, dass er von seiner kreativen Energie zehrt, und ich weiß auch, dass er absolut glücklich ist, aber das gerät alles aus den Fugen. Diese Sache nimmt überhand. Und das ist nicht gut, Juniper.«

Juniper biss in eine Apfelspalte und spazierte in Richtung Wohnzimmer davon.

»Ich bin noch nicht fertig!«, rief Marsha.

Mit mürrischem, trotzigem Gesicht kam Juniper wieder in die Küche. Die Apfelstücke in der Hand, lehnte sie sich lässig an den Schrank.

»Ich hab ihn nicht dazu gezwungen«, sagte sie hitzig. »Und wenn du die Wahrheit wissen willst: Ich bin davon auch nicht gerade begeistert. Am Montag konnte ich seinetwegen nicht mit meinen Freunden ins Kino gehen. Am Donnerstag wollte ich abends mit Kingsley weg, musste ihn aber vertrösten, weil Dylan hier war. Und jetzt will er am Dienstag wieder so eine Bildübertragung machen und an diesem Abend gibt Wendy ihre Grillparty. Ich weiß, dass er von der ganzen Sache wie besessen ist, aber dafür kann ich nichts.«

Marsha seufzte und kaute auf ihrer Unterlippe. »Ich dachte, du hättest mit Kingsley Schluss gemacht.«

»Hab ich aber nicht.«

»Weiß Dylan Bescheid?«

»Ich hab's ihm gesagt.«

»Und was meint er dazu?«

»Nichts.«
»Du weißt, dass er dich grenzenlos verehrt, nicht wahr?«
Juniper nickte und dabei huschte ein zärtliches, kleines Lächeln über ihr Gesicht. »Das weiß ich«, sagte sie leise. »Einmal hat er mich geküsst. Und das war auch gar nicht so unangenehm.«
»Findest du, dass du dich ihm gegenüber fair verhältst?«, fragte Marsha.
»Ich glaub schon. Dylan ist einfach nur ein Freund. Ein guter Freund – mein bester Freund, der mir am nächsten ist und dem ich am meisten vertraue –, aber Kingsley ist der Freund, mit dem ich gehe.«
Verwirrt schüttelte Marsha den Kopf. »Du setzt sonderbare Prioritäten. Wenn du dich Dylan näher fühlst und ihm mehr vertraust als Kingsley, wieso ist Kingsley dann immer noch derjenige, mit dem du gehst?«
Ein Funkeln trat in Junipers dunkle Augen. »Er ist ein toller Tänzer und hat einen irren Körper«, sagte sie mit einem Grinsen und stopfte sich das nächste Apfelstück in den Mund.
Jetzt musste Marsha lachen. »Du bist unverbesserlich«, sagte sie. »Los, geh auf den Dachboden und hilf Dylan beim Aufräumen. Zum Abendessen fahren wir zu Niall und halten ein Picknick am Fluss ab. Dylan ist herzlich eingeladen. Aber sag ihm, er soll zuerst noch zu Hause anrufen. Seine Mutter wollte ihn heute schon zweimal sprechen.«

Kathys Stimme klang atemlos und angespannt, als sie sich am Telefon meldete. »Dylan? Ach, Gott sei Dank. Ich brauch dich hier. Und zwar jetzt gleich. Vor einer Stunde.«

»Ich kann jetzt nicht kommen, Mum«, sagte er. »Wir sind bei Niall zum Abendessen eingeladen.«

»In dieser Woche hast du jeden Abend auswärts gegessen.«

»Aber nicht bei Niall. Bitte, Mum. Er lebt in einem Wohnwagen am Fluss. Das will ich unbedingt sehen.«

»Wann würdest du dann nach Hause kommen?«

»Das weiß ich nicht. Marsha hat gesagt, dass es nicht spät wird. Sie setzt mich dann auf dem Heimweg ab.«

Er hörte seine Mutter seufzen. Eine Weile sagte sie gar nichts. Ihr Atmen hörte sich merkwürdig an und Dylan hoffte inbrünstig, dass sie nicht weinte.

»Ich komm bestimmt nicht spät, Ehrenwort«, sagte er. »Bitte, Mum. Und morgen Abend bleibe ich zu Hause. Versprochen.«

»Na schön. Mach, was du willst«, sagte seine Mutter mit hoher, resignierender Stimme. »Ist ja sowieso egal.«

Sie legte auf.

Im ersten Augenblick hatte Dylan heftige Gewissensbisse und wie eine Warnung überkam ihn ein unbehagliches Gefühl. Aber das unterdrückte er schnell.

»Ich kann mit«, sagte er, als er wieder ins Wohnzimmer kam. »Es darf nur nicht zu spät werden.«

Marsha schaute ihn mit ungläubigem Staunen an. Vor

ihr lag die Zeichnung von der mittelalterlichen Kirche. Während er telefonierte, hatte sie das Bild eine ganze Weile betrachtet.

»Wie alt bist du, Dylan?«, fragte sie.

»Vierzehn«, gab er verdutzt zurück. »In zwei Monaten werd ich fünfzehn. Wieso?«

Marsha lächelte, sah ihn aber immer weiter voller Verwunderung an.

»Es ist nicht zu fassen«, murmelte sie. »Es ist nicht zu fassen, dass du das gezeichnet hast.«

Dylan wurde rot. »Ich schätze, das ist ein Kompliment«, sagte er. »Danke. Ich kann's selbst kaum fassen.« Mit einem schüchternen Lächeln sah er zu Juniper hinüber. »Und überhaupt, es ist ja nicht nur von mir«, fügte er hinzu.

»Was hast du ihm übermittelt, Juniper?«, erkundigte sich Marsha neugierig. »Eine Szene aus einem Film?«

»So was Ähnliches«, sagte Juniper und wich dem Blick ihrer Mutter aus.

Aber Marsha bemerkte, wie die Röte in Dylans Gesicht sich vertiefte. Sie stellte zwar keine Fragen mehr, aber sie prägte sich das Bild von der Kirche genau ein und machte sich Sorgen.

Der Fluss plätscherte fröhlich über die Steine und der Sommerwind säuselte in den Weiden. Juniper stützte sich im hohen Gras auf den Ellbogen auf und betrachtete Dylans stilles Gesicht. Er lag im flimmernden Sonnenschein auf dem Rücken und schlief tief und fest. Ein Weidenzweig hing über ihn herab und Juniper zog den Zweig zu sich heran und kitzelte Dylan mit den Blättern im Gesicht. Er schüttelte den Kopf, brummte etwas vor sich hin, wälzte sich herum und barg das Gesicht in den Armen.

»Mit deiner geistreichen Konversation störst du die Ruhe, die hier herrscht«, sagte sie neckend.

»Was?« Verwirrt hob Dylan den Kopf und wusste gar nicht so recht, wo er war.

»Ich hab gesagt, dass du zu viel redest.«

Er grinste und setzte sich auf. »Entschuldige. Aber du kannst dir nicht vorstellen, wie müde ich bin.«

»Doch, das kann ich mir vorstellen. Vergiss nicht, dass ich mit dir aufgeblieben bin, all die vielen Stunden hindurch, während du gearbeitet hast.«

»Du hast auf der Fensterbank geschlafen«, sagte Dylan. »Du hast dir vielleicht ein Buch vor die Nase gehalten, aber du hast gepennt.«

»Ich bekenne mich schuldig«, gestand sie lächelnd. »Möchtest du dich nicht lieber im Wohnwagen auf Nialls Bett legen und dort schlafen?«

»Hier ist es wunderbar«, sagte Dylan und streckte sich wieder aus. Er sah zur Sonne hoch, die zwischen all dem Grün glitzerte, und seufzte tief auf. »Hier ist es wie im Paradies. Es muss herrlich sein, hier zu leben.«

Er wandte den Kopf und sah durch das Gras zu Nialls Wohnwagen, der an einer flachen Stelle am Ufer stand.

Weiden bildeten einen Halbkreis um den Wagen und schirmten ihn ab, nach vorn führte ein steiniger, sanft abfallender Hang zum Wasser hinunter. Der rot-gelbe Anstrich funkelte im Sonnenlicht und hob sich als bunter Farbfleck von der Erde ab. In der Nähe graste ein altes Zugpferd, das an einem Baum festgebunden war.

»Ich hatte keine Ahnung, dass es sich um einen echten Zigeunerwagen handelt«, sagte Dylan. »Einen rot-gelben mit einem kleinen Schornstein und großen Rädern und einem Pferd zum Ziehen.«

»Was hast du denn geglaubt, womit er den Wagen zieht?«, fragte Juniper amüsiert. »Mit seinem Motorrad?«

»Nein . . . Ich weiß selbst nicht, was ich erwartet habe. Irgendwas Stinknormales, nehm ich an. Aber er ist großartig. Genau wie der Wagen vom Kröterich.«

Juniper fuhr erschrocken hoch.

»Von *wem?«*

»Vom Kröterich. Du weißt schon, der Kröterich von Krötinhall. Er hatte einen Zigeunerwagen, bevor er das Automobil entdeckte. In *Der Wind in den Weiden,* weißt du nicht mehr?«

Juniper lachte und entspannte sich wieder. »Im ersten Augenblick hab ich gedacht, dass du wirklich komische Freunde hast.«

»Die hab ich auch«, gab Dylan lächelnd zurück. »Wie wär's, hätte die komischste meiner sämtlichen Freundinnen und Freunde vielleicht Lust auf einen Spaziergang? Unten am Fluss ist es bestimmt kühler.«

»Na schön – wenn die komischste von allen sich erst noch was zu trinken holen darf. Möchtest du auch was? Es gibt aber nur Wasser mit einem Spritzer Zitronensaft.«

»Das ist doch wunderbar.«

Zusammen gingen sie durch das Gras zum Wohnwagen und stiegen die bunten Stufen zum kühlen Dämmerlicht im Wageninneren empor. Niall war da, lag auf einem breiten Bett hinten im Wagen und schrieb. Im Rücken hatte er eine Reihe von Samtkissen und an der Wand war ein Regalfach befestigt, das sich über die ganze Breite des Wohnwagens zog. Bücher, kleine Krüge aus Keramik und Schalen voller Lavendel standen auf dem Regal und durch ein offenes Fenster fiel ein Sonnenstrahl darauf.

Niall lächelte ihnen zu und legte seinen Stift weg. »Möchtet ihr auch was zu essen?«, fragte er und stand auf.

»Nur etwas zu trinken«, sagte Juniper. Sie nahm zwei Gläser aus einem kleinen Schränkchen über dem Spülbecken und füllte sie aus einem großen Krug mit Wasser. »Wo ist Marsha?«

»Sie macht einen Spaziergang«, sagte Niall. »Wollt ihr nicht schwimmen gehen? Ein Stück weiter gibt es einen tollen Platz zum Schwimmen. Das ist mein Badezimmer, aber ihr dürft es gern benutzen.«

»Nein, danke«, sagte Juniper. »Wo hast du deine Zitronen?«

Niall holte eine aus einem Netz, das in der Ecke hinter Juniper hing, und Dylan begriff, dass in Nialls winzigem Heim alles seinen festen Platz hatte. Während er sein Wasser trank, sah er sich um und staunte darüber, wie kompakt alles war, mit welcher Sorgfalt jede kostbare Ecke genutzt wurde, welche Ordnung auf jedem Regal und in jedem Schränkchen herrschte.

Wie auf einem Schiff war alles sicher befestigt; selbst die Fensterbänke und Regalfächer waren vorn mit einem Holzgeländer versehen, damit die Blumentöpfe mit Kräutern, die Krüge, Bücher und Teller nicht herunterfallen konnten, wenn der Wohnwagen unterwegs war. An der Decke befanden sich Haken, an denen Tassen hingen; an den Seitenwänden der handgeschnitzten Schränke waren Netze mit allerhand Gemüse angebracht und zwischen Schränken und Regalfächern hingen kleine, wunderschöne Originalgemälde. Alles sah rustikal aus und war von Hand gearbeitet, von den bunten Samtkissen und den Vorhängen mit langen Fransen bis hin zu dem anheimelnden, kleinen Holzofen.

»Darauf kochst du?«, fragte Dylan überrascht und betrachtete den Ofen. »So was hab ich mal im Museum gesehen.«

Niall lachte. »Meiner ist mit Sicherheit kein Ausstellungsstück«, sagte er. »Allerdings koche ich meistens unten am Fluss auf einem offenen Feuer. Um diese Jahreszeit wird es hier drin zu heiß, wenn ich den Ofen anheize. Aber im Winter ist das sehr praktisch.«

Dylan stellte sein Glas auf die kleine, hölzerne Arbeitsplatte und strahlte Niall an. »Es muss phantastisch sein, hier zu leben«, sagte er.

»Das ist es auch.«

Auf der Treppe waren Schritte zu hören und dann kam Marsha herein. Sie hatte ein Musselinkleid an und trug einen großen Strohhut mit breiter, biegsamer Krempe. Mit dem Strauß Gänseblümchen, den sie in der Hand hielt, sah sie genauso altmodisch und reizend aus wie die Wohnung, die sie betrat.

»Die hab ich für dich gepflückt«, sagte sie und hielt Niall die Blumen hin.

Nialls Gesicht wurde ganz weich, als er lächelte. Er hatte ein schönes Lächeln, das sich langsam ausbreitete und sehr herzlich und ansteckend war. »Vielen Dank«, sagte er und nahm die Blumen entgegen.

»Komm«, sagte Juniper und fasste Dylan am Arm. »Wir gehen spazieren und lassen die beiden allein.« Sie warf einen Blick auf die Uhr. »Wir sind erst in zwei Stunden wieder da«, setzte sie noch hinzu.

Damit ging sie hinaus und Dylan folgte ihr auf dem Fuß. Er war knallrot geworden. Juniper sah sein Gesicht und lachte.

»Dylan Pidgely, die Unschuld in Person.« Sie hängte sich bei ihm ein und schlenderte zum Fluss hin. »Erzähl mir nicht, dass dein Vater deine Mutter nie so ansieht.«

»Also, das tut er tatsächlich nicht«, sagte Dylan und gab sich alle Mühe, die Wärme zu ignorieren, die von Junipers Oberschenkel auf seinen ausstrahlte, während sie nebeneinander den Hang hinunterliefen. »Und sie schenkt ihm auch ganz bestimmt keine Blumen.«

»Nun ja, das mit Marsha und Niall ist schon was Besonderes«, sagte Juniper und ließ seinen Arm los. Sie bückte sich, zog ihre Sandalen aus und stellte sie auf einen auffälligen Felsen, der auch von weitem gut zu erkennen war. Dann lief sie zum Fluss und watete am Ufer entlang durchs Wasser, tanzte im hellen Licht von Stein zu Stein. In ihren weißen Shorts und dem weißen Hemd sah sie schlank und frisch aus, fast wie eine ätherische Erscheinung.

Dylan zog seine Turnschuhe aus und stellte sie ebenfalls auf dem Felsen ab. Dann lief er Juniper nach und holte sie ein. Wieder war er sich ihrer Schönheit nur allzu bewusst, der Wärme ihres Körpers, ihrer langen braunen Beine und ihrer lachenden, fröhlichen Art. Und gestern hatte er noch geglaubt, dass er nur ihre inneren Werte liebte.

»Irgendwas stimmt heute nicht«, sagte Juniper. Während sie sprach, rutschte sie auf einem Stein aus und wäre fast hingefallen. Sie kam wieder ins Gras des Uferrands, näher an Dylan heran, und wirkte jetzt auf einmal blass und weniger lebenssprühend als zuvor. Dylan lächelte, als sie ihn von der Seite ansah. Sein Gesicht war erhitzt und glühte in der Sonne, seine Brillengläser waren leicht beschlagen.

»Spürst du's nicht?«, fragte Juniper und blieb stehen.

»Was soll ich spüren?«
»Dass heute irgendwas nicht stimmt. Etwas hängt drohend über uns.«
Dylan sah zur Sonne hoch und schaute Juniper dann wieder ins Gesicht. »Da ist nur das Licht«, sagte er, verwirrt und erheitert zugleich. »Am heutigen Tag gibt's nichts auszusetzen, Juniper. Alles ist wunderbar.«
»Bist du sicher?«
»Absolut.«
Sie lächelte, war plötzlich ganz erleichtert, vertraute seinem Urteil. Gemeinsam gingen sie weiter, an der Flussbiegung vorbei.
In Dylans Augen war der Nachmittag rundum perfekt. Er war sehr müde, aber das Wunder der letzten Woche war noch in ihm und die Inspiration und die kreative Energie dieser Zeit versetzten ihn immer noch in Hochstimmung. Er war rundum zufrieden, aalte sich in der Sonne und genoss das Zusammensein mit Juniper.
Sie redeten über Malerei, mittelalterliche Burgen, den Tod und über Gott und die Welt. Sie erörterten das Für und Wider von Euthanasie, Atomenergie und Nacktbaden. Sie stritten oft und lachten dabei und versanken gemeinsam in lange Phasen behaglichen Schweigens.
Auf dem Rückweg, noch ein ganzes Stück vom Wohnwagen entfernt, kamen sie wieder an einer Stelle vorbei, wo der Fluss sich verengte. Ein alter, abgestorbener Baum war umgestürzt und bildete eine einfache, natürliche Brücke über das Wasser.

»Komm, wir gehen auf die andere Seite«, schlug Dylan spontan vor.
»Nein ... das Land gehört dem Bauern«, sagte Juniper zögernd.
»Das ist doch egal. Niall hat gesagt, dass ihm alles Land hier gehört. Komm schon.« Er lief über die Steine und kletterte dann an der verdorrten Baumwurzel hoch.
Juniper folgte ihm, wirkte aber ängstlich und unsicher.
»Was hast du denn?«, fragte Dylan erstaunt.
»Ich ... ich mag Wasser nicht so besonders«, gestand Juniper.
»Wir müssen ja nicht schwimmen«, sagte Dylan und streckte ihr die Hand entgegen. »Wir haben eine Brücke. Hier, ich helf dir.«
Aber Juniper sträubte sich immer noch.
Dylan lachte; er wusste nicht so recht, ob sie das ernst meinte. »Du hast fünf Jahrhunderte durchquert«, sagte er. »Und da traust du dich nicht über eine simple Brücke?«
Ihre Augen schleuderten Blitze. Mit vorgerecktem Kinn folgte sie ihm auf den breiten Stamm, ignorierte die dargebotene Hand und balancierte hinter Dylan über den Baumstamm. Dabei hielt sie die Arme ausgebreitet und heftete den Blick geradeaus.
Sie kamen zur Baumkrone und Dylan bemerkte, dass das Wasser unter ihnen immer noch ziemlich tief war und in schnellem Tempo über die Steine floss.
»Wir müssen uns die stärksten Äste heraussuchen und

auf ihnen weitergehen«, sagte er. Zentimeter für Zentimeter schob er sich über einen schwankenden Ast und probierte aus, ob er ihn trug. Plötzlich hörte er hinter sich einen Schrei und lautes Platschen.

Erschrocken drehte er sich um und sah, dass Juniper unten im Fluss war und mit Armen und Beinen zappelte. Das Wasser reichte ihr nur bis zur Hüfte, aber die Strömung war stark und Juniper fand ihr Gleichgewicht nicht wieder. Immer wieder versuchte sie aufzustehen, glitt aber jedes Mal erneut auf den moosbewachsenen Steinen aus, ging unter und kam wieder hoch, rang keuchend nach Luft, schrie und winkte wie wild.

Lachend wartete Dylan darauf, dass sie festen Halt unter den Füßen fand. Aber das geschah nicht und die Strömung riss sie mit sich, unter den Baum mit seinen abgebrochenen Ästen, die als gezackte Gebilde aufragten, und ins Wasser hinab.

Voller Entsetzen wurde ihm klar, dass ihre Schreie echt waren und dass sie nicht nur zum Schein so wild um sich schlug. Sie war in Panik geraten. Er hangelte sich an einem Ast entlang und ließ sich ins tiefere Wasser hinunter. Es war so eisig kalt, dass ihm die Luft wegblieb. Mit großer Wucht riss ihn der Fluss mit und er ließ sich zu Juniper treiben, die von flachen Stromschnellen erfasst worden war und nicht mehr herauskam. Ihr Kopf war jedoch über Wasser, sie klammerte sich krampfhaft an einem Felsen fest, der zum größten Teil vom Wasser überspült war, und schrie und weinte. Dylan schlitterte über die Steine zu ihr hin. Auch er rutschte ab und fand es schwierig, das Gleichgewicht nicht zu verlieren, aber dann war er bei Juniper angelangt, beugte sich über sie und hob sie hoch.

»Schon gut«, sagte er und musste laut sprechen, um das wilde Rauschen des Wassers zu übertönen. »Es reicht uns nur bis zum Oberschenkel. Hier – halt dich an mir fest. Wir können zum Ufer waten.«

Schluchzend und würgend, krallte sie sich an seinen Armen fest. Halb ging sie auf ihren eigenen Beinen und halb schleppte er sie zur Uferböschung hin. Die Steine waren tückisch, glatt und glitschig und die Strömung war so stark, dass sie fast nicht dagegen ankamen. Einige Male fielen sie hin und wurden in einem Gewirr aus Armen und Beinen gegen die Felsen geschleudert, wo sie sich blaue Flecken holten.

Das Wasser schwappte ihnen gegen den Rücken. Das könnte richtig Spaß machen, dachte Dylan, wenn sie nur nicht so schreien würde. Als er es geschafft hatte, sie auf die trockenen Steine zu ziehen, war er fast zornig.

»Du hast das vielleicht kompliziert gemacht!«, keuchte er und ließ sich neben ihr auf einem Felsen nieder. Dabei bemerkte er, dass er eine tiefe Wunde am Knie hatte, die stark blutete. Über die ganzen Beine zogen sich Abschürfungen und Beulen und sein Brustkorb schmerzte.

Juniper hatte die Beine hochgezogen und verbarg ihr Gesicht in den Armen. Auch sie hatte Hautabschürfungen abbekommen. Ihr linker Arm war völlig zerkratzt

und sie hatte Prellungen an den Beinen. Sie musste immer noch würgen und sie schluchzte und zitterte am ganzen Leib, ohne etwas dagegen tun zu können.
Er strich ihr die schweren, triefend nassen Haare aus der Stirn und versuchte ihr ins Gesicht zu sehen. »Kopf hoch«, sagte er. »Es ist doch nichts passiert. Du warst gar nicht in Gefahr. Das Wasser hat dir ja nicht mal bis zur Hüfte gereicht.«
Sie wandte sich ab und schwieg. Aber ihr Atem ging unregelmäßig, sie rang qualvoll nach Luft und ihre Finger zitterten.
»Tut dir was weh?«, fragte Dylan behutsam.
Juniper schüttelte den Kopf und schaute zu ihm hin. Er erschrak, als er ihren Gesichtsausdruck bemerkte. Sie sah aus, als wäre ihr der Tod begegnet.
»Bist du sicher, dass dir nichts wehtut?«, fragte er leise. »Du siehst furchtbar aus.«
Der Anflug eines Lächelns tauchte auf ihrem Gesicht auf. »Herzlichen Dank.«
Dylan legte ihr den Arm um die Schultern und Juniper schmiegte sich an ihn und begann leise zu weinen.
Lange hielt er sie so in den Armen. Er sagte nichts, strich ihr nur mit seinen weißen Fingern die nassen Haare aus dem Gesicht und bemerkte dabei, dass auch ihm die Hände zitterten.
Nach einiger Zeit fiel ihm auf, dass die Sonne unterging und sie im letzten Flecken Sonnenlicht saßen. Der Wind war kalt.

Dylan fröstelte. »Wir müssen zurück«, sagte er. »Wir sollten zusehen, dass wir in trockene Sachen kommen und uns aufwärmen.« Er warf einen Blick auf die Uhr, aber sie war gegen die Felsen geschlagen und ging nicht mehr.

Juniper hob den Kopf und trocknete sich mit ihren eiskalten Händen das Gesicht ab. »Tut mir Leid«, sagte sie mit heiserer Stimme. »Ich kann Wasser nicht ausstehen, Dylan. Davor hab ich von Kindheit an furchtbare Angst.«

»Dafür brauchst du dich doch nicht zu entschuldigen«, sagte Dylan und half ihr beim Aufstehen. »Und überhaupt war das alles meine Schuld. Du wolltest ja nicht hinüber.«

Steifbeinig humpelten sie am Ufer entlang. Sie fröstelten und waren am ganzen Körper wie zerschlagen. Als sie zum Wohnwagen kamen, trug der Abendwind ihnen Rauchgeruch entgegen und sie sahen unten am Fluss ein Lagerfeuer. In der Nähe sammelte Marsha Treibholz auf.

Niall kam mit Tellern und einer Salatschüssel aus dem Wohnwagen.

»Ihr kommt gerade rechtzeitig zum Abendessen«, rief er fröhlich. Auf der untersten Stufe blieb er stehen und grinste. »Ihr wart also doch schwimmen?«

»So ungefähr«, sagte Juniper mit einem schiefen Lächeln. »Unfreiwillig. Und Dylan hat mich gerettet.«

»Ein wahrer Held«, sagte Niall. »Du weißt ja, wo die

Handtücher sind, Juniper. Trocknet euch gut ab und bringt eure Sachen zum Feuer. Dort können sie ein bisschen trocknen, bis ihr euch auf den Heimweg macht.«
Als er Junipers entsetztes Gesicht sah, grinste er wieder. »Im Schubfach unter dem Bett sind zwei Decken. In die könnt ihr euch hüllen.«
Er ging zum Feuer und Juniper und Dylan zogen sich in den Wohnwagen zurück. Juniper holte die Handtücher und Decken und gab Dylan seinen Anteil. Dann wandte sie ihm den Rücken zu und knöpfte sich das Hemd auf.
»Nicht gucken«, sagte sie über die Schulter.
Gehorsam drehte sich Dylan weg, streifte seinerseits die nassen Sachen ab und wickelte sich in die raue Decke.
»Meine Mutter würde der Schlag treffen, wenn sie davon wüsste«, sagte er fröstelnd.
Juniper lachte und trat in das kupferfarbene Abendlicht hinaus. Mit ihren nassen Sachen in der Hand ging sie vor Dylan her, in die Decke gehüllt, die wie eine Toga an ihr herabfiel. Aber Dylan überkamen ganz plötzlich große Schuldgefühle und ein tiefer Schmerz. Eine unerklärliche Vorahnung von kommendem Unheil stieg in ihm auf. Mit aller Macht kämpfte er dagegen an und ging zu dem qualmenden Feuer, trat in eine Welt hinaus, die im erlöschenden Licht noch einmal aufglühte.

15. Eine schwere Zeit

Juniper schaute über ihren Kaffeebecher hinweg zu Dylan hinüber und lächelte.

»Auf meinen Ritter, der auf schneeweißen Turnschuhen angetrabt kommt«, sagte sie und hob ihren Becher. Dann zog sie die Decke fester um ihre Schultern und begann in kleinen Schlucken zu trinken.

Sie saßen gemeinsam auf Nialls Bett, immer noch in ihre Decken gehüllt, während ihre Kleider zum Fertigtrocknen über dem heißen Ofen hingen. Auf der Fensterbank hinter ihnen brannte eine dicke Kerze, sonst war es im Wohnwagen dunkel und warm. Niall und Marsha saßen draußen auf den Stufen und unterhielten sich leise. Ihre Stimmen klangen in den Wagen hinein, begleitet vom Plätschern des Flusses und dem nächtlichen Zirpen der Grillen.

»Ich komm mir so blöd vor«, sagte Juniper. »Der Tag war so toll und ich hab alles kaputtgemacht.«

»Nein, überhaupt nicht. Wenn du nicht ins Wasser gefallen wärst, würde ich jetzt nicht halb nackt auf Nialls Bett sitzen und mich bei Kerzenschein mit dir unterhalten.«

Juniper musste lachen. »Du bist ein hoffnungsloser Fall, Dylan Pidgely.«

»Ein hoffnungsvoller«, berichtigte er.

Sie sah ihn an. In der Düsternis des Wohnwagens lagen dunkle Schatten über ihrem Gesicht, ihre Augen blickten geheimnisvoll und tiefgründig. »Du weißt doch, dass du dir keinerlei Hoffnungen machen kannst, Dylan?«

»Ich brauche keine Hoffnung«, sagte er. »Ich hab schon alles, was ich will.«

»Dann bist du leicht zufrieden zu stellen.«

»Vermutlich.« Er zuckte mit den Schultern und dabei glitt die Decke herunter. Im Kerzenschein sah seine Haut erhitzt und gerötet aus und seine Haare leuchteten in einem lohfarbenen Goldton. Er hatte die Brille abgenommen und seine Augen waren von einem warmen, durchsichtigen Blau.

»Du bist gar nicht so übel«, sagte Juniper leise. »Und du bist der Einzige, dem ich vertrauen würde, gleich hier und jetzt.«

Er zog die Augenbrauen hoch und sah sie an. »Danke«, sagte er. »Aber da wir draußen auf den Stufen zwei Aufpasser sitzen haben, fällt das wohl ins Wasser, wenn du diesen Ausdruck gestattest.«

»In mehr Wasser, als du denkst, Leonardo«, sagte Juniper. »Nur würde ich die Formulierung vorziehen, dass es sich in Sonnenschein aufgelöst hat.«

»Dann nennst du es eben so«, sagte Dylan. »Das gefällt mir. Ein Vertrauen voller Sonnenschein. Das hat einen ungeheuren Wert.«

»Ja. Und es umspannt alle Zeiten.« Juniper beugte sich zu

ihm vor und gab ihm einen leichten Kuss auf die Wange. »Und jetzt sollten wir uns anziehen, Dylan Pidgely. Wir haben deiner Mutter versprochen, dass du früh nach Hause kommst. Jetzt ist es schon nach zehn.« Nach einem kurzen Zögern setzte sie hinzu: »Nimm deine Sachen mit nach draußen. Ich zieh mich hier drin an.«
»Was ist aus dem Vertrauen geworden?«, fragte Dylan. Seufzend stellte er seinen leeren Becher hinter sich ins Regal, hüllte sich fest in die Decke und rutschte zur Bettkante vor.
»Das ist zusammen mit der Sonne verschwunden«, sagte Juniper mit einem Grinsen. »Morgen früh kehrt es zurück.«
»So ein Beschiss«, sagte er. Und damit raffte er seine dampfenden Kleider zusammen und ging hinaus.

Dylan schlich ins Haus, zog leise die Tür hinter sich ins Schloss und sperrte ab. Ihm rutschte das Herz in die Hose, als er sah, dass im Wohnzimmer Licht brannte. Offenbar hatte seine Mutter auf ihn gewartet. Vielleicht war es ja um etwas wirklich Wichtiges gegangen.
Er machte die Tür zum Wohnzimmer auf und schaute hinein. Sein Vater war da. Er saß auf dem Sofa und hatte die Hände vors Gesicht geschlagen.
»Dad?« Dylan trat langsam in den Raum. Ihm wurde klar, dass etwas Schreckliches vorgefallen sein musste. Als sein Vater aufschaute, konnte Dylan sehen, dass er geweint hatte.

»Mum?« Dylan formte das Wort mit dem Mund, brachte aber keinen Ton heraus.
»Setz dich. Das ist nicht leicht. Mach nicht so ein Gesicht, Dylan. Sie ist nicht tot. Es geht ihr gut.«
Dylan ließ sich auf der Kante eines Sessels nieder und Tom stand auf und lief im Zimmer auf und ab. Dylan wartete. Seine Hände lagen zu Fäusten geballt auf den Oberschenkeln und er war leichenblass geworden.
Am Fenster blieb Tom stehen. Er wandte seinem Sohn den Rücken zu und schaute hinaus. Die Vorhänge waren nicht zugezogen und die dunkle Glasscheibe war mit wild flatternden Nachtfaltern übersät.
»Sie ist fort«, sagte Tom. Er sprach so leise, dass Dylan ihn kaum verstehen konnte. »Sie ist fort von uns. Hat uns verlassen. Irgendwann am Nachmittag ist sie gegangen.« Ihm brach die Stimme und er fuhr sich mit der Hand übers Gesicht. Nach einer Weile sprach er weiter. »Die Zwillinge waren allein zu Hause, als ich heimkam. Sie hatten gekocht. Sie hätten dabei das ganze Haus niederbrennen können.«
Dylan stand auf und ging ins Schlafzimmer seiner Eltern. Die Sachen seiner Mutter waren von der Frisierkommode verschwunden. Er sah in den Schrank. Der Teil, in dem seine Mutter ihre Sachen verwahrt hatte, war leer. Sogar ihre Schuhe waren weg.
Er kehrte ins Wohnzimmer zurück und setzte sich wieder. »Warum?«, fragte er.
»Ich schätze, du hast ein Recht darauf, es zu erfahren«,

sagte Tom, wobei er ihm immer noch den Rücken zuwandte. »Die Zwillinge glauben, dass sie Urlaub macht. Morgen erkläre ich ihnen ein bisschen mehr. Aber du sollst die Wahrheit wissen. Ich habe mich mit einer anderen Frau getroffen.«

»Du hattest eine Affäre?«

»Ich würde das nicht so bezeichnen.«

»Mit wem?« Dylan war so erstaunt, dass seine Stimme hoch und schrill wurde.

»Mit Evelyn Honeyburn.«

»Die Frau mit dem Vogelkäfig?«

»Himmel noch mal, Dylan, muss bei dir alles so schäbig klingen?«

»Tut mir Leid.«

»Das war nichts Oberflächliches, Dylan. Und ich wollte das auch gar nicht. Aber dann ist es passiert und ich habe mit ihr an einem Nachmittag mehr Glück erlebt als mit deiner Mutter in den letzten zwanzig Jahren.«

Dylan dachte an Marsha und Niall, an das zärtliche Lächeln, die Wärme und den sanften Umgang miteinander. Und plötzlich sah er seinen Vater in einem ganz neuen Licht.

»Wow«, stieß er atemlos hervor. Und ohne es selbst zu merken, lächelte er.

Verwundert drehte Tom sich um. Als er den Gesichtsausdruck seines Sohnes sah, setzte er sich verblüfft hin und fuhr sich mit der Hand über die kahle Stelle auf seinem Kopf. Jetzt lächelte auch er.

Dann wurde Dylans Miene ernst und bedrückt. »Für Mum ist das schwer«, sagte er.
Tom seufzte. »Also, sie hat mir jedenfalls nicht applaudiert.«
»Wie hat sie davon erfahren?«
»Sie hat mich gefragt und da hab ich's ihr gesagt.«
»Heute Nachmittag?«
»Gestern Abend. Heute Nachmittag habe ich gearbeitet. Im Sägewerk. Das ist noch so eine Sache. Ich habe wieder Arbeit. Das bringt für uns alle große Veränderungen mit sich. Du wirst jetzt mehr Verantwortung übernehmen müssen. Da deine Mum weg ist und ich wieder arbeiten gehe, musst du einen Großteil der Hausarbeit erledigen und jeden Abend das Essen kochen. Es tut mir Leid, aber so ist das nun mal. Später, wenn ich wieder klar sehe, stelle ich vielleicht eine Haushaltshilfe ein. Aber jetzt müssen wir erst mal alle an einem Strang ziehen. Du wirst nicht mehr zu Juniper gehen können, so Leid mir das auch tut. Mein Job schließt Wochenendarbeit mit ein. Die ist zwar freiwillig, aber im Augenblick brauchen wir das zusätzliche Geld. Die Zwillinge sind noch zu klein, um sich selbst überlassen zu sein. Du wirst bei ihnen bleiben müssen, Dylan, und zwar jeden Tag. Ich möchte niemals mehr nach Hause kommen und sie alleine vorfinden. Hast du verstanden?«
Dylan nickte.
»Dann ist's ja gut. Ich brauch dich jetzt, mein Sohn. Wir

brauchen uns alle gegenseitig. Irgendwie müssen wir da durch und vielleicht kommt deine Mutter eines Tages wieder zurück. Aber im Augenblick haben wir nur einander. Ich werde mich mit Evelyn nicht mehr treffen. Darauf gebe ich dir mein Wort. Ich verlange dir keine Opfer ab, die ich nicht auch selbst bringe. Kannst du das akzeptieren?«

Wieder nickte Dylan. Er brachte keinen Ton heraus.

Tom stand auf und legte Dylan die Hand auf die Schulter. »Geh jetzt ins Bett, Dylan. Es wird Zeit, dass du etwas Schlaf bekommst. Wenn du schlafen kannst. Sind deine Kleider feucht?«

»Ja. Wir sind in den Fluss gefallen.« Es kam ihm so vor, als wäre das tausend Jahre her.

Mit hängenden Schultern saß Dylan da und stand schließlich auf. Plötzlich, ganz unvermutet, fiel er seinem Vater um den Hals. Er wusste selbst nicht, wie es dazu gekommen war, und er machte sich schnell wieder los und floh in sein Zimmer.

Dort streifte er seine feuchten Sachen ab und schlüpfte in den Schlafanzug. Sein Bett war nicht gemacht. Er strich die Laken glatt, dann trat er an seinen Schreibtisch und holte aus einem Buch das Porträt von Juniper hervor.

Erst jetzt fing er an zu weinen.

16. Der Silberbecher

Die nächsten acht Wochen waren für Dylan ein einziger Alptraum. Es wäre nicht so schlimm gewesen, wenn er sich in der Schule ungehindert mit Juniper hätte unterhalten können, aber dort gehörte er nur zum äußeren Rand ihres Freundeskreises. Manchmal setzte sie sich in der Mittagspause zu ihm, aber dann funkten jedes Mal ihre Freunde dazwischen, holten sie zum Tennisspielen ab oder wollten mit ihr spazieren gehen. Juniper lud ihn dann jedes Mal ein dabei mitzumachen, aber das schlug er aus. Er hegte den Verdacht, dass ihre Freunde die Freundschaft mit ihm für einen Witz hielten. Nach wie vor war er ein Außenseiter, unbeliebt und allein.

Den größten Teil der Mittagspausen verbrachte Juniper mit Kingsley. Wenn sie mit ihm zusammen war, vergrub sich Dylan in einem Buch und kam erst wieder zum Vorschein, wenn es zum Unterrichtsbeginn klingelte. Es kränkte Dylan, dass Juniper selbst jetzt das Zusammensein mit ihm nicht höher bewertete als das Zusammensein mit allen anderen. Die Distanz, die sie in der Schule wahrte, hatte ihn schon immer verletzt, aber jetzt, wo es sonst keine Begegnungen mehr gab, schmerzte ihn das sehr. Er war jedoch dankbar für ihre Freundschaft, unter welchen Bedingungen auch immer, und deshalb sagte er nichts.

Nur am Telefon entstand die alte Unbefangenheit zwischen ihnen und ihre Anrufe waren das Einzige, was in seinem Leben noch schön und normal war. Juniper rief oft spät am Abend an, immer genau dann, wenn er die Kleider der Zwillinge für den nächsten Tag fertig gebügelt hatte, wenn er seine Hausaufgaben wegräumte oder mit seinem Vater eine späte Kaffeepause eingelegt hatte, die gerade beendet war. Sie schien ganz genau zu wissen, wann ein Anruf günstig war, und das Gespräch mit ihr war immer herzlich, amüsant, anregend und ungemein aufmunternd. Selbst wenn die Zwillinge etwas ganz Schreckliches angestellt hatten, konnte Juniper ihn dazu bringen, darüber zu lachen, und viele Male holte sie ihn aus tiefster Depression und Verzweiflung heraus. Eine Stunde mit ihr am Telefon machte eine ganze Woche voller Elend wett.

Dennoch hungerte er nach einer tiefer gehenden Kommunikation mit ihr, nach dem Glanz ihrer Visionen und der unglaublichen Kraft und Gemeinsamkeit, die ihr Geheimnis mit sich brachte. Ihm fehlte dieses strahlende Licht, das Fliegen, die Freude. Das alles vermisste er mit einem so brennenden Verlangen, dass die Sehnsucht bereits an körperliche Schmerzen grenzte. Erst jetzt erfasste er das ganze Ausmaß ihrer telepathischen Gemeinsamkeit und er erkannte, wie tief diese Erfahrung sie miteinander verbunden hatte. Wenn Juniper bei ihm war, herrschte überall Sonnenschein und die ganze Welt war im Lot. Ohne sie jedoch und ohne die Einheit mit

ihr, mit ihren Visionen und ihrer Freude war alles grau, geriet aus den Fugen und war ohne jede Bedeutung.
Und so kämpfte er sich durch die Tage, versuchte die Zwillinge im Zaum zu halten und plagte sich mit Waschen, Bügeln, Einkaufen, Putzen und Kochen ab. Und in der Schule musste er ständig nachsitzen, weil er seine Hausaufgaben nicht gemacht hatte, im Unterricht eingeschlafen war und häufig zu spät kam, wenn ein Zwilling die Schultasche verlegt hatte, die Schuhe nicht fand oder einfach mal wieder eine Runde heulte, weil die Mutter nicht da war.
Tom half nach besten Kräften mit, aber er ging morgens um halb acht zur Arbeit und kam erst zwölf Stunden später wieder heim. Er arbeitete auch oft an den Wochenenden. Genau wie Dylan musste er gegen Kummer und Müdigkeit ankämpfen und auch allerhand Versuchungen widerstehen. Ihm war zwar bewusst, dass sein Sohn viel durchzumachen hatte, aber er konnte wenig dazu beitragen, ihm die Last zu erleichtern.
Das Leben der Pidgelys ging weiter, aber es war oftmals lärmend, schmerzlich und voller Verzweiflung, und es blieb an Dylan hängen, für Ruhe und Frieden zu sorgen und alles zu organisieren. Dann kam eines Abends ein Anruf von Juniper, der für ihn wie Urlaub aus dem Gefängnis war.
»Dylan? Kann ich mit dir reden?«
»Ja. Die Zwillinge gehen gerade zu Bett. Wie geht's dir?«
»Bestens. Prächtig. Wunderbar. Hast du morgen nach

der Schule schon was vor? Ich meine, steckst du bis über beide Ohren in Arbeit und musst das alles ganz dringend erledigen oder hättest du mal eine Stunde Zeit?«

»Ich hab den Rest meines Lebens Zeit«, sagte Dylan. »Heute Abend dreh ich komplett durch und morgen muss man mich in eine Nervenklinik einliefern. Dann werde ich nie wieder Socken suchen, einem Teddy das Auge annähen oder ein Kleid bügeln müssen. Aber ich habe auch dann Zeit, wenn es nicht so kommt. Die Zwillinge sind morgen nach der Schule zu einem Geburtstag eingeladen und ich habe bis sechs Uhr nichts mit ihnen zu schaffen. Auf diese Weise hab ich zwei Stunden. Zwei ganze Stunden. Wo willst du hin – ins Paradies?«

»Dort bin ich sowieso schon fast«, sagte Juniper. »Heute ist etwas Wunderbares passiert. Du erinnerst dich doch noch an den alten Professor, mit dem ich befreundet bin? Vincent Gilroy, ich hab dir von ihm erzählt.«

»Ist er gestorben?«

»Sei nicht so ekelhaft. Nächsten Monat zieht er nach England und will dort eine Weile bleiben. Er hat mir gesagt, dass er nicht alles mitnehmen will und dass er etwas für mich hat.«

»Diesen Trinkbecher aus dem Mittelalter«, sagte Dylan lächelnd.

»Ja. Morgen geh ich zu Professor Gilroy und hol den Becher ab. Möchtest du mitkommen? Ich würde mich so freuen, wenn du ihn kennen lernst. Und du könntest ihm dein Bild von Johanna in der Kirche zeigen.«

»Meinst du, das interessiert ihn?«

»Ob ihn das interessiert? Dylan, er wird vor Begeisterung ausflippen! Er liebt Kirchen. Und Bilder liebt er auch. Er hat ein Original von Picasso.«

»Das ist ja wohl kaum dasselbe wie ein Pidgely.«

»Die ersten beiden Buchstaben sind dieselben. Und ich würde sagen, dass auch das Talent in etwa dasselbe ist.«

»Du übertreibst so herrlich. Darfst du den Becher behalten oder ist er nur eine Leihgabe, solange der Professor fort ist?«

»Ab morgen gehört er mir. Und wenn ich sterbe, kannst du ihn haben. Er soll nicht im Museum landen. Ich wünsche mir, dass wir gemeinsam daraus trinken, in einer richtigen Zeremonie. Marsha hat eine Flasche von ihrem besten Wein gespendet und ich habe Hippokras daraus gemacht.«

»Was ist das denn? Hast du ihn in einen Frosch verwandelt?«

»Sieh dich bloß vor, Leonardo. Das ist Gewürzwein. Ich habe ein Originalrezept aus dem Mittelalter zu Grunde gelegt und alle richtigen Kräuter und Gewürze hineingetan. Marsha findet, dass ich den Wein verpfuscht habe. Er riecht jetzt wie Hustensaft.«

Dylan lachte. »Dann hast du ihn wohl wirklich verpfuscht«, sagte er.

»Nein. Ich weiß, was ich tue.«

»Nicht so ganz. Im Augenblick hältst du mich davon ab, den Zwillingen eine Geschichte vorzulesen. Kann ich dich nachher zurückrufen?«

»Nein, tut mir Leid. Ich geh mit Kingsley aus.«

»Viel Spaß.«

»Den hab ich wahrscheinlich nicht. Er hat ein Herpes-Bläschen an der Lippe, da kann ich ihn nicht küssen.«

»Ich dachte, du lebst gern gefährlich.«

»So gefährlich nun auch wieder nicht. Ich bin ja vielleicht dazu bereit, ins fünfzehnte Jahrhundert zu reisen und das Risiko einzugehen, im Hundertjährigen Krieg umzukommen, aber Kingsley mit Herpes zu küssen geht denn doch zu weit. Bleib auf dem Teppich, Dylan.«

»Ich bitte vielmals um Entschuldigung. Also, zieh los und verbring einen grauenhaften Abend. Wir sehen uns dann morgen.«

»Danke. Wird gemacht. Tschüss.«

Vincent Gilroy breitete Dylans Zeichnung auf dem blank polierten Eichentisch aus und betrachtete sie lange, ohne ein Wort dabei zu sprechen. Dann sah er Dylan an. Er hatte die buschigen Augenbrauen hochgezogen und der Blick seiner durchdringend blauen Augen war konzentriert und bewundernd.

»Du bist ein hoch begabter junger Mann«, sagte er. »Nicht nur dass die künstlerische Ausführung einfach großartig ist – du hast darüber hinaus auch noch gründlich recherchiert. Das stimmt alles bis ins kleinste Detail.«

Dylan warf einen schnellen Blick zu Juniper hinüber. Ihm stieg die Röte ins Gesicht.

»Also . . . bei den Details hat Juniper mir geholfen«, murmelte er.

Der alte Mann kniff die Augen zusammen und ein fragendes Lächeln erschien auf seinem Gesicht. »Juniper weiß das nicht alles, Dylan – nicht die Wappen auf den Lederscheiden der Messer, die Frisuren der Frauen oder die Kopfbedeckungen der Männer. Du hast dich sehr genau mit mittelalterlicher Kunst und Kleidung befasst. Das ist dein Verdienst.«

Dann widmete sich Vincent wieder der Zeichnung, betrachtete sie eingehend und voller Bewunderung. Er hatte ein schönes, altes Gesicht, das von tiefen Furchen durchzogen war, mit dem vollen weißen Haarschopf und dem weichen, nach oben gebogenen Schnurrbart aber immer noch lebhaft und attraktiv wirkte.

Er beugte sich vor und wies auf die Kirchendecke.

»Die ist besonders gut gezeichnet«, stellte er fest. »Das Mittelschiff wurde 1330 erbaut. Großartig, nicht wahr? Tewkesbury Abbey, eine meiner Lieblingskirchen. Mit weniger Verzierungen als die großen Kathedralen, aber mir gefällt gerade diese Schlichtheit. Du hast das sehr gut getroffen.«

»Sie wissen, um welche Kirche es sich handelt?«, stieß Dylan verblüfft hervor.

Juniper trat einen Schritt vor. Ihre Augen waren weit aufgerissen und ein angespannter Ausdruck lag in ihnen. Sie hatte Vincent nichts davon erzählt, wie die Bilder entstanden waren; sie hatte ihm nur gesagt, dass Dylan mittelalterliche Motive zeichnete.

»Ich habe sie auf Anhieb erkannt«, sagte Vincent. »In diesem Mittelschiff bin ich schon oft gewesen. Heute ist die Kirche natürlich mit Bänken voll gestellt und die Bilder mit den Bibelszenen an den Wänden und Pfeilern sind verblasst. Aber du hast alles haargenau so gezeichnet, wie es im fünfzehnten Jahrhundert gewesen wäre. Das zeugt von einem erstaunlichen Einfühlungsvermögen in das Leben im Mittelalter. Eine beachtliche Leistung, sehr beachtlich. Ich kann dir gar nicht sagen, wie tief mich das beeindruckt und wie sehr ich mich freue dich kennen gelernt zu haben. Würdest du mir bei Gelegenheit mal ein Foto von deiner Zeichnung schicken? Dafür wäre ich dir sehr dankbar. Du bist wirklich ein außergewöhnlicher junger Mann.«

Dylan konnte nur nicken. Er war ganz überwältigt.

Juniper war kreidebleich geworden und klammerte sich mit beiden Händen an der Tischkante fest.

»Es gibt sie also wirklich!«, murmelte sie benommen, hin- und hergerissen zwischen Freude und Angst.

»Wen gibt es wirklich?«, fragte Vincent.

»Johanna«, sagte Dylan mit einem schwachen Lächeln. »Das Mädchen mit den langen blonden Haaren, die Edmund heiraten wird. Sie war ein echter Mensch aus

Fleisch und Blut und hat irgendwann im fünfzehnten Jahrhundert in Tewkesbury gelebt.«

»Wer ist Edmund?«, fragte Vincent verblüfft. »Hast du etwas über ihn gelesen?«

Aber Juniper und Dylan lagen sich plötzlich in den Armen. Dabei lachten sie und krähten wie triumphierende Zweijährige.

»Sie ist echt!«, rief Juniper, den Tränen nahe. »Ich hab mir das nicht alles nur eingebildet! Oh Dylan, es gibt sie wirklich!«

Vincent kratzte sich am Kopf. »Es freut mich ja sehr, dass ihr euch so freut«, sagte er. »Aber wer ist sie?«

Schließlich löste sich Juniper aus Dylans Umarmung, setzte sich Vincent gegenüber und berichtete ihm von der Entstehung der Zeichnungen. Sie war ganz außer Atem und erzählte so eifrig, dass sie sich ständig verhaspelte.

»Willst du damit sagen, dass du eine andere Zeit erlebst?«, fragte Vincent mit bebender Stimme, als sie mit ihrem Bericht fertig war.

Juniper lächelte ihn strahlend an. »Es ist wunderbar, Vincent. Wie fliegen. Ein absolut erstaunliches, großartiges Gefühl.«

Vincent stand auf und goss sich ein Glas Whisky ein, leerte es mit zwei großen Schlucken und schenkte sich noch mal ein. Diesmal fügte er Soda hinzu. »Wollt ihr auch einen Drink?«, fragte er.

Dylan nickte, aber Juniper schüttelte den Kopf. »Nein,

danke. Wir sind mit den Rädern da«, sagte sie. »Dylan stellt auf dem Fahrrad auch so schon eine tödliche Gefahr dar. Weißt du etwas über Zeitreisen, Vincent?«
Nachdenklich schwenkte Vincent die Flüssigkeit in seinem Glas hin und her. »Ich würde sagen, dass die Gefahr dabei doch entschieden größer ist als beim Fahrradfahren«, sagte er und setzte sich wieder.
Juniper lachte. »Glaub mir, für Dylan ist es sehr viel sicherer, oben auf dem Dachboden zu sitzen und eine Zeitreise zu machen. Das ist für uns beide völlig ungefährlich, Vincent. Es geschieht durch Meditation, das ist alles.«
»Und das ist völlig ungefährlich, was?«, murmelte Vincent und sah sie mit forschendem Blick an. »Bei dir klingt das so lässig und beiläufig, Juniper. Aber das ist es nicht. Es ist eine große Gabe. Ihr genießt ein besonderes Vorrecht.«
»Haben Sie so was schon mal gemacht?«, fragte Dylan.
»Nicht bewusst«, gab der alte Mann zurück und nippte an seinem Whisky. »Aber einmal hatte ich einen Traum. Das war vor fünfzig Jahren, kurz nachdem ich den Silberbecher gekauft hatte. Ich träumte von einem jungen Mädchen mit langen blonden Haaren. Sie hatte eine weiße Taube auf der Schulter und stammte ganz offensichtlich aus dem Mittelalter. Aber der Traum hat sich mir nicht nur wegen ihres Äußeren so eingeprägt. Das lag an ihrer Persönlichkeit, ihrer Kraft. Der Traum hat mich tief berührt. Ich habe ihn nie vergessen.«

»Ich habe dasselbe Mädchen gesehen, Vincent«, sagte Juniper leise. »Das erste Mal war ich noch klein. Damals hattest du mir kurz zuvor zum ersten Mal den Becher gezeigt.«
»Und du hast sie seither wieder gesehen?«, fragte Vincent.
»Ja. Einmal stand sie vor einem Haus, das zur Hälfte aus Holz erbaut war. Diese Zeichnung haben wir nicht dabei. Man kann auch dort ihr Gesicht nicht richtig erkennen. Und wir glauben, dass sie das Mädchen sein könnte, das in der Kirche neben dem Mann im blauen Rock sitzt. Ich habe gehört, wie eine der alten Frauen sie Johanna nannte. Sie hat sie außerdem noch als Hexe bezeichnet. Offenbar hat Johanna den Müller angeschrien und er ist ein paar Tage darauf gestürzt und hat sich das Bein gebrochen.«
»Das galt schon als ziemlich vernichtender Beweis«, sagte Vincent ernst und betrachtete ihr weißes Kleid mit den Grasflecken und die langen blonden Haare, die sie zusammengebunden trug. »Sie bewegt sich auf sehr dünnem Eis.« Dann sah er wieder zu Juniper hin, mit einem besorgten Ausdruck in den blauen Augen. »Sieh dich vor, meine Freundin. Zwischen dir und ihr besteht ein starkes Band. Ich glaube, ihr seid seelenverwandt.«
Juniper lächelte, aber ihr Gesicht war angespannt. »*Ist* es gefährlich, was Dylan und ich machen?«, fragte sie.
»Nur insofern, als die kleinste Störung den geschichtlichen Ablauf verändern könnte«, sagte Vincent. »Ich

würde sagen, dass keinerlei Gefahr droht, wenn man die Menschen nur beobachtet. Aber ihr dürft nichts anfassen. Und was auch passieren mag – versucht nicht etwas daran zu ändern.«

»Das war mir schon klar«, sagte Juniper und schaute wieder auf die Zeichnung. »Als ich mit Agnes in der Kirche saß, hätte ich mich gern mit ihr unterhalten. Aber eine innere Stimme hat mich davon abgehalten. Ich hatte das Gefühl, dass selbst ein einziges Wort weit reichende Folgen haben könnte. Wie ein Kieselstein, der in einen Teich fällt und riesige Kreise zieht. Deshalb hab ich nichts gesagt.«

Vincent nickte erleichtert und trank seinen Whisky aus. »Ich weiß gar nicht, wieso ich mir um dich Sorgen mache, Juniper«, sagte er. »Deine Seele ist alt und weise. Du brauchst nur deinem Instinkt zu folgen. Das ist dein bester Ratgeber.« Dann wandte er sich an Dylan. »Und was ist mit dir, junger Mann? Was hältst du von dieser außergewöhnlichen Gabe, die dir verliehen wurde?«

Dylan lächelte und wurde rot. »Ich bin total begeistert davon«, sagte er. »Wenn ich das aufzeichne, was Juniper mir übermittelt, fühle ich mich im Einklang mit dem ganzen Universum.«

»Vielleicht bist du das auch«, murmelte Vincent. »C. G. Jung hat an eine Kraft geglaubt, die er das kollektive Unbewusste nannte – ein riesiges Wissen jenseits von Raum und Zeit, das jedem Einzelnen mitgegeben wird und ihn mit der Weisheit anderer Seelen verbindet. Das erklärt, wieso verschiedene Völker ohne jede Verbindung miteinander und mit einem ganz unterschiedlichen kulturellen Hintergrund die gleichen Mythen haben und wie zwei Leute in entgegengesetzten Erdteilen dazu kommen, haargenau die gleiche Geschichte zu schreiben. Und das erklärt auch, wieso manche Menschen Dinge wissen, die ihnen niemand beigebracht hat. Vielleicht ist in diesem gewaltigen Netzwerk von Wissen etwas von Johanna enthalten und ihr beide habt daran gerührt. Oder vielleicht durchquert ihr tatsächlich das, was wir als Zeit bezeichnen. Apropos Zeit ... habt ihr nicht gesagt, dass ihr gegen sechs gehen müsst?«

Dylan schaute zu der alten Standuhr hin. »Ja, ich schon«, sagte er. »Ich muss vor den Zwillingen zu Hause sein. Sonst spazieren die beiden womöglich davon und ich finde sie nie mehr wieder.«

»Du würdest sie verlieren? Mit deinen telepathischen Fähigkeiten?«, sagte Vincent mit einem leichten Lächeln. »Das bezweifle ich, Dylan. Das bezweifle ich stark.«

Damit schlurfte er hinaus und Dylan sah Juniper an und grinste breit. »Das hab ich mir noch nie überlegt«, sagte er. »Diese Telepathie-Sachen könnten für alle möglichen Dinge ganz praktisch sein.«

»Ich hab schon versucht dir das zu vermitteln«, sagte Juniper lachend. »Ich habe dir gesagt, dass sich dadurch dein ganzes Leben verändern kann.«

»Es hat sich schon verändert«, sagte Dylan.

Vincent kam wieder herein und brachte einen Gegenstand mit, der in dunkelblauen Samt gehüllt war. Er übergab ihn Juniper und sie packte ihn vorsichtig aus und reichte ihn dann Dylan.

»Halt du ihn auch mal«, sagte sie. »Du wirst ihn schon nicht kaputtmachen.«

Ehrfürchtig nahm Dylan ihn in beide Hände.

Es war ein schwerer Trinkbecher aus massivem Silber. Er war mit leuchtend violetten Amethysten verziert und rund um den Rand zog sich ein kompliziertes Muster aus geometrischen Figuren, das bis zur Mitte des Bechers hinunterreichte. Dylan hielt ihn ins Licht und bewunderte ihn von allen Seiten, hingerissen von seiner Schönheit, dem stabilen Gewicht und seinem Alter. Einen Augenblick lang glaubte er seltsam süße Kräuter zu riechen und ihn durchfuhr eine jubelnde Freude, die ihm fröhlichen Schwung verlieh, so wie die heitere Melodie eines Liedes.

»Das ist Johannas Becher«, sagte er lächelnd. Das wusste er mit einer Sicherheit, die ganz tief aus seinem Inneren kam. Und er reichte Juniper den Becher zurück, mit einer solchen Vorsicht, als hätte er in seinem ganzen Leben noch nie etwas so Kostbares berührt.

17. Wie meine Schwester

Tom lugte durch den Türspalt ins Zimmer der Zwillinge und sah die Mädchen auf Barbaras Bett sitzen, mit Dylan in der Mitte. Er hielt sein heiß geliebtes, abgegriffenes Exemplar von *Der Wind in den Weiden* in der Hand und las ihnen die starke, wunderbare Stelle vor, wo Ratte und Maulwurf den verschwundenen kleinen Otter suchen und ihn zu Füßen des Pfeifers vor dem Tor zur Dämmerung finden. Robyn lauschte wie gebannt. Sie war ebenso atemlos und verzückt, wie Ratte und Maulwurf es in der Geschichte waren, aber Barbara hatte die Arme um ihren Teddy geschlungen und döste vor sich hin.

Lächelnd zog Tom sich zurück und machte leise die Tür hinter sich zu.

Dylan las das Kapitel zu Ende, klappte das Buch zu und schob es sorgfältig unter Barbaras Kissen.

Robyn nahm ihren Lockenkopf von seiner Schulter und fragte ernsthaft: »Wird dieser Freund und Helfer auch auf Mummy aufpassen und ihr diese Musik vorspielen?«

Darüber musste Dylan eine ganze Weile nachdenken. »Mum hat sich nicht verlaufen, so wie der kleine Portly«, sagte er. »Sie passt auf sich selbst auf.«

»Wird nur auf verirrte Kinder aufgepasst?«

»Das ist eine Geschichte, Robyn. In Büchern passieren Dinge, die im wirklichen Leben nicht immer so sind.«

»Aber das stimmt doch alles, oder? Ratte und Maulwurf und der Kröterich und der Pfeifer – die gibt es doch wirklich.«

»Das weiß ich nicht, Robyn. Irgendwo gibt es sie vielleicht. Ich hoffe es jedenfalls sehr.«

»Mummy hat gesagt, dass Geschichten nicht wahr sind. Sie hat gesagt, die sind nur erfunden. Sie hat auch gesagt, dass es keine Elfen gibt. Aber ich weiß, dass es welche gibt. Ich hab eine gesehen.«

»Da hast du aber großes Glück gehabt«, sagte Dylan.

Robyn sprang auf, ging zu ihrem Bett und verkroch sich darin. Dylan räumte vorsichtig alle Bücher und Spielsachen von Barbaras Bett und deckte seine kleine Schwester zu. Sie murmelte etwas im Schlaf, wachte aber nicht auf. Dann ging er zu Robyn, beugte sich über sie und zog die Decken gerade. Sie schlang ihm die Arme um den Hals und er drückte sie und gab ihr einen Kuss auf die Backe. Dann machte er das Licht aus und ging in die Küche.

Tom hatte inzwischen gespült und die Schulbrote für den nächsten Tag hergerichtet.

»Danke, Dad«, sagte Dylan. »Entschuldige, dass ich dir nicht geholfen habe. Ich habe heute ein bisschen länger vorgelesen.«

»So still waren sie die ganze Woche nicht«, sagte Tom lachend. »Es wäre ein Verbrechen gewesen, sie zu stören. Möchtest du einen Kaffee?«

»Später«, sagte Dylan. »Ich hab noch einen ganzen Haufen Hausaufgaben zu machen. Da sollte ich lieber loslegen.«

Erst um elf war es so weit, dass sie sich bei einer Tasse Kaffee zusammensetzten.

»Wie schön, dass du heute etwas fröhlicher dreinschaust«, stellte Tom fest, als er Dylan seine Tasse reichte und sich neben ihn aufs Sofa setzte. »Du hast mit Juniper einen angenehmen Nachmittag verbracht, nicht wahr?«

»Ja. Wir haben einen Freund von ihr besucht. Vincent Gilroy. Er hat früher an der Universität mittelalterliche Geschichte gelehrt.«

»Und wie ist Juniper darauf gekommen, dass du ihn gern kennen lernen würdest?«

»Ich interessiere mich fürs Mittelalter.«

»Ach ja? Das hab ich gar nicht gewusst. Sind das die Bücher, die du dauernd liest? Geschichtsbücher?«

»Manchmal. Ich lese aber auch jede Menge Romane.«

»Und Juniper begeistert sich auch für Geschichte? Erzähl mir jetzt nicht, dass ihr euch übers Mittelalter unterhaltet.«

Dylan lächelte, trank seinen Kaffee und schwieg.

»Bei dir blickt man nicht so leicht durch«, sagte Tom amüsiert. »Zwischen dir und Juniper muss schon etwas Besonderes sein, sonst würde sie in dieser Situation nicht bei dir bleiben. Dem anderen Jungen hat sie den Laufpass gegeben, nicht wahr?«

»Nein. Er ist immer noch ihr Freund.«

Tom grinste. »Das scheint mir ebenso kompliziert zu sein wie mein eigenes Liebesleben.«

»Unmöglich. Wie läuft es denn bei dir, Dad? Ich meine . . . hast du . . . Evelyn fehlt dir doch bestimmt?«

»Ja. Und ich gebe auch gern zu, dass ich manchmal sehr versucht war zu ihr zu gehen. Aber ich habe deiner Mutter versprochen den Kontakt zu ihr abzubrechen und ich hab es dir versprochen. Weißt du, ich möchte immer noch, dass Kathy wiederkommt.«

»Dafür bewundere ich dich, Dad. Ich meine, weil du dein Versprechen hältst. Und weil du Mum treu bist, obwohl sie nicht da ist.«

»Ich hoffe nur, dass es nicht zu spät ist.« Tom seufzte tief auf. »Deine Mutter kennt keine Kompromisse. Für sie gibt es nur alles oder nichts. Deshalb hatte sie auch so große Probleme, eine Diät durchzuhalten. Es konnte nicht einfach nur ein Keks sein, sie musste dann gleich die ganze Packung leer futtern. Und deshalb hat sie auch das Klavierspielen aufgegeben. Eine richtige Karriere konnte sie nicht machen, also hat sie ganz damit aufgehört. Hat ihr Klavier verkauft und alles. Gleich als Erstes, wenn sie zurückkommt, kaufe ich ihr wieder eins.«

Dylan konnte nur staunen. »Ein Klavier? Mum spielt Klavier?«

»Ja. Hast du das nicht gewusst?«

»Nein. Was denn für eine Karriere? Als Klavierlehrerin?«

»Als Konzertpianistin, Dylan. Sie war auf dem besten

Weg dazu. Als wir uns kennen lernten, hatte sie gerade ein Stipendium für ein dreijähriges Musikstudium in Paris erhalten. Meinetwegen hat sie es nicht angenommen. Wir haben geheiratet und bekamen euch Kinder. Und wir hatten eine Menge Geld in eine Firma investiert, die Pleite machte. Deshalb sind wir in diesem Schlamassel gelandet. Kurz darauf wurde sie mit dir schwanger. Und dann kamen die Zwillinge und damit war es endgültig Essig mit ihrer Karriere. Zu diesem Zeitpunkt konnten wir uns nicht mal ein Klavier leisten, von Reisen nach Europa ganz zu schweigen. Und sie hat stets die Ansicht vertreten, dass die Kinder an erster Stelle kommen.«

»Wieso hat sie uns dann verlassen?«

»Ich glaube, ihr ist plötzlich bewusst geworden, dass sie ein Mensch mit eigenen Bedürfnissen ist. Vielleicht fängt sie wieder an zu musizieren, ich weiß auch nicht. Sie hat in ihrem Leben viel Kummer und Enttäuschung durchgemacht, Dylan. Ich schätze, meine Beziehung zu Evelyn war der letzte Tropfen, der das Fass zum Überlaufen brachte. Vielleicht hat sie mit einem Mal gedacht, dass all die Opfer sich nicht lohnen.«

»Ich war mein ganzes Leben mit ihr zusammen«, sagte Dylan leise, »und dabei weiß ich noch nicht mal die allerwichtigsten Dinge von ihr.«

»Und ich habe sie aus den Augen verloren«, sagte Tom. »In einem Menschen kann ungeheuer viel vorgehen, ohne dass er sich etwas anmerken lässt. Das Wichtigste ist, dass man miteinander redet.« Er grinste. »Und das machst du mit Juniper ja reichlich. Gestern Abend habt ihr zwei Stunden lang telefoniert.«

»Wenn es dich gestört hat, hättest du etwas sagen sollen.«

»Es hat mich nicht gestört. Allerdings könnte es jemanden gestört haben, der bei uns anrufen wollte.«

»Hier ruft doch sowieso keiner an. Nur Juniper.«

»Bring sie doch mal mit nach Hause, Dylan. Du warst ja schon oft genug bei ihr. Willst du sie nicht mal zum Essen einladen?«

»Was ich koche, würde ihr nicht schmecken.«

»Dann koche ich.«

»Das riskier ich lieber nicht. Als du das letzte Mal gekocht hast, gab es grüne Eier.«

»Das war nur Lebensmittelfarbe. Ich hab das aus Jux gemacht.«

»Vergiss es, Dad. Und überhaupt ist sie meistens mit Kingsley zusammen.«

»Wie du willst. Übrigens, dieses Wochenende muss ich nicht arbeiten. Du kannst beide Tage freihaben.«

Dylan strahlte auf. »Danke, Dad.«

Tom griff in seine Gesäßtasche, zog seine Brieftasche hervor und gab Dylan einen Zwanzig-Dollar-Schein. »Und geh mit dem Mädchen ins Kino oder unternimm sonst etwas Aufregendes mit ihr, anstatt dich immer nur über schrottreife, alte Geschichte zu unterhalten.«

Dylans Lächeln wurde noch strahlender, als er das Geld einsteckte. »Danke. Uns fällt bestimmt etwas ein.«

Auf dem Dachboden war es genauso still und hell und schön, wie Dylan es in Erinnerung hatte. Juniper hatte bereits Papier zurechtgelegt. Es leuchtete weiß in der strahlenden Mittagssonne und die Stifte glitzerten.

Juniper stellte den Silberbecher zu dem Papier, mitten in einen Lichtflecken auf dem Fußboden, und lächelte Dylan zu. »Vielleicht wird die Verbindung dadurch stärker«, sagte sie.

»Wie viel stärker willst du sie denn noch haben?«, fragte Dylan. »Auch noch mittelalterliche Kochdünste und den Gestank von ungewaschenen Kleidern und von Abwässern in Straßen ohne Kanalisation?«

»Das wäre schön«, sagte Juniper. »Aber im Ernst, Dylan, diesmal möchte ich ihr Gesicht sehen. Ich möchte genau wissen, wie sie aussieht. Du zeichnest das doch alles richtig gut auf, ja? Jede Einzelheit?«

Er ließ sich im Schneidersitz vor dem Papier nieder und griff nach einem Stift. »Ich zeichne alles haargenau so auf, wie du es mir übermittelst«, sagte er.

Sie setzte sich auf die Fensterbank und blieb lange still. Als Dylan ihr einen forschenden Blick zuwarf, sah er, dass sie die Augen geschlossen hielt, so als ob sie bereits meditierte.

»Willst du dazu nicht irgendwo anders hingehen?«, fragte er.

Juniper machte die Augen auf. »Das ist nicht mehr nötig«, sagte sie. »Wir können uns in ein und demselben Zimmer aufhalten, das spielt keine Rolle. Oder stört dich das?«

»Ich glaube, ich kann's aushalten.« Er lächelte und schloss seinerseits die Augen.

Nach ein paar Minuten öffnete er sie wieder. Juniper hatte sich auf der Fensterbank ausgestreckt und lag mit geschlossenen Augen auf dem Rücken, die Arme friedlich neben dem Körper. Sie trug wieder ihr weißes Baumwollkleid und die Sonne warf ihren goldenen Schein auf ihre Arme und Beine und das Gesicht und verlieh ihren Haaren einen rötlichen Schimmer. Ihr Gesicht war entspannt und völlig still.

»Mach die Augen zu, Leonardo«, murmelte sie, ohne ihre zu öffnen. »Konzentrier dich auf unsere Aufgabe, sonst muss ich gehen.«

Er schluckte nervös und folgte ihren Anweisungen.

Es war atemberaubend, wie friedlich es hier war. Für Dylan war es, als wäre er heimgekehrt; es war wie die Sonne nach einem Unwetter, wie Freiheit nach langer, schrecklicher Haft. Hier war die Welt wieder im Lot und er spürte die Freude mit jeder Faser seines Körpers. Der Friede, der hier herrschte, versetzte ihn in einen Schwebezustand, in dem er hellwach, heiter und ruhig und völlig passiv war. Langsam entstand ein Bild vor seinem geistigen Auge.

Zuerst war es wie ein schwacher Lichtschein, ein undeutlicher Schimmer in der Dunkelheit, der nur wie im Traum wahrzunehmen war. Dann wurde das Licht zu einer Kerzenflamme, danach zu einer Lampe und schließlich zu einem Sonnenstrahl.

Der Strahl drang durch ein Fenster. Es war von schweren Holzbalken umrahmt, aber die Läden waren weit geöffnet. Am Fenster stand ein einfacher Tisch, eine Holzplatte, die auf zwei Böcken ruhte. Der Tisch war übersät mit Wurzeln und Blättern von Kräutern. Zwei kleine Glasschalen mit dunkelrotem Wein standen auf der Fensterbank. Die Sonne brach sich darin und glitzerte auf den lila Beeren, die im Wein eingeweicht waren. Über allem lag ein Glanz, eine ganz besondere Aura, die alles mit einem überirdischen Leuchten erfüllte.
Eine Hand langte zum Tisch und stellte einen Silberbecher darauf. An einem Finger der Hand steckte ein goldener Ring mit einem kleinen violetten Stein. Der Becher hatte ein eingraviertes Muster und war mit Amethysten besetzt.
Juniper hielt den Atem an. Langsam hob sie den Blick und ließ ihn von der Hand zum Arm schweifen, zur Schulter hinauf und zum Gesicht der Frau.
Es war Johanna – eine lachende Johanna mit einem Kind im Arm, die Lippen von rotem Wein benetzt. Aber auch jetzt konnte Juniper nicht ihr ganzes Gesicht erkennen. Sie sah nur das Profil, sah die schräg nach oben weisenden Augen, die in der Sonne in einem strahlenden Blau leuchteten. Sie sah, dass Johannas Haut von den langen Aufenthalten im Freien gebräunt war, wenn sie auf den Wiesen Kräuter sammelte. Sie sah, dass sie lange, glatte Haare hatte, die wunderschön geflochten waren und ihr fast bis zu den Knien reichten, und dass sie noch

sehr jung war – nicht älter als Juniper. Sie sah, wie zärtlich sie das Kind hielt und wie innig sie den Kleinen liebte. Sie sah, wie er an den Haaren seiner Mutter zog und wie sie seine kleinen Hände umfasste und sie festhielt. Dann sah sie Johanna überrascht aufblicken. Ihr Lachen verschwand und ihr Gesicht wirkte so konzentriert und wach, als spitzte sie angespannt die Ohren.

Dann wandte sich Johanna zu Junipers großer Freude und Erstaunen um und schaute genau in ihre Richtung. Juniper sah, wie die blauen Augen durch sie hindurchsahen, wie der Blick an ihr vorbeiglitt und zurückkehrte. Und dann geschah das Unglaubliche: Er blieb an Junipers Gesicht haften.

Im ersten Augenblick sahen sie einander wie gebannt an, waren voneinander gefesselt und bezaubert. Dann bekreuzigte sich Johanna und drückte ihr Kind noch fester an die Brust. Aber in diesem einen Augenblick lag mehr Staunen und Entzücken, als sie beide je zuvor erlebt hatten. Sie lächelten sich an und dann zog Juniper sich wieder ins Dunkel zurück, an den Ort, der ihre Welt war. Als Letztes sah sie den sanften Glanz von Johannas Haaren und ihre Hand, mit der sie noch einmal das Kreuzzeichen schlug.

Langsam und widerstrebend, atmete Juniper tief durch und wurde sich wieder bewusst, dass sie mit schweren Gliedern auf der Fensterbank lag und die Sonne durch die Scheibe auf sie herabbrannte. Sie machte die Augen auf und blieb eine Weile so liegen, schaute zum Dachgebälk empor. Sie hörte das leise Geräusch, mit dem Dylans Hand den Stift über das Papier gleiten ließ, hörte ihn seufzen und den Stift weglegen. Schließlich setzte sie sich auf und versuchte zu erkennen, was Dylan gezeichnet hatte.

Er schaute auf und sah sie an. Den Blick unverwandt auf ihr Gesicht geheftet, drehte er das Bild so, dass sie es sehen konnte.

Juniper stieß einen leisen Schrei aus und schlug die Hände vors Gesicht.

»Was hast du?«, fragte er, stand auf und humpelte zu ihr hinüber. Ihm waren die Beine eingeschlafen und er hatte solchen Durst, dass er kaum sprechen konnte. Er setzte sich dicht neben Juniper und sah auf die Zeichnung hinunter. »Was ist damit, Juniper?«

»Nichts«, sagte sie und nahm die Hände vom Gesicht. »Nichts. Es ist alles perfekt. Das ist Johanna, wie sie leibt und lebt. Ganz so hat ihr Gesicht ausgesehen, als sie mich entdeckt hatte. Mit einem leichten Lächeln und ebenso erstaunt und erschrocken wie ich. Es ist wunderschön, Dylan.«

Sie fing an zu weinen, nur ganz leise, aber tief aus ihrem Inneren brach ein gewaltiges Schluchzen hervor. Dylan, der nicht wusste, was sie so aufwühlte, legte bestürzt den Arm um sie und hielt ihr sein Taschentuch hin. Sie weinte lange und stieß zwischen den Schluchzern wirres Zeug hervor, Worte der Qual und des Glücks, die er nicht verstehen konnte.

Schließlich brachte sie einen verständlichen Satz zu Stande. »Sie ist wie ich«, sagte sie weinend, dann richtete sie sich auf, nahm ihren Kopf von seiner Schulter und putzte sich die Nase. »Noch nie im Leben habe ich einem anderen Menschen gegenüber ein solches Gefühl gehabt. Es war, als hätten wir einander erkannt, Dylan. Sie war wie meine Schwester. Oder wie ich selbst.«

»Vincent hat gesagt, dass zwischen euch ein starkes Band besteht«, sagte Dylan behutsam. »Er hat euch als verwandte Seelen bezeichnet. Vielleicht ist es ja das: eine starke spirituelle Verbindung. Vielleicht hat deine Seele noch vor deiner Geburt ihre gestreift. Und vielleicht hast du deshalb diese Vorliebe für mittelalterliche Dinge, hast deshalb schon immer Kathedralen geliebt und Tauben und Trockenblumen und Licht und alte Musik. All das hat auch sie geliebt. Hast du bemerkt, dass sie an der Lederschnur um ihren Hals eine kleine Tontaube trug?«

Juniper wischte sich die Augen ab und sah sich die Zeichnung genauer an. Hinter Johanna war Steinfußboden zu sehen und eine offene Tür. An der Wand daneben hingen zu Sträußen gebundene Kräuter, allerhand Gemüsesorten und Beeren. Auch eine Wiege war zu erkennen; sie war mit Holzschnitzereien verziert, die Blumen und Tauben darstellten.

Johannas Gesicht war wunderschön. Es war elfenhaft und ließ den Betrachter nicht mehr los, wirkte wie aus einer anderen Welt. Die Zeichnung war noch unfertig, nur eine Bleistiftskizze, aber Dylan hatte es dennoch fertig gebracht, den Glanz in ihren Augen einzufangen. Die Sonne, die durchs Fenster schien, fiel auf ihre Haut und die Kleidung und tauchte sie in ein heiliges Licht. Das Kind schaute sich über die Schulter um, sah in dieselbe Richtung wie seine Mutter und beide hatten strahlende Augen, die überrascht aufgerissen waren.

»Die Augen sehen uns an«, sagte Juniper. »Trotzdem hat das nichts Beunruhigendes. Sie sind nur wunderschön und ziehen einen in ihren Bann. Wie machst du das nur?«

Dylan schaute auf seine Hände hinunter, die ineinander verschränkt auf seinen Oberschenkeln lagen.

»Das weiß ich auch nicht«, sagte er lächelnd. »Bei den Zeichnungen, die ich hier mache, ist das so, als wären sie gar nicht wirklich von mir. Sie sind Gaben. Ich bin nur die Hände, durch die sie entstehen, das ist alles.«

Juniper ergriff die Hand, die ihr am nächsten war, hob sie an die Lippen und drückte einen Kuss darauf.

»Du bist ein erstaunlicher Künstler, Leonardo«, sagte sie. »Eines Tages wirst du berühmt. Und die anderen, die jetzt mit dir in die Schule gehen, werden sich wundern. Sie hatten die Ehre, neben dir zu sitzen und dich zu kennen und den gleichen Boden wie du zu betreten – und das war ihnen gar nicht bewusst.«

»Dir schon«, sagte Dylan, »und nur darauf kommt es an.« Zögernd setzte er hinzu: »Meinst du, dass wir unser ganzes Leben lang Freunde bleiben?«

»Ich zweifle nicht«, gab Juniper lächelnd zurück, »und all dies Leiden dient in Zukunft uns zu süßerem Geschwätz!«

»Was redest du da? Wir leiden doch nicht.«

»Das war wieder Shakespeare. Aus *Romeo und Julia,* als sie ihn fragt, ob er glaubt, dass sie sich wieder sehen werden. Das ist ihr letzter Abschied.«

»Soll das eine zarte Andeutung sein?«

Sie warf einen Blick auf die Uhr und schnappte nach Luft. »So war das zwar nicht gemeint, aber es trifft tatsächlich zu. Es ist schon halb sechs! Kingsley kommt gleich zum Abendessen. Tut mir Leid.«

»Tut's dir Leid, dass er kommt oder dass ich gehe?«

»Beides. Ich wollte mit dir diesen Hippokras aus dem Becher trinken. Das muss jetzt warten. Ist dir eigentlich klar, dass diese paar Sekunden mit Johanna in unserer Zeit fünf Stunden waren?«

»Ja. Und wenn du meine Hand loslässt, geh ich jetzt.«

Daraufhin ließ Juniper ihn los und er stand widerstrebend auf. Bevor er den Dachboden verließ, wollte er die Zeichnung wegräumen, aber Juniper riet ihm sie liegen zu lassen.

»Du kannst morgen wieder kommen und weiter daran arbeiten«, sagte sie, als sie die Treppe hinuntergingen. »Oder hast du etwas anderes vor, was du lieber machen möchtest?«

»Sonst hab ich überhaupt nichts vor«, sagte er. »Viel Spaß bei der Party heute Abend.«

»Ich will versuchen Spaß zu haben.« Juniper sah ihm zu, als er sich auf sein Fahrrad schwang. Gerade als er losfahren wollte, fragte sie neugierig: »Wenn du eine Straße entlanggehst – hast du dabei jemals das Gefühl, dass die Autos und Fahrräder und Lastwagen etwas ganz Fremdes sind, was kaum zu fassen ist? So als wärst du bisher immer nur auf staubigen Feldwegen gegangen und diese versiegelten Straßen mit all den Fahrzeugen und Ampeln wären etwas völlig Unbekanntes und Wunderbares?«

»Nein. Ich hab nicht die Zeit, um über so was nachzudenken. Als ich das letzte Mal beim Radfahren vor mich hin geträumt habe, hätte ich fast einen Hund überfahren.«

»Ab mit dir«, sagte Juniper. »Wir sehen uns dann morgen früh.«

Er fuhr los und sie stieg die Stufen hinauf und ging ins Haus. Marsha war noch in ihrem Aerobic-Kurs, deshalb ging Juniper in die Küche und begann das Abendessen herzurichten. Plötzlich legte sie den Salat weg, ballte die Fäuste und stützte sich schwer auf die Arbeitsplatte, weil sie das Gefühl hatte, dass sich alles um sie drehte. Es kam ihr so vor, als wäre sie aus dem Takt geraten, und sie war zutiefst aufgewühlt. Es war, als riefe ihr eine innere Stimme eine Warnung zu. Aber obwohl die Stimme laut durch ihren Kopf gellte und sehr beunruhigend war, blieben die Worte unklar.

Juniper trocknete sich die Hände ab und ging ins Wohnzimmer, um Musik aufzulegen. Sie drehte die Lautstärke hoch und kehrte in die Küche zurück. Aber den ganzen Abend über war sie unruhig und empfand eine seltsame Besorgnis. Sie wollte nicht mit Kingsley ausgehen, konnte aber keinen vernünftigen Grund dafür vorbringen. Daher ging sie mit, voller Unbehagen, aber sie lachte und tanzte und war so schlagfertig und gesprächig wie sonst auch.

Doch als es Mitternacht wurde, konnte sie die Fassade nicht mehr aufrechterhalten. Als es Mitternacht wurde, dröhnte die innere Stimme so laut und Furcht erregend wie Donner.

18. Wasserprobe

Die Musik dröhnte laut, das Wohnzimmer war rappelvoll. In der Menge tanzte alles dicht aneinander gedrängt und Kingsley hatte die Arme um Juniper geschlungen und drückte sein Gesicht in ihre Haare. Sie war jetzt still, fast etwas distanziert und in sich gekehrt, und ihrem Schritt fehlte der Schwung.

»Was ist los?«, fragte er, sprach ihr laut ins Ohr. »Willst du noch was zu trinken?«

Sie schüttelte den Kopf und sah zu ihm hoch. »Nein, danke. Ich möchte jetzt nach Hause.«

»Was? Ich kann dich nicht verstehen.«

»Können wir nicht rausgehen und reden?«

»Ich dachte schon, das sagst du nie.« Kingsley grinste und nahm ihre Hand und gemeinsam kämpften sie sich durch die Tänzer auf die Terrasse hinaus. Die Musik war auch hier noch laut, aber man konnte sich wenigstens verständigen. Auch von ihren Freunden waren einige hier draußen, um frische Luft zu schnappen oder zu rauchen.

»Ich will nach Hause«, sagte Juniper.

Kingsley beugte sich zu einem weißen Holztisch vor und griff sich die nächste Bierdose, riss sie auf und tat einen tiefen Zug.

»Warum?«, fragte er. »Gefällt's dir nicht?«

»Anfangs schon. Aber ich möchte gehen.« Juniper hätte ihn am liebsten angeschrien. »Ich hab dir schon vor einer Stunde gesagt, dass ich nach Hause will.«

»Und ich hab gesagt: Ja, wenn ich so weit bin. Vergiss nicht, ich bin der Fahrer. Wir fahren, wenn ich es will. Außerdem dauert die Fahrt eine ganze Stunde. Ich hab den weiten Weg nicht gemacht, um gerade mal zwei Stunden zu bleiben.«

»Ich will heim, Kingsley.«

Er trank sein Bier. Seine blauen Augen waren zu schmalen Spalten zusammengekniffen und funkelten zornig. Kingsley sah sehr gut aus, aber sein kantiges Kinn verwies auf Härte und auf eine Sturheit, die Juniper nur allzu gut kannte.

»Dann ruf ich mir eben ein Taxi«, sagte sie. Und damit schob sie sich an ihm vorbei und ging wieder ins Haus. Nach einigem Suchen entdeckte sie das Telefon und fing an zu wählen.

Eine Hand entriss ihr den Hörer und knallte ihn auf die Gabel. »Niemand«, zischte Kingsley ihr ins Ohr, »absolut niemand lässt mich einfach stehen. Ich fahr dich nach Hause, aber du wirst ja wohl noch warten können, bis ich mein Bier ausgetrunken habe.«

»Ich warte dann im Wagen«, sagte Juniper.

Sie marschierte davon und Kingsley sah ihr nach, mit grimmig verzogenem Mund und einem verbitterten Ausdruck in den Augen. Dann fluchte er und ging ihr hinterher. Er schloss den Wagen auf und sie stiegen ein.

Sie waren beide wütend und sprachen kein Wort. Kingsley setzte sich ans Steuer und trank langsam sein Bier aus. Dabei starrte er unverwandt vor sich auf die dunkle Straße.

Juniper schlug die Hände vors Gesicht und rang darum, die Ruhe zu bewahren. In ihr stieg ein überwältigend starkes Gefühl hoch, dass sie aussteigen und zu Fuß gehen sollte. Dennoch blieb sie sitzen. Sie kam sich wie in der Falle vor, fühlte sich bedroht und hatte Angst.

»Ich versteh nicht, was du hast«, sagte Kingsley grob und kurbelte das Fenster herunter, um die Dose hinauszuwerfen. Er ließ den Motor an, legte den Gang ein und fuhr mit quietschenden Reifen los. »Mir reicht's jetzt mit deinen Launen und deinen ewigen Ausreden, Juniper Golding. Pidgely, diesen Schlappschwanz, kannst du vielleicht um den Finger wickeln, aber mit mir schaffst du das nicht. Ich geh jede Wette ein, dass du ihn nach deiner Pfeife tanzen lässt und er noch nicht mal aufmuckt. Wahrscheinlich fühlt er sich auch noch geehrt. Also, mit mir nicht. Mir reicht's. Ich hab's satt, mich dauernd nach deinen Wünschen richten zu müssen.«

Kingsley schoss in einem solchen Tempo um die Ecke, dass er nur noch knapp einem parkenden LKW ausweichen konnte. Juniper schrie ihn an, er solle langsamer fahren, aber er ignorierte sie. Sie hatten den Stadtrand hinter sich und fuhren jetzt aufs Land hinaus. Kingsley gab Gas und der Tacho zeigte eine immer höhere Geschwindigkeit an. Durch das offene Fenster pfiff der Wind in den Wagen und Kingsley kurbelte das Fenster wieder hoch.

»Du weißt nicht, was du willst«, tobte er weiter. »Die ganze Woche hältst du mich mit tollen Versprechungen für Samstag hin, und wenn der Samstag da ist, willst du früh nach Hause. Ich blick bei dir nicht mehr durch. Bei dir weiß man nie, was du willst, das schlägt jede Stunde um. Ich wette, du weißt das nicht mal selbst. Also, ich jedenfalls weiß, was ich will, Juniper. Ich will eine Freundin, bei der man weiß, woran man ist, die Rücksicht nimmt und sich zur Abwechslung auch mal nach *meinen* Wünschen richtet und sich auf *meine* Pläne einstellt und lieber mit mir zusammen ist als mit ihren anderen Freunden. Ich bin keine zweite Wahl. Ich lass mich nicht benutzen. Es hat mir Spaß gemacht, mit dir zusammen zu sein. Jedenfalls meistens – wenn du gerade nicht mit Pidgely oben auf dem Dachboden warst. Ehrlich, ich kann mir nicht vorstellen, was du mit ihm machst. Aber was es auch ist, du hast bestimmt leichtes Spiel bei ihm.«

»Du weißt ja gar nicht, was du da redest«, rief Juniper zornig. »Also halt die Klappe und fahr langsamer.«

»Ich gehe jede Wette ein, dass du mit ihm deine abartigen Psycho-Spielchen treibst«, fuhr Kingsley fort. »Du wirst dem armen Schwein so das Gehirn vernebeln, dass er fürs ganze Leben einen Knacks weghat.«

»Halt die Klappe!«

Der Wagen raste in eine Kurve und schleuderte so nahe

an einen Abhang, dass Juniper sich die Hände vors Gesicht hielt.

»Erzähl mir jetzt bloß nicht, dass du diesen kleinen Widerling tatsächlich magst«, sagte Kingsley lachend und sah zu ihr hinüber. »Oder?«

»Pass auf, wo du hinfährst!«, schrie Juniper und nahm die Hände herunter. »Und fahr um Gottes willen nicht so schnell!«

Sie sah in die Nacht hinaus, zu der dunklen Landschaft, die in rasendem Tempo an ihr vorbeizog. Ihre Nerven waren zum Zerreißen gespannt.

»Was zwischen Dylan und mir läuft, geht dich nichts an«, fügte sie noch hinzu. »Ich bin nicht dein Eigentum.«

»Gott sei Dank! Sonst müsste ich dich an die Kette legen und dir eine Eisenkugel ans Bein binden, damit ich immer weiß, wo du bist.«

»Die Frau, die dich mal heiratet, tut mir jetzt schon Leid«, sagte Juniper voller Inbrunst. »Du bist der ärgste Chauvi, der mir je untergekommen ist. Deine Einstellung zu Frauen stammt noch aus dem Mittelalter.«

»Also, damit müsstest du ja bestens zurechtkommen, meine Liebe. Du bist doch diejenige, die sich Stroh auf den Fußboden streut, nicht ich.«

»Manchmal hasse ich dich, Kingsley Blayd.«

»Wieso bist du dann mit mir zusammen?«

Darauf gab Juniper keine Antwort. Schweigend sah sie zu, wie das graue Band der Straße unter ihnen hinwegsauste und die baumbestandenen Hänge der engen Schlucht im kalten Licht der Scheinwerfer dunkel aufragten und wieder verschwanden.

»Warum bist du dann hier?«, fragte Kingsley noch mal. »Oder, noch besser – sag mir doch, was diese Pfeife hat, was ich nicht habe. Vielleicht kann ich ja noch was lernen.«

Sie schossen in eine Haarnadelkurve, streiften schon fast die Leitplanke und Juniper wurde gegen die Tür geschleudert. Der Gurt schnitt ihr tief in den Brustkorb und sie rief: »Nicht so schnell! Du bringst uns noch um!«

»Ausnahmsweise hab ich hier mal das Sagen!«, schrie Kingsley. »Erzähl mir von Pidgely und davon, was ihr die ganze Zeit macht. Los, erzähl schon!«

Verstört wandte sich Juniper von ihm ab und schaute zum Fenster hinaus. Sie konnte das schmale weiße Holzgeländer sehen, das den Gehweg zur Schlucht hin begrenzte, und dahinter den wilden schwarzen, reißenden Fluss. All ihre Ängste und Unsicherheiten brachen über sie herein und fügten sich zu einer wilden Panik zusammen.

»Ich warte«, sagte Kingsley rau und riss das Steuer herum, als der Wagen mit quietschenden Reifen in die nächste Kurve bog. »Was hat er, was ich nicht habe?«

»Bescheidenheit«, antwortete Juniper leise.

»Okay«, sagte Kingsley mit einem verkrampften Lächeln, »das kann ich akzeptieren. Was noch?«

»Ein sanftes Wesen.«
Ihre Stimme war so leise, dass sie im Motorengeräusch fast unterging.
»Sprich doch lauter«, sagte Kingsley ungeduldig. »Hast du was von einem sanften Wesen gesagt? Was soll er denn auch sonst haben? Sein Rückgrat besteht doch nur aus Gummi.«
»Ein sanftes Wesen«, wiederholte Juniper. »Und die Stärke, mich ich selbst sein zu lassen.«
»Interessant. Kommt noch mehr oder war's das? Keinen Grips? Keine sportlichen Leistungen? Keine besonderen Talente? Kein Geld, um dich ausführen und dir einen schönen Abend machen zu können? Keinen Job? Keine sexuelle Anziehungskraft? Auf der Beliebtheitsskala kriegt er wohl kaum Punkte. Was siehst du nur in ihm, Juniper? Einen Deppen ohne jeden Mumm, den du am Schnürchen tanzen lassen kannst?«
Als Juniper keine Antwort gab, sah er erstaunt zu ihr hinüber. Sie hatte sich vorgebeugt, krallte sich am Armaturenbrett fest und Tränen liefen ihr übers Gesicht.
Fluchend fuhr Kingsley weiter, voller Wut und Bitterkeit.

Dylan schlug die Decke zurück und stieg aus dem Bett. Er konnte sowieso nicht schlafen. Dafür war er viel zu rastlos und besorgt. Irgendetwas zerrte an seinen Nerven und in seinem Kopf schwirrten die Gedanken wild durcheinander. Er spürte eine unerträgliche Anspannung.

Durch den dunklen Flur ging er in die Küche. Es war Vollmond und der Mond schien durchs Fenster, tauchte das Spülbecken aus rostfreiem Stahl und den grauen Linoleumfußboden in ein hartes helles Licht.

Ohne Licht anzuknipsen, holte sich Dylan ein Glas und goss sich etwas Wasser ein. Während er langsam trank, schaute er durchs Fenster auf den Gemüsegarten, in die strahlend helle Nacht hinaus.

»Dylan?« Die Küchenlampe ging an und sein Vater kam herein. »Kannst du nicht schlafen, Dylan?«

Vom grellen Schein der Lampe geblendet, trat Dylan blinzelnd zur Arbeitsplatte, um das Glas abzustellen, griff aber daneben und das Glas zerschellte auf dem Fußboden. Dylan fluchte und sein Vater holte kopfschüttelnd den Handfeger und eine Schaufel aus der Abstellkammer.

»Ich mach das schon«, murmelte Dylan gereizt und nahm ihm die Sachen ab. Seine Hände zitterten so sehr, dass die Glasscherben auf der Schaufel klirrten.

»Alles in Ordnung mit dir?«, fragte Tom besorgt. »Du siehst nicht gut aus. Bist du krank?«

»Mir geht's blendend!«, fauchte Dylan und prompt schnitt er sich an der gezackten Kante einer Glasscherbe die Fingerknöchel auf. »Geh wieder ins Bett, Dad. Ich kann das wirklich nicht brauchen, dass du mir auf die Finger guckst.«

»Ich wollte doch nur helfen. Schau doch, du blutest alles voll. Komm her, lass mich das machen.«
»Das mache ich! Himmel noch mal, kann ich noch nicht mal ein Glas Wasser trinken, ohne dass gleich alle ausflippen?«
»Hey – warte mal! Du bist der Einzige, der hier ausflippt. Reg dich wieder ab.«
Dylan sammelte die letzten Scherben ein, dann riss er die Hintertür auf und stellte Schaufel und Besen zwischen Turnschuhe und Müllbeutel auf die Veranda hinaus. Danach knallte er die Tür zu und schloss sie ab.
Robyn kam in die Küche. Sie rieb sich die Augen und murrte vor sich hin. »Wer macht denn hier so einen Krach?«, jammerte sie.
»Niemand! Scher dich ins Bett!«, schrie Dylan.
Tom legte den Arm um Robyn und führte sie in ihr Zimmer zurück. Als er wieder in die Küche kam, sah er Dylan am Wasserhahn. Er ließ sich kaltes Wasser über die Schnittwunde laufen und starrte mit gerunzelter Stirn in die Dunkelheit hinaus. Sein Gesicht war leichenblass.

Juniper behielt den weißen Mittelstreifen im Auge und stemmte sich mit den Füßen ab, als die nächste Kurve kam. Ganz kurz blitzte ein Straßenschild auf, das die Geschwindigkeit auf vierzig Meilen in der Stunde begrenzte. Kingsley fuhr achtzig. Sie sagte nichts, klammerte sich aber so fest ans Armaturenbrett, dass ihre Fingerknöchel weiß hervortraten.

Die Kurve raste ihnen entgegen. Juniper sah die Scheinwerferkegel über die Straße sausen, sah die Leitplanke, das weiße Holzgeländer – und dann brach der Wagen durch die Absperrung. Sie hörte Kingsley fluchen und spürte, wie die ganze Welt rutschte und schwankte. Es gab nur noch Sträucher und kleine Bäume und hohe Grashalme, die vor ihrem Gesicht über die Windschutzscheibe fegten. Dann legte sich der Wagen schräg, kippte und rutschte ab, versank in einer gewaltigen, rauschenden Schwärze, die im gespenstischen Licht der Scheinwerfer plötzlich schlammig grün erstrahlte und erfüllt war von Luftblasen und Angst und einem tiefen, brausenden Sog.

Juniper hielt sich die Arme vors Gesicht. Sie nahm nichts mehr wahr, nicht den qualvollen Schmerz in der Brust, nicht den verrückten Winkel, in dem ihr Körper im umgekippten Wagen hing, und auch nicht Kingsleys ruhige Stimme, die ihr Anweisungen gab und ihr sagte, sie dürfe nicht in Panik geraten. Nur eins drang in ihr Bewusstsein durch: dass sie unter tosendem Wasser in der Falle saß.

Sie fing an zu schreien.

Dylan lehnte sich an die Spüle und starrte in die Dunkelheit hinaus. Dabei stützte er sich auf die Arbeitsplatte, als müsste er sich gegen ein gewaltiges Gewicht stemmen, das ihn von hinten schob. Ihm brach der Schweiß aus allen Poren und er rang in tiefen Zügen nach Luft, als hätte er große Schmerzen und Angst.

»Juniper!«, rief er aus.
Und dann hielt er sich die Arme vors Gesicht, beugte sich über das fließende Wasser und die Blutspur im Spülbecken und schrie.

19. Ein ganz besonderer Freund

Es war zwei Uhr nachts, als Tom im Zimmer der Zwillinge endlich das Licht ausmachte. Er ging in die Küche und setzte sich zu Dylan an den Esstisch.

Dylan trank Tee aus einer Tasse, die er mit beiden Händen hielt, und starrte mit weit aufgerissenen Augen ins Leere. Sein Gesicht war aschfahl und er zitterte immer noch am ganzen Körper.

»Geht's dir schon etwas besser?«, fragte Tom behutsam.

Dylan nickte. »Tut mir Leid, Dad«, sagte er mit heiserer Stimme. »Ist Mr Shirazi weg?«

»Ja, Gott sei Dank. Und sein Hund auch«, sagte Tom und grinste. »Der hat noch mehr Lärm gemacht als du. Mrs Mucklejohn ist ebenfalls vorbeigekommen und wollte wissen, was dieser Krach soll.«

»Entschuldige.«

»Mach dir darüber keine Gedanken.«

»Ich hab immer noch das Gefühl, dass etwas passiert ist, Dad. Das weiß ich ganz genau. Vielleicht sollte ich bei Kingsley anrufen.«

»Kommt nicht in Frage, mein Sohn. Du hast schon die Polizei angerufen, das Krankenhaus, das Verkehrsministerium und Marsha. Das dürfte wohl reichen. Soviel wir wissen, sind Juniper und Kingsley noch nicht von der Party zurück und kommen erst spät nach Hause, das ist alles.«

Er senkte die Stimme und legte Dylan sacht die Hand auf die Schulter. »Ich glaube, der Stress der letzten Wochen war ein bisschen zu viel für dich, Dylan. Das war für uns alle schwer, aber dich hat es am härtesten getroffen. Es tut mir Leid, dass ich das nicht schon früher bemerkt habe. Ich war so sehr mit meinen eigenen Problemen beschäftigt, dass mir entgangen ist, wie sehr dich das belastet hat. Du kannst nicht die Verantwortung für die Zwillinge übernehmen, den Haushalt schmeißen und für die Schule arbeiten. Ich war dir gegenüber sehr ungerecht. Das tut mir Leid. Nächste Woche gebe ich eine Anzeige auf, dass wir eine Haushälterin suchen.«

»Damit hat das nichts zu tun, Dad.« Dylan stellte seine Tasse ab und schlug die Hände vors Gesicht. »Ich glaube, sie ist tot, Dad.«

Das Telefon klingelte und Dylan erstarrte. Er sah aus, als würde er gleich in Ohnmacht fallen.

Tom nahm ab. »Hallo? . . . Mrs Golding? . . . Ja . . . In Ordnung . . . Ich sag's ihm. Danke. Vielen Dank, dass Sie uns Bescheid gegeben haben.«

Er legte auf und setzte sich wieder zu Dylan. »Es geht ihr gut, Dylan. Der Wagen ist auf dem Heimweg in den Fluss gestürzt. Die beiden sind aber heil davongekommen. Sie stehen noch unter Schock und haben ein paar Schrammen und blaue Flecken, aber das ist schon alles. Juniper bleibt heute Nacht zur Beobachtung im Krankenhaus. Im Lauf des Tages kommt sie nach Hause. Dann kannst du sie besuchen.«

Dylan sank vornüber und barg den Kopf in den Armen. Tom legte seinem Sohn den Arm um die Schultern und hielt ihn ganz fest.

Marsha machte die Haustür auf und begrüßte Dylan mit einem dankbaren Lächeln und einer Umarmung.
»Ich freue mich, dass du gekommen bist, Dylan«, sagte sie. »Juniper fragt schon den ganzen Tag nach dir. Sonst redet sie mit niemandem und erwähnt den Unfall mit keiner Silbe. Sie steht immer noch unter Schock und ist sehr schwach und zittrig.«
Er folgte ihr durch den Flur ins Wohnzimmer. Juniper saß in einem Sessel und sah müde und verwundbar und ängstlich aus. Als Dylan hereinkam, stand sie mühsam auf und ging ihm entgegen. Er nahm sie in die Arme und sie legte den Kopf an seine Schulter, schlang die Arme um seine Hüften und fing an zu weinen.
Dylan sah über ihren Kopf hinweg und entdeckte Kingsley, der am Fenster stand und sich als große dunkle Silhouette vom Licht abhob.
»Hallo, Dylan«, sagte er.
Tiefe Röte schoss Dylan ins Gesicht und die Stimme versagte ihm. Er kam sich wie der letzte Depp vor, so vor ihm zu stehen, mit Kingsleys Mädchen im Arm.
Mit einem flehenden Blick sah er zu Marsha hinüber. Sie verstand und ließ sich in einem Sessel nieder.
»Ich glaube, du solltest lieber gehen, Kingsley«, sagte sie ruhig. »Für Juniper kannst du sowieso nichts mehr tun.«

Kingsley rührte sich nicht. Er blieb stehen und betrachtete Juniper und Dylan, wobei ein seltsamer Ausdruck in sein Gesicht trat.
Auch Juniper rührte sich nicht und Dylan lief noch röter an. Er legte ihr die Hände auf die Schulter und versuchte die Umarmung zu beenden, aber Juniper klammerte sich an ihm fest. Erst nach einiger Zeit ließ sie ihn los und trat zurück. Ihm fiel eine große Beule an ihrer Stirn auf, eine am Kinn und etliche kleinere blaue Flecken und Schrammen am Schlüsselbein. An ihrer rechten Hand waren die Fingerknöchel verbunden.
Schweigend sah sie ihn an und wischte sich die Tränen ab. Ihre Hand zitterte.
»Es ist so schön, dich zu sehen«, sagte er. »Heute Nacht dachte ich, du wärst tot.«
»Marsha hat mir gesagt, dass du eine Stunde vor der Polizei angerufen hast«, sagte Juniper leise. »Du bist ein ganz besonderer Freund, Dylan. Mein bester Freund.«
Er errötete erneut und sah verlegen zu Kingsley hinüber.
Kingsley seufzte, lachte auf und ging zur Tür. Unterwegs blieb er unmittelbar hinter Juniper stehen und sagte: »Also, ich geh dann mal. Ich glaube, ich weiß jetzt, woran ich bin. Gegen jemanden, der deine Gedanken liest, deine Gefühle kennt und mit dir leidet, hab ich keine Chance. Der Unfall letzte Nacht tut mir Leid. Das war ganz allein meine Schuld. Dafür entschuldige ich mich.«

Zögernd hielt er inne. Juniper bewegte sich nicht von der Stelle. Er betrachtete ihren kerzengeraden, entschlossenen Rücken und die dunklen, lockigen Haare. »Also dann: Tschüss«, sagte er.

»Tschüss, Kingsley.« Und immer noch drehte sie sich nicht um und sah ihn nicht an.

Kingsley schaute zu Dylan hinüber und einen kurzen Augenblick lang wirkte er verwirrt. Dann ging er hinaus. Marsha stand auf und folgte ihm.

Mit einem tiefen Seufzer ging Juniper zum Sofa und setzte sich.

»Komm her zu mir, Leonardo«, sagte sie. Ihre Stimme klang unbeschreiblich müde und verletzt.

Er setzte sich neben sie, versank tief in den weichen Kissen und musste daran denken, wie er das erste Mal hier neben ihr gesessen und seine Ingwerlimonade verschüttet hatte. Es kam ihm so vor, als wäre das schon viele hundert Jahre her. Und so war es auch.

Vorsichtig griff er nach ihrer Hand und bemerkte, dass sie eiskalt war.

»Warst du nicht ein bisschen sehr hart zu ihm?«, fragte er. »Er mag dich wirklich, Juniper.«

»Er hätte mich fast umgebracht«, sagte sie mit hoher, verzagter Stimme, die voller Verzweiflung war. »Es war schrecklich, Dylan. Ich wollte raus und konnte nicht. Und es war so laut, ringsum rauschte und toste all das viele Wasser. Es war, als würde man lebendig begraben. Ich dachte schon: Das war's jetzt. Ich muss sterben. Und ich sterbe den entsetzlichsten Tod, den es nur gibt. Mein Sicherheitsgurt hielt mich so fest, dass ich gar nichts machen konnte, und der Wagen kippte nach vorn in den Schlamm. Ich versuchte nach hinten zu kommen, um die Tür zu öffnen, aber das ging nicht. Kingsley sagte, die Wucht des Wassers draußen würde die Tür sowieso zudrücken. Ich wollte das Fenster runterkurbeln, aber das ließ er nicht zu. Und überall drang Wasser ein, durch die Ritzen an der Tür und oben an den Fenstern und im Armaturenbrett. Kingsley sagte dauernd, dass uns nichts passieren würde. Wir mussten nur warten, bis der Wagen nahezu voll gelaufen wäre, dann wäre der Druck drinnen und draußen ausgeglichen und wir könnten die Türen aufmachen und kämen raus. Dylan, das war so furchtbar. Ich hab geschrien und er hat mich geschlagen. Und ich musste dort drin bleiben und warten, mit all dem Wasser ringsum. Es kam immer mehr Wasser herein und ich musste weiter warten, während es mir schon bis zu den Knien reichte und über den Sitz floss und immer höher stieg. Das Gewicht des Wassers brachte den Wagen wieder zum Kippen und ich musste dasitzen, während immer mehr Wasser eindrang. Ich konnte die Scheinwerfer sehen, die draußen durch das Wasser leuchteten, und es war schlammig und dreckig und voller Aale und Pflanzen und verrotteter Bäume. Und dann, als mir das Wasser bis zu den Schultern reichte, sagte Kingsley, wir müssten jetzt tief Luft holen und er würde seine Tür aufmachen, durch die kämen wir raus und er würde mir helfen zur Wasseroberfläche zu schwimmen. Er sagte, wir müssten zusammenbleiben, weil es so dunkel war. Und wenn wir einander verlieren würden ... Ach, Dylan, ich hatte solche Angst. Er sagte, wir müssten tief Luft holen, weil er nicht abschätzen könnte, wie tief unten wir waren. Aber ich fing an zu weinen und konnte nicht mehr einatmen und er hat mich aus dem Auto gezerrt und wir sind nach oben geschwommen, durch all das Wasser und schleimige Zeug und die Schwärze und das Rauschen. Es war die Hölle, Dylan. Ich hab's nicht mehr ausgehalten, ich musste nach Luft schnappen. Aber ich hatte lauter Wasser im Mund, das hab ich eingeatmet, und das tat so weh, dass ich dachte, ich würde sterben. Es hat so schrecklich wehgetan.«

Sie fing an zu weinen und Dylan nahm sie in die Arme und hielt sie ganz fest.

»Als Nächstes«, stieß Juniper unter Schluchzen hervor, »lag ich in der Dunkelheit im Gras und Kingsley pustete mir in die Nase und den Mund. Mir war so schlecht und ich hab ihn weggestoßen und eine Unmenge von Wasser erbrochen. Er sagte, ich hätte eine ganze Weile nicht geatmet, und er weinte und sagte, er hätte geglaubt, ich wäre ertrunken. Ich war so wütend auf ihn. Am liebsten hätte ich ihn geschlagen, aber ich konnte noch nicht mal stehen. Und es war dunkel. Wir waren immer noch ganz dicht am Fluss, meine Beine hingen ins Wasser und mir war kalt. So furchtbar kalt. Unter Wasser konnte ich die

Scheinwerfer sehen. Sie waren ein ganzes Stück von uns entfernt, flussaufwärts. Dann kamen Leute mit einer Taschenlampe an der Uferböschung entlang, die haben uns geholfen. Sie haben uns ins Krankenhaus gebracht. Mir war so kalt, Dylan.« Ihre Stimme klang jetzt wieder ruhig, sie atmete gleichmäßig und weinte nicht mehr.

Nach einer Weile stöhnte sie auf, löste sich aus Dylans Umarmung und setzte sich aufrecht hin. »Entschuldige«, sagte sie mit einem schwachen Lächeln. »Ich hab Prellungen am Brustkorb. Du hast mich zu fest gedrückt.«

Vorsichtig zog Dylan den Arm weg. »Dann werde ich mich damit begnügen müssen, deine inneren Werte zu lieben«, sagte er.

»Im Augenblick herrscht bei meinen inneren Werten das totale Chaos. Und in meinem Kopf auch.«

Er grinste. »Willkommen im Klub. In meinem Kopf geht immer alles durcheinander.«

Juniper lächelte, aber ihre Augen blieben ernst. »Nein, das stimmt nicht, Dylan. Mit dir ist alles in Ordnung. Du bist der beste Mensch, den ich kenne.« Und sie beugte sich vor und küsste ihn auf den Mund.

Schließlich löste sich Dylan von ihr. Seine Brille war beschlagen und er rang in unregelmäßigen Atemzügen nach Luft.

»So was solltest du nicht tun«, protestierte er und nahm die Brille ab. »Du hast dich doch an den Rippen verletzt.«

»Vom Hals aufwärts bin ich völlig in Ordnung.«
»Ich dachte, in deinem Kopf geht es drunter und drüber.«
»Mein Kopf wird immer klarer.«
Er lächelte glücklich und sah sie mit zärtlichem Blick an. Dann küsste er sie wieder.

20. Ein Grund zur Dankbarkeit

Als Marsha mit den Vorbereitungen fürs Abendessen fertig war, schaute sie wieder ins Wohnzimmer. Juniper lag immer noch auf dem Fußboden, einen Arm quer über dem Gesicht, und schlief tief und fest. Zuvor hatte sie in einem hellen Sonnenflecken gelegen, aber jetzt war es Abend und violette Schatten machten das Zimmer düster.

Marsha ließ Juniper weiterschlafen und ging zum Dachboden hinauf. Dort saß Dylan auf der Fensterbank und betrachtete das Bild, an dem er in den vergangenen Stunden gearbeitet hatte. Auch auf dem Dachboden war es dunkel, aber die letzten Sonnenstrahlen fielen herein, schmale, leuchtend helle Streifen, die Dylans Kopf, seine Hände und die Bilder zu seinen Füßen in flüssiges Gold tauchten.

Er schaute auf. »Hallo, Marsha. Möchtest du mal sehen, was ich gemacht habe?«

»Sehr gern.«

Dylan hob das Porträt auf und hielt es ins Licht. »Es ist noch nicht ganz fertig«, erklärte er. »An den Kleidern und dem Holz rings um das Fenster muss ich die Bleistiftskizze noch weiter ausführen und das Ganze dann etwas ausmalen.«

Höchst seltsame Gefühle überkamen Marsha, als sie das

Bild betrachtete. Langsam setzte sie sich hin und merkte, dass ihr Tränen in die Augen stiegen.
»Sie sieht aus, als wäre sie lebendig«, murmelte sie nach einer Weile. »Von ihr geht etwas Kraftvolles aus, etwas Lebendiges und Echtes. Man könnte glauben, dass sie jeden Augenblick anfängt zu sprechen oder sich bewegt. Sie ist wunderschön, Dylan. Wirklich wunderschön.«
»Danke.« Er lächelte und legte das Porträt vor sie auf den Boden. Das Licht fiel darauf und ließ Johannas Gesicht erstrahlen. Ihre Augen waren wie blaue Seen, klar und leuchtend und unergründlich. Mit ihrem Gesicht und dem des Kindes war Dylan schon fertig und auch die Schale mit Beeren, die auf der Fensterbank stand, und die zum Trocknen aufgehängten Kräuter an der hinteren Wand wiesen bereits einige Farbtupfer auf. Die fertige Bleistiftzeichnung war wunderbar ausgeführt, mit viel Liebe zum Detail, sodass sie von einer fast fotografischen Genauigkeit war.
»Wie machst du das nur?«, fragte Marsha leise. »Die Bilder, die Juniper dir übermittelt, sind doch bestimmt nicht so deutlich. Das kann gar nicht sein. Wenn das etwas wäre, was sie mal in einem Film gesehen hat, könnte sie sich doch unmöglich an all diese Einzelheiten erinnern. Dort an der Wand trocknen Gartenraute und Salbei, diese Dolden sind Koriander und bei den im Wein eingelegten Beeren handelt es sich um Wacholderbeeren. Das ist alles so echt, so wirklich. Das kann Juniper

sich nicht alles eingeprägt haben. Manche von diesen Kräutern kennt sie noch nicht mal.«
Sie schaute Dylan an und sah, dass ihm die Röte ins Gesicht stieg.
»Raus damit«, sagte Marsha. »Ich will die Wahrheit wissen. Die ganze Wahrheit. Was hat Juniper gemacht?«
Dylan holte tief Luft. »Juniper übermittelt mir keine Szenen aus irgendwelchen Filmen«, sagte er zögernd und vermied es, Marsha dabei anzusehen. »Sie meditiert und dann durchquert sie die Zeit und sieht die Orte, wo diese Leute sind.«
In aller Kürze erklärte er ihr Junipers Theorie, dass Zeit gar nicht existiert und es nur ein ewiges Jetzt gibt. Er verwies auf Einstein und erwähnte C. G. Jungs Entdeckung des kollektiven Unbewussten.
Während er sprach, sagte Marsha kein Wort, aber ihr Gesicht war blass geworden und wirkte plötzlich ausgezehrt.
»Ich weiß eigentlich gar nicht, ob sie eine Zeitreise macht«, sagte Dylan zum Abschluss, »oder ob sie an diesem großen Netzwerk von Weisheit teilhat und dort mit Johannas Geist oder ihren Erinnerungen in Berührung kommt. Aber es ist auf jeden Fall ein echtes Erlebnis. Und es ist wunderschön.«
»Johanna?«, sagte Marsha mit schwacher Stimme, den Blick auf das Porträt geheftet. »Ihr wisst sogar, wie sie heißt?«
»Was Juniper tut, was sie sieht, ist echt. Wir erfahren das

mit all unseren Sinnen – mit unseren Augen, dem Geruchssinn, dem Gehör. Alles bis auf den Tastsinn. Wir fühlen weder Hitze noch Kälte und können unsere Umgebung nicht spüren. Es ist, als wären manche Sinne geschärft und andere ausgeschaltet. So als würden wir uns nicht so sehr mit unseren Körpern dort befinden, sondern mehr im Geist. Aber Johanna hat Juniper gesehen. Ich habe keine Erklärung dafür. Ich weiß nur, dass es passiert und dass sich alles wirklich so ereignet. In der Kirche hat Juniper mitbekommen, was eine alte Frau erzählte, und sie erwähnte Johannas Namen. Ihr Mann heißt Edmund.«

»Du kannst das auch alles sehen und hören?«, fragte Marsha. »Was du zeichnest, sind nicht nur Bilder, die dir im Kopf herumspuken?«

Dylan nickte lächelnd. »Ich erlebe das auch mit. Das ist ja gerade das Wunderbare daran, Marsha. Wenn Juniper mir ihre Eindrücke übermittelt, ist alles voll und ganz da. Sogar die Gerüche und Geräusche. Und wenn Juniper nicht mehr meditiert und ich aufhöre zu zeichnen, ist die Sache damit nicht beendet. Im Geiste sehe ich Johanna genauso deutlich vor mir, wie ich dich sehe. Ich sehe den Sonnenschein, der auf ihr Haar fällt, und ihre strahlenden Augen. Und ich rieche ihre Kräuter und das Feuer in der Küche und ich sehe, wie sich bei jedem Atemzug ihre Kleidung bewegt . . .«

»Ach, sei bloß still!«, rief Marsha teils lachend und teils voller Angst. »Du bist schon genauso schlimm wie Juniper! Als Nächstes willst du mir wohl weismachen, dass du dich zu den Leuten setzt und Kaffee mit ihnen trinkst.«

»Keinen Kaffee«, sagte er. »Aber vielleicht Hippokras.« Dann sah er ihr erschrockenes Gesicht und grinste. »Das war nur ein Witz, Marsha. Wir dürfen keinen Kontakt zu den Leuten aufnehmen und sie in keiner Weise stören. Das sind die Regeln.«

»Und von wem hast du diese Regeln? Von Moses?«

»Von Vincent Gilroy. Wir haben ihm erzählt, was wir machen.«

»Das erleichtert mich sehr«, sagte Marsha mit einem Seufzer und stand auf. »Ich bin froh, dass jemand ein Auge auf eure Unternehmungen hat.«

Dylan stand ebenfalls auf und räumte die Zeichnung weg. Während sie die Treppe hinunterstiegen, fragte er: »Gibt es in eurer Familie noch mehr Leute mit telepathischen Fähigkeiten? Wie war das mit Junipers Vater? Hatte er übernatürliche Kräfte?«

»Das weiß ich nicht«, sagte Marsha. Dann stolperte sie und wäre fast gestürzt. Auf einem kleinen Treppenabsatz blieb sie stehen, vor einem dunklen Teppich, der an der Wand hinter ihr hing, und sah Dylan an. Ihr Gesicht war seltsam traurig.

»Ich kenne ihren Vater gar nicht«, sagte sie mit leiser Stimme. »Ich wusste noch nicht mal, wie er heißt; das hab ich erst im Gerichtssaal erfahren. Aber aus all dieser Erniedrigung, der Wut und dem ganzen Leid ist Juniper entstanden. Und sie ist das Wunderbarste, was ich in meinem Leben habe. Aber es gibt vieles, was ich von ihr und ihrem Hintergrund nicht weiß, und es stellen sich viele Fragen, auf die ich wohl nie eine Antwort erhalten werde. Ich glaube, dass du ihr deshalb so gut tust, Dylan. Was diese telepathische Sache anbetrifft, bist du mit ihr auf einer Wellenlänge. Sie war eine einsame Seele, bis du auf der Bildfläche erschienen bist.«

Eine ganze Weile sagte Dylan nichts. Was sie ihm erzählt hatte, machte ihn traurig und zornig und wühlte ihn zutiefst auf. Schließlich hatte er es so weit verkraftet, dass er Marsha ansehen konnte.

»Juniper ist auch in meinem Leben das Wunderbarste«, sagte er lächelnd. »Aber ich kann nicht glauben, dass sie jemals allein war. Ich kenne sonst niemanden, der so viele Freunde hat wie sie. Sie gehört zu den beliebtesten Leuten in der Schule. Alle Jungs fliegen auf sie.«

»Ich habe nicht behauptet, dass sie allein war«, sagte Marsha. »Ich habe gesagt, dass sie einsam war. Auf sich gestellt. Das ist ein großer Unterschied. Ein Mensch kann jede Menge Freunde haben, aber niemanden, der ihn wirklich versteht. Dafür bedarf es eines ganz besonderen Menschen. Und es braucht Zeit.«

»Also, davon haben Juniper und ich jede Menge«, sagte Dylan und ging wieder weiter. »Uns stehen Jahrhunderte zur Verfügung.«

Marsha lachte und führte ihn in die Küche. »Deckst du bitte den Tisch?«, sagte sie. »Und dann geh und weck unser Dornröschen auf und sag ihr, sie soll diesen Hippokras holen, den sie gemacht hat. Das war eine Dreißig-Dollar-Flasche von meinem besten Rotwein. Davon trinken wir alle, auch wenn uns schlecht wird.«

Dylan lehnte sich in seinem Stuhl zurück, seufzte zufrieden und schob seinen Dessertteller von sich.

»Das war phantastisch, Marsha«, sagte er. »So gut hab ich nicht mehr gegessen, seit Mum uns verlassen hat.«

»Das ist auch besser so«, sagte Juniper und lächelte ihm über den Rand des Silberbechers zu. »Wenn du jeden Abend so reinhauen würdest, hättest du bald die Figur von Heinrich dem Achten.«

Lachend streckte Dylan die Hand nach dem Becher aus. »Jetzt bin ich dran, Lady«, sagte er. »Du hast schon fast den ganzen Becher leer getrunken. Der Rest gehört mir.«

»Du hast gesagt, dass es dir nicht schmeckt«, sagte Juniper und reichte ihm den Becher.

»Tut es auch nicht. Es schmeckt scheußlich. Aber jemand muss es ja trinken. Und Marsha hält es für Gift und du stehst noch unter Schock und sollst alles ein bisschen locker angehen. Damit ist nicht gemeint, dass du dich besaufen sollst.«

»Das musst du grad sagen, Dylan«, sagte Marsha. »Du schielst schon richtig. Ich fahr dich nachher nach Hause. Du fährst auf keinen Fall mit dem Rad.« Und damit stand sie auf und begann den Tisch abzuräumen.

»Ich bin völlig nüchtern«, stieß Dylan heiser hervor und

trank den Würzwein aus. Dann stellte er den Becher zwischen sich und Juniper auf den Tisch. »Das Zeug ist bestimmt sehr wirkungsvoll bei einer Erkältung«, sagte er. »Ich gehe jede Wette ein, dass man es deshalb getrunken hat – man konnte damit selbst die Pest abwehren. Johanna hat bestimmt nie die Pest bekommen, wenn sie so etwas getrunken hat. Woran sie wohl wirklich gestorben ist?«

»Vermutlich im Kindbett«, sagte Marsha über die Schulter. »An Altersschwäche wohl kaum, Dylan. Das kam damals nur selten vor.«

Dylan schaute zu Juniper hinüber und sah, dass sie sich am Tisch abstützte. Sie war leichenblass geworden und hatte einen angespannten Ausdruck im Gesicht. Er nahm ihre Hand und stellte fest, dass sie wieder ganz kalt war.

»Was ist los mit dir?«, fragte er besorgt. »Hast du einen Schwächeanfall?«

Juniper schüttelte den Kopf und rang sich ein Lächeln ab. Aber sie krallte ihre Finger um seine Hand und drückte so fest zu, dass es wehtat und seine Finger weiß und taub wurden. Doch noch bevor er etwas sagen konnte, ließ sie ihn los und sprang vom Stuhl hoch.

»Komm, wir machen den Abwasch«, sagte sie und ging in die Küche.

Langsam stand Dylan auf, bewegte seine Hand hin und her und sah Juniper verwirrt nach. Dann nahm er den Becher und ein paar Teller und folgte ihr in die Küche. Juniper war jetzt wieder ganz entspannt. Während sie

Geschirr und Besteck ins schaumige Wasser im Spülbecken gab, kicherte sie mit Marsha über irgendeinen blöden Witz. An der Tür ertönte ein Klopfen und Dylan ging öffnen.

Es war Niall. Er war unrasiert, wirkte angespannt und keuchte heftig, so als wäre er gerannt. »Geht's ihr gut?«, stieß er hervor.

»Ja. Ihr fehlt nichts. Komm nur rein.«

Niall lief eilig den Flur entlang und stürzte in die Küche. Dort ging er als Erstes zu Marsha. Den Tränen nahe, nahm er sie in die Arme.

»Ich hab mir solche Sorgen gemacht!«, flüsterte er ihr ins Haar. »Ich versuche schon den ganzen Tag dich zu erreichen. Bis Mittag hatte ich Gäste. Dann ist das Motorrad nicht angesprungen und ich bin zu Fuß zur Telefonzelle gegangen, musste aber feststellen, dass sie außer Betrieb ist. Der Laden dort draußen hatte geschlossen, daher bin ich hergekommen. Ist alles in Ordnung mit dir?«

Marsha legte ihm die Hände auf die Brust, stemmte sich etwas zurück und küsste ihn auf die Wange. »Natürlich ist alles in Ordnung. Du bist zu Fuß gekommen? Zwanzig Kilometer? Warum?«

»Ich wollte dich sehen. Ich hatte das Gefühl, dass etwas passiert ist.«

Dylan schaute quer durch die Küche zu Juniper hinüber. Sie lächelte leicht und wandte sich wieder dem Abwasch zu.

»Letzte Nacht ist etwas passiert«, sagte Marsha. »Aber jetzt ist wieder alles in Ordnung. Du bist zu Fuß gegangen?«
Er grinste erleichtert und küsste sie. »Verrückt, nicht wahr?«
»Total verrückt«, bestätigte sie lächelnd.
»Himmel, ich hab dich so lieb, Marsha! Ich würde sterben, wenn dir etwas zustieße.« Er küsste sie wieder, voller Leidenschaft, und Marsha wich zurück.
»Nicht vor den Kindern«, sagte sie. »Überlassen wir ihnen den Abwasch und wir gehen ins Wohnzimmer und reden.«
Sie gingen hinaus, immer noch in inniger Umarmung, und Juniper grinste und warf Dylan ein Geschirrtuch zu.
»Mach lieber was Konstruktives, Leonardo, anstatt nur dazustehen und zu glotzen«, sagte sie. »Es sei denn, du willst noch was lernen. Aber das hast du gar nicht nötig. Deine Küsse sind absolut okay.«
Dylan griff nach einem Teller und trocknete ihn langsam ab.
»Absolut okay«, wiederholte Juniper leise und lächelte über sein niedergeschmettertes Gesicht. »Und sie lösen starke Gefühle aus und sind warm und feurig und einfach toll. Du bist so wunderschön, Dylan Pidgely. Warum bist du immer so unsicher?«
Er stellte den Teller ab und griff nach dem nächsten. »Manchmal glaube ich, du lachst mich aus«, sagte er. »Ich bin deinetwegen unsicher, nicht meinetwegen.«

Mit einem tiefen Seufzer richtete Juniper ihre Aufmerksamkeit wieder auf die Gläser im Spülbecken.
»Ich war dir gegenüber nicht fair, Dylan, nicht wahr?«, fragte sie.
»Nein.«
Das bestürzte sie und brachte sie so sehr aus der Fassung, dass sie minutenlang schwieg. Verwirrt und verlegen machte Dylan mit dem Abtrocknen weiter. Jetzt bedauerte er es, so viel Hippokras getrunken zu haben. Er hatte ein taubes Gefühl in den Lippen und die Küche verschwamm vor seinen Augen. Dann ging ihm auf, dass das nur an seinen beschlagenen Brillengläsern lag.
»Hab ich dir sehr wehgetan, Dylan?« Juniper hörte sich an, als weinte sie, und Dylan wagte sie nicht anzusehen.
»Ja«, sagte er und staunte selbst darüber, dass er das gesagt hatte.
»Warum gibst du dich dann noch mit mir ab?«
»Weil ich so gern mit dir zusammen bin. Ich liebe alles, was wir tun, wohin wir gehen. Du bist der einzige Lichtblick in meinem Leben, Juniper. Das Beste, was ich je erlebt habe. Was ich mit dir habe, ist reines Gold. Alles andere ist grau.« Auch darüber staunte er.
Juniper beugte sich über das Spülbecken und fischte das Besteck heraus. »Es tut mir Leid«, sagte sie so leise, dass er sie kaum hören konnte.
Er bückte sich zu ihr hinunter, um sie auf die Wange zu küssen, überlegte es sich aber anders und drückte ihr stattdessen einen Kuss auf die Haare.

»Du brauchst dich nicht zu entschuldigen«, sagte er. »Geh einfach am Freitag mit mir zum Schulball.«
Sie schaute verdutzt zu ihm auf und er sah, dass Tränen über ihre Wangen liefen. Dann breitete sich ein Lächeln auf ihrem Gesicht aus. »In Ordnung, Dylan Pidgely«, sagte sie. »Das mach ich.«
Im ersten Augenblick war er wie betäubt. Der Teller, den er gerade abtrocknete, glitt ihm aus der Hand und landete auf dem Fußboden, wo er in tausend Stücke zerschellte.
»Du kommst mit?«, krächzte er. »Wirklich?«
Als sie die Mischung aus Schock, Angst und Freude auf seinem Gesicht sah, musste sie lachen. »Klar geh ich mit dir hin«, sagte sie. »Oder hast du das nicht ernst gemeint?«
»Nein – doch. Oh mein Gott, ja.«
Ihr Lächeln wurde noch strahlender. »Lügner«, sagte sie. Aber er achtete nicht darauf und stieß einen wilden Triumphschrei aus, der ganz und gar untypisch für ihn war. Dabei kam er mit dem Ellbogen an die Arbeitsplatte und der nächste Teller ging zu Bruch.
Dann nahm er sie plötzlich in die Arme und tanzte mit ihr durch die Küche, immer rundherum, dass Seifenschaum, Wassertropfen und Scherben in alle Richtungen flogen. Juniper stieß einen Schmerzensschrei aus und ihm fielen ihre Prellungen wieder ein.
»Entschuldige«, sagte er und hielt sie mit einem Mal so, als bestünde sie aus allerfeinstem Porzellan. Langsam

drehte er sie im Walzertakt, mit so grenzenloser Zärtlichkeit, dass Juniper lachte und sich darauf einließ, obwohl es wehtat.

Marsha kam in die Küche, sah sich aber nur kurz um und ging gleich wieder hinaus.

»Was ist denn los mit den beiden?«, fragte Niall.

»Hippokras«, sagte Marsha amüsiert.

»Hippo – was? Etwa wieder Hippos, diese lustigen Nilpferde?«

»Nein. Hippokras. Würzwein aus dem Mittelalter.« Sie setzte sich wieder zu ihm und lächelte. »Nur keine Bange, Niall«, sagte sie. »Ich blicke auch nicht mehr durch, was die beiden treiben.«

Eine Zeit lang herrschte Ruhe in der Küche. Dann waren Geräusche zu hören, die darauf schließen ließen, dass wieder gespült wurde. Leises Kichern ertönte und ein Klirren, als Scherben aufgefegt wurden. Etwas später kamen Dylan und Juniper ins Wohnzimmer und brachten Kaffee für alle.

»Der Abwasch hat wohl großen Spaß gemacht?«, fragte Marsha, als Dylan ihr eine Tasse Kaffee aushändigte.

»Es war wunderbar«, sagte er. »Wir haben's richtig krachen lassen.«

Er reichte Niall seine Tasse, dann setzte er sich neben Juniper aufs Sofa und schüttete sich prompt seinen Kaffee über die Jeans.

»Ich steh nicht noch mal auf«, sagte Juniper seufzend. »Du kannst dir selbst einen Lappen holen.«

»Egal, ich stecke sie morgen sowieso in die Waschmaschine.« Er schaute in seine Tasse. »Und ein bisschen was ist noch drin.«
»Dann wird es ja besser mit dir«, sagte Juniper mit ihrem umwerfenden Lächeln.

Kurz danach sagte Dylan, dass er jetzt gehen müsste. Marsha wollte ihn fahren, aber er bestand darauf, nach Hause zu radeln. Als er losfuhr, rief Juniper von einem der Balkone im Obergeschoss herunter.
»Romeo!«
Er hielt an der Bordsteinkante an und sah hoch. Strahlend hell und leuchtend hob sich ihr Gesicht von dem Hintergrund aus Efeu und dunklem Holz ab.
»Was gibt's?«, rief er zurück.
Juniper beugte sich über die Balkonbrüstung und rief mit leiser, leidenschaftlicher Stimme: »Nun gute Nacht! So süß ist Trennungswehe: Ich rief wohl Gute Nacht, bis ich den Morgen sähe.«
»Ich warte nicht bis zum Morgen!«, rief er. »Ich bin hundemüde!«
»Wollt ihr wohl still sein!«, fauchte Marsha aus einem Fenster. »Stachle sie nicht auch noch an, Dylan. Fahr nach Hause.«
»Geht nicht!«, gab er im lauten Flüsterton zurück. »Es ist Julia. Ich glaube, ich muss jetzt raufklettern und sie küssen.« Und damit stieg er vom Rad.
»Untersteh dich!«, rief Marsha. Dann senkte sie die

Stimme. »Geh ins Haus, Juniper. Ihr weckt ja die ganze Nachbarschaft.«

»Es schadet ihnen gar nichts, wenn sie mal ein bisschen Kultur mitbekommen«, sagte Juniper. Dann wandte sie sich wieder an Dylan. »›Freund! Gatte! Trauter! Bist du mir entrissen? Gib Nachricht jeden Tag, zu jeder Stunde –‹«

»Das reicht jetzt!«, rief Marsha.

»Wieso ›Gatte‹?«, quiekte Dylan überrascht. »Waren sie denn verheiratet?«

»Klar doch«, sagte Juniper. »Sie haben eine wunderbare Nacht verbracht.«

»Das freut mich aber, dass das Stück ein Happyend hat«, sagte Dylan. Er schwang sich wieder auf sein Rad und fuhr davon.

»Es geht überhaupt nicht gut aus!«, schrie Juniper ihm hinterher. »Sie haben beide Selbstmord begangen!«

Aber das konnte er nicht mehr hören. Er drehte sich um und warf ihr eine Kusshand zu, wobei er fast vom Rad gefallen wäre. Juniper lachte und er fuhr in einem wackeligen Zickzackkurs weiter, ohne sich noch einmal umzusehen.

Er genoss die Fahrt in vollen Zügen. Die Nacht war klar, warm und voller Silberlicht. Und Dylan war dankbar für jede Minute des Tages, für Junipers Lachen und ihre Tränen und dafür, dass sie am Leben war.

Von jetzt an, dachte er überglücklich, wird alles wunderbar.

Aber in dieser Nacht begannen die Träume.

21. Träume

Johannas kleiner Sohn lief den schmalen, gewundenen Pfad zwischen den Bäumen entlang. Er schwenkte die Arme wie Flügel und zwitscherte fröhlich vor sich hin, während er von der Sonne in den Schatten lief und dann wieder in die Sonne. Das helle Licht brach sich in seinen blonden Haaren und blitzte auf seinen blauen Beinkleidern und dem braunen Kittel auf.

An einer sonnenbeschienenen Stelle hielt er an und betrachtete eine Pflanze, die fast so groß war wie er selbst und fedrige Blätter und gelbe Blüten hatte. Er brach eine Blüte ab, roch daran und rannte naserümpfend weiter.

»Mutter!«, rief er mit hoher, aufgeregter Stimme.

Johanna und Edmund standen unter einem Baum, hatten ihre Hände ineinander verflochten und unterhielten sich. Sie schauten auf, als der Kleine angelaufen kam, und betrachteten ihn voller Freude.

»Eine Blume, Mutter!«, rief er und hielt ihr die Blüte hin.

Sie kniete sich ins Gras und nahm die Blüte aus der Kinderhand entgegen. »Das ist Gartenraute, das Segenskraut«, sagte sie. »Geh vorsichtig mit ihr um, mein Schatz, sonst verletzt sie dir die Hand und macht deine Haut wund. Aber sie ist gut dafür geeignet, Wanzen und Flöhe fern zu halten und Husten zu lindern. Und wenn wir zu Hause den Fußboden mit ihren Blättern einreiben, muss jede Hexe, die zu uns hereinkommt, wieder hinausfliegen und wir sind vor ihr sicher.«

Der Kleine schlang ihr lachend die Arme um den Hals und sprang wieder davon.

Johanna lehnte sich an den Baum und sah zu, wie das Kind durch das Licht lief. Ihr Gesicht war still und verträumt. Sie trug ein einfaches, hochtailliertes Gewand im gleichen satten smaragdgrünen Farbton wie die Blätter der Bäume. Ihr Haar war nicht geflochten und hing offen herab, durchzogen von Blättern und Blumen, die Edmund ihr hineingesteckt hatte.

Er stand neben ihr, die linke Hand neben ihrem Kopf am Baum abgestützt. Mit der rechten Hand hob er behutsam ihr Gesicht zu sich empor und küsste sie.

»Ich liebe dich so sehr, mein Weib«, sagte er leise. »Sollte dir etwas Böses widerfahren, würde mir vor Kummer das Herz brechen.«

»Mir widerfährt nichts Böses«, gab sie lächelnd zurück, »und dein Herz ist stark.«

»Es ist nur deshalb stark, weil es dich gibt«, murmelte er und küsste sie erneut.

Als er den Kopf wieder hob, war sein Gesicht ernst und ein besorgter Ausdruck lag in seinen braunen Augen. »Die Leute sagen allerhand Sachen über dich«, sagte er leise.

Sie schaute zu ihm auf, mit ihren wunderbaren Augen, die voller Licht und Lachen waren. »Was denn für Sachen, Liebster?«

»Sie sagen – sie sagen, dass jeder, den du verfluchst, von einer Krankheit heimgesucht oder von einem anderen Unglück befallen wird. Sie sagen, dass du alten Jungfern Gift mischst und jungen Mädchen Liebestränklein braust. Sie sagen . . .«

»Was sie sagen, ist leeres Geschwätz, so leer wie der Wind«, sagte sie. »Das ist nichts, mein Liebster. Noch weniger als nichts.«

»Auch der Wind ist nichts und doch ist er mächtig«, erwiderte Edmund. Nach kurzem Zögern fügte er hinzu: »Du braust kein Gift?«

»Nein.«

»Und sammelst keine Giftpflanzen?«

»Nein, das schwöre ich! Meine Kräuter bewirken nur Gutes. Sie würzen dein Essen, mein Herr, und machen Schweinefleisch, das zu lange gelagert wurde, wieder schmackhaft. Und mein Rosmarin lässt das Stroh unter unseren Füßen duften und Lavendel verleiht unserem Bett seinen Duft. Wie kannst du daran nur zweifeln?«

Mit einem tiefen Seufzer senkte er wieder den Kopf zu ihr hinab und schaute ihr lange in die Augen. Schließlich lächelte er.

»Du hast Engelsaugen«, sagte er, »und auch das Herz eines Engels und du sprichst mit Engelszungen. Wenn du über eine Kraft verfügst, die Sterblichen sonst nicht gegeben ist, dann stammt sie vom Himmel.«

»Ja, gewiss«, bestätigte sie lächelnd. »Lauter Licht und Gnade und Liebe.«

Der Kleine kam zurück und schleppte Wiesenblumen an, die er ihnen vor die Füße legte. Dann lief er wieder davon.
Die Luft um sie herum wurde heller und das Leuchten wurde so grell und intensiv, dass Johanna und ihr Mann darin verschwanden. Juniper konnte noch einen Augenblick lang ihre Umrisse sehen, hörte Edmund etwas sagen und Johanna hell und freudig lachen. Dann wachte sie auf.
Lange blieb sie vollkommen still liegen und bewahrte alles, was der Traum beinhaltet hatte – all das Licht und das helle Lachen und die Liebe. Das sollte immer so weitergehen. Sie wünschte sich sehr, dass alles für immer und ewig so wunderbar und strahlend bliebe.
Nach einer Weile drehte sie sich lächelnd auf die andere Seite, schlief wieder ein und hatte den nächsten Traum.
Sie befand sich in einem langen Gang, an dessen Ende menschliche Stimmen lauthals brüllten. Sie hörte das Klirren von zerschellenden Gegenständen und das hohe, durchdringende Schreien eines Kindes.
Juniper versuchte wieder aufzuwachen, gab sich alle Mühe, von den Geräuschen wegzukommen, aber die Dunkelheit saugte sie auf, riss sie mit sich und zog sie auf das Geschrei und die Wut zu.
Sie sah Johannas Küche. Edmund fetzte wie rasend die gebündelten Kräuter von der Wand und schmiss sie ins Feuer. Das Kind heulte und schrie und zerrte am Umhang seines Vaters.

»Und das hier!«, schrie Edmund und griff nach dem Strohbesen, der an der Wand lehnte. Er zerbrach ihn überm Knie und schleuderte die Bruchstücke mit einer heftigen Bewegung in die Flammen. Dabei fuhr er das Kind an, es solle verschwinden.

Die Amme kam herein und schrie ihrerseits Edmund an, er solle sich beruhigen. Aber er tobte weiter, schrie und brüllte und verbrannte Johannas Sachen, fuhr mit dem Arm über den Tisch, dass Pflanzen und Löffel wild durcheinander wirbelten, und fegte Geschirr aus Ton und Zinn zu Boden. Die Tonschalen und -becher gingen zu Bruch, aber der Zinnkrug drehte sich um seine eigene Achse und rollte laut scheppernd über den Steinboden.

Edmund fuhr zur Amme herum. »Sie hat mir nichts davon gesagt«, rief er. »Sie hat gelogen! Ich habe sie gefragt. Ich habe sie angefleht mir die Wahrheit zu sagen – und sie hat mich belogen. Mich – ihren Ehemann und besten Freund! Und jetzt haben sie zugeschlagen und ihr wird der Prozess gemacht.«

»Daran ist nichts Böses, Herr«, sagte die Amme. Sie barg den Kopf des Kindes in ihrer Schürze und hielt ihm die Ohren zu. »Sie hat Arznei daraus gemacht, das ist alles.«

»Und du hast das gewusst – und mir nichts davon gesagt?«

»Herr, ich –«

»Dann raus mit dir! Hinaus! Du hast dich genauso ins

Unrecht gesetzt wie sie! Oh Johanna! Johanna, meine Liebste! Was hast du nur getan?«

Er wandte sich wieder dem Tisch zu, raffte eine Hand voll welker Blätter zusammen und warf sie wutentbrannt ins Feuer. Dann fegte er die Glasschalen vom Fenstersims, dass der Wein überschwappte, die lila Beeren durch die Gegend flogen und das kostbare Glas draußen auf der Straße zersplitterte. Die Amme ergriff die Flucht und nahm das Kind mit.

Zuletzt hob Edmund den Silberbecher auf. Er betrachtete ihn eine Weile, als handelte es sich um einen fremden, widerwärtigen Gegenstand, dann sank er langsam auf die Knie, die Ellbogen auf der hölzernen Tischplatte abgestützt, den Becher noch in der Hand. Er drehte ihn hin und her, betrachtete ihn voller Angst und Qual und Liebe. Schließlich barg er den Kopf in den Armen und weinte.

Sein heiseres, verzweifeltes Schluchzen folgte Juniper den ganzen Weg durch die Dunkelheit, fort von dem Chaos und aus dem Traum heraus, folgte ihr auch beim Aufwachen und durch die langen, schrecklichen Stunden der restlichen Nacht.

Als Marsha in ihr Zimmer kam, um nachzusehen, ob es ihr schon wieder so gut ging, dass sie in die Schule gehen konnte, fand sie Juniper aufrecht im Bett sitzend vor. Sie hielt den Becher in der Hand und starrte Johannas Porträt an, mit einem Blick, mit dem man einen todgeweihten Freund ansieht.

Tom verteilte eine dicke Schicht Marmelade auf seinem Toast und sah zu Dylan hinüber. »Du willst heute kein Frühstück?«, fragte er und grinste dann. »Wohl zu aufgeregt, was? Ich wette, du gehörst zu den Allerersten, die sich in der Schlange anstellen, um Karten für den Schulball zu kaufen. Dein erstes richtiges Date. Dann hat dieser Kingsley jetzt also doch den Laufpass bekommen. Es wurde ja auch Zeit, dass sie eine Entscheidung fällt und endlich merkt, wer der Bessere ist.«
»So war das nicht, Dad«, sagte Dylan leise. Die jubelnde Freude der letzten Nacht war in eine unbestimmte Angst umgeschlagen, die sich auch von der guten Laune seines Vaters nicht besänftigen ließ.
»Also, ich schätze, es wird Zeit, dass wir dein Mädchen mal kennen lernen«, fuhr Tom fort, ohne Dylans Stimmung wahrzunehmen. »Willst du sie nicht zum Abendessen mit nach Hause bringen, bevor du mit ihr zum Schulball gehst?«
»Nein. Nein, lieber nicht«, murmelte Dylan.
»Vielleicht wird ihr schlecht, wenn sie etwas essen muss, was er gekocht hat«, sagte Barbara kichernd.
»Dann kann ich ja kochen«, bot Robyn großzügig an. »Ich mache Pfannkuchen. Das haben wir in der Schule gelernt. Sie sind auch richtig gut geworden, nur dass die Füllung rausgefallen ist.«
Dylan stand auf und stellte seine leere Tasse auf der Arbeitsplatte ab. Im Bad putzte er sich die Zähne und dann ging er in sein Zimmer und machte die Tür hinter sich zu.

Lange saß er nur da und betrachtete das Porträt von Juniper und dabei wurde dieses bange Gefühl von Minute zu Minute schlimmer. Er wusste jedoch, dass seine Angst sich nicht auf sie bezog; sie galt einer anderen Person, die mit ihr verbunden war. Johanna, dachte er. Nein, das war lächerlich.

Mit einem Schulterzucken tat er seine Gefühle ab, verleugnete sie ganz und gar. Dann packte er seine Hausaufgaben in die Schultasche und ging wieder in die Küche.

Sein Vater war bereits zur Arbeit gegangen. Aber die Zwillinge saßen mit marmeladeverschmierten Gesichtern gemütlich am Tisch und gossen sich Milch über die zweite Portion Cornflakes. »Dafür habt ihr keine Zeit mehr!«, rief Dylan und nahm ihnen die Teller weg. »Macht euch für die Schule fertig.«

»Ich hab aber noch Hunger!«, jammerte Robyn. »Gib das her!«

»Nein. Wir gehen in zehn Minuten aus dem Haus. Und so lange braucht ihr, um euch das Gesicht zu waschen. Abmarsch!«

Unter lautem Protest standen die beiden auf und gingen ins Bad. Dylan konnte hören, wie sie im Flur mit ihren Marmeladefingern an der Wand entlangschmierten. Er seufzte und machte sich daran, den Tisch abzuräumen. Urplötzlich hielt er inne und ging zum Telefon. Er wählte Junipers Nummer.

Marsha nahm ab.

»Hallo, Marsha«, sagte er. »Ich bin's. Läuft alles gut bei euch?«

»Hallo, ich«, gab sie mit müder Stimme zurück. »Nein, hier läuft es nicht so gut. Juniper hatte die ganze Nacht Alpträume. Die ist sie immer noch nicht los, obwohl sie wach ist.«

»Wie meinst du das?«

Marsha seufzte und Dylan hatte im ersten Augenblick das verrückte Gefühl, dass sie ihm die Schuld an Junipers Verfassung gab.

»Diese ganze Sache mit dem Mittelalter ist außer Kontrolle geraten, Dylan. Juniper ist völlig durcheinander. Sie behauptet steif und fest, dass Johanna der Prozess gemacht wird, und zwar jetzt, in diesem Augenblick. Sie glaubt, dass sie gefoltert wird oder so was in der Art. Und sie redet davon, dass Johannas Mann weint und das Beweismaterial verbrennt, aber er sollte lieber schleunigst das Haus verlassen und das Kind mitnehmen, sonst zwingt man sie noch, gegen Johanna auszusagen.«

»Wie kommt sie damit klar? Juniper, meine ich.«

»Ich weiß, wen du meinst, Dylan. Sie kommt überhaupt nicht klar. Der Arzt ist unterwegs. Er wird ihr etwas zur Beruhigung geben müssen.«

»Soll ich vorbeikommen?«

»Nein. Ich halte es für das Beste, wenn du dich heute von ihr fern hältst. Vielleicht auch noch die nächsten Tage.«

»Warum?«

Barbara kam mit lautem Geschrei in die Küche, stürzte

sich auf ihr bereitliegendes Butterbrotpäckchen, schoss wie ein kleines Düsenflugzeug um den Tisch herum und machte sich wieder davon. Dabei verfing sich ein Zipfel des Tischtuchs in ihrer Schultasche und sie riss alles herunter. Milch, Cornflakes, Besteck, Teller und Gläser landeten mit einem ohrenbetäubenden Knall auf dem Fußboden.

Eine erschrockene Stille setzte ein.

Barbara durchbrach sie als Erste. »Hoppla«, sagte sie und besah sich das Chaos. Dann kicherte sie und floh aus der Küche.

»Was um alles in der Welt war das denn?«, fragte Marsha.

»Eine meiner kleinen Schwestern«, stieß Dylan zwischen zusammengebissenen Zähnen hervor. »Ich muss Schluss machen, Marsha. Ich ruf nachher noch mal an. Tschüss.«

Er war jedoch nicht schnell genug. Als er an die Haustür kam, hatten es die Zwillinge schon bis zur Straße geschafft und verschwanden um die Ecke. Fluchend ging er in die Küche zurück und machte sich ans Aufräumen.

Aber in Marshas Stimme hatte etwas gelegen, was ihn zutiefst erschreckt hatte. Jetzt hatte er noch größere Angst und war voll banger Vorahnungen – aber die bezogen sich weder auf Johanna noch auf Juniper.

In der Nacht träumte Juniper wieder. Diesmal ging es um ihren Unfall. Sie durchlebte noch einmal, wie sie sich mit Kingsley durch die erdrückende Dunkelheit an die

Oberfläche gekämpft hatte, durchlebte das Ringen nach Atem, die Panik und die Qual, einer Welt ohne Luft ausgesetzt zu sein.
Würgend und röchelnd wachte sie auf und schluchzte vor Angst und Schmerzen.

Vier Kilometer von ihr entfernt schoss Dylan senkrecht im Bett hoch und schnappte nach Luft. Er hatte das Gefühl, zu ersticken. In seiner Verzweiflung krallte er sich an der Tapete fest, versuchte die Wände hochzukommen und spürte doch nur die überwältigende Wucht des Wassers, das rings um ihn toste und ihm in Augen, Nase und Mund drang.
Tom packte ihn an den Schultern und schüttelte ihn so heftig, dass Dylan davon wach wurde. Röchelnd lehnte er sich an seinen Vater und holte in langen, schmerzhaften Zügen Luft.
Erschrocken und verwirrt, setzte sich Tom zu ihm. Der Schlafanzug seines Sohnes war schweißgetränkt und er zitterte vor Angst. »Das war nur ein böser Traum«, tröstete Tom ihn. »Jetzt ist es vorbei. Dir kann nichts passieren.«
Dylan nickte und fuhr sich mit dem Ärmel seiner Schlafanzugjacke übers Gesicht.
»Ich habe geträumt, dass ich im Auto saß, als es in den Fluss stürzte«, sagte er mit bebender Stimme. »Das war schrecklich, Dad.«
Durch die offene Tür fiel Licht herein, und als Tom auf-

schaute, sah er die Zwillinge im Flur stehen. Mit weit aufgerissenen Augen beobachteten sie, was im Zimmer vor sich ging.
Er trat zu ihnen.
»Euer Bruder hat schlecht geträumt«, erklärte er. »Geht jetzt wieder ins Bett.«
Aber Barbara wich zurück und starrte voller Angst auf die Wand in Dylans Zimmer. »Er hat die ganze Tapete zerfetzt«, flüsterte sie.
»Er hat geträumt«, wiederholte Tom. Dann nahm er die beiden an die Hand, führte sie zu ihren Betten zurück und deckte sie zu.
Dylan sah sich die Wand neben dem Bett an und betrachtete dann seine Hände. An seinen Fingern hingen blutbefleckte Tapetenstreifen und einige seiner Fingernägel waren halb abgerissen und bluteten. Erst jetzt nahm er den Schmerz wahr.
Er stieg aus dem Bett, ging mit schwankenden Schritten ins Bad und wusch sich die Hände. Es war verrückt, aber das Wasser, das aus dem Hahn kam, jagte ihm Angst ein. Er ließ nur ein dünnes Rinnsal laufen und wusch sich das Blut von den Nägeln. Im Spiegel über dem Waschbecken stellte Dylan fest, dass er leichenblass war und ihm die Haare feucht am Kopf klebten.
Als er sich Pflaster auf die wunden Fingerspitzen klebte, kam sein Vater herein. Mit gerunzelter Stirn setzte sich Tom auf den Badewannenrand und sah Dylan nachdenklich an.

»Entschuldige, dass ich so blöd frage«, sagte Tom. »Aber könnte es sein, dass Juniper das alles träumt und du das von ihr übernimmst?«

»Genau das ist es«, sagte Dylan. Er richtete sich auf und sah zu, wie das Blut unter den Rändern des Pflasters hervorquoll. »Und ich hab keine Ahnung, was ich dagegen tun kann, Dad.«

»Du musst dir was einfallen lassen«, sagte Tom. »Kurz bevor ich Kathy kennen gelernt habe, war sie in einen schlimmen Unfall verwickelt. Sie war nicht schwer verletzt, aber sie hatte auch nach einem Jahr noch Alpträume.«

Entsetzt sah Dylan seinen Vater an. »Arme Juniper«, sagte er.

»Armer Dylan, wenn du das alles zusammen mit ihr durchmachen musst«, sagte Tom. »Ich möchte dir etwas sagen, Dylan. Das muss mal gesagt werden. Ich bin mir nicht sicher, dass Juniper dir gut tut. Nein – lass mich ausreden. Ich weiß, du bist gern mit ihr zusammen, aber mir scheint, dass dein Leben durch ihren Einfluss aus den Fugen gerät. Wenn du bei ihr bist, schmeißt du alles andere über Bord. Ich weiß nicht, was da zwischen euch abgeht, aber ich vermute, dass es sich um etwas Telepathisches handelt. Hab ich Recht?«

Dylan nickte, schwieg aber. Sein Gesicht hatte einen harten Ausdruck angenommen und er sah seinen Vater trotzig an.

»Nun ja«, fuhr Tom behutsam fort, »ich halte es für

nicht gesund, wenn ein so starkes Band zwischen euch besteht. Wenn du weiterhin mit ihr befreundet sein willst, musst du lernen dich von ihren Gefühlen abzugrenzen.«

»Durch ihren Einfluss gerät nichts aus den Fugen!«, rief Dylan zornig. »Ich weiß, dass ich anfangs in der ganzen Sache ziemlich aufgegangen bin. Wenn ich mich nicht so hineingesteigert hätte, wäre mir aufgefallen, was Mum durchmacht. Dann wäre ich an diesem Tag nach Hause gekommen, anstatt Niall zu besuchen, und Mum wäre nicht von uns weggegangen. Ich weiß, das ist alles meine Schuld. Aber ich kann daran –«

»So habe ich das nicht gemeint«, sagte Tom sanft. »Ich hab dir doch gesagt, dass du nichts dafür kannst, dass du keine Schuld trägst. Du quälst dich wegen nichts und wieder nichts, mein Sohn. Deine Mum ist gegangen, weil ich mich mit Evelyn getroffen habe – und nicht etwa, weil du an jenem Tag nicht nach Hause gekommen bist. Ich bin nur besorgt, weil Juniper so einen starken Einfluss auf dich ausübt, das ist alles. Und ich fühle mich so hilflos, weil ich nichts für dich tun kann. Ich kenne Juniper noch nicht einmal. Aber du musst lernen mit ihrem Einfluss umzugehen und die Gefühle nicht an dich ranzulassen.«

»Das liegt bei ihr«, sagte Dylan und ging wieder in sein Zimmer.

Tom seufzte und ging ihm nach. Lange blieb er in der Tür zu Dylans Zimmer stehen und betrachtete seinen

Sohn. Dylan saß aufrecht im Bett und hatte ein Buch auf dem Schoß. Es war deutlich zu erkennen, dass er unter keinen Umständen noch mal einschlafen wollte.

»Was hast du damit gemeint, dass es bei ihr liegt?«, fragte Tom.

Dylan blätterte um. »Genau das, Dad. Sie übermittelt mir die Bilder, ich empfange sie. So läuft das eben. Ich habe da nichts zu melden. Es gibt schließlich keine Jalousie, die ich runterlassen könnte, um das alles auszuschalten.«

»Also, die sollte es aber geben«, sagte Tom mit einem tiefen Seufzer. Dann ging er hinaus und machte die Tür hinter sich zu.

22. Grenzland

Der Traum setzte ein, noch bevor Juniper richtig eingeschlafen war, und sie bekam bei vollem Bewusstsein die qualvolle Dunkelheit und das laute Tosen des Wassers mit. Verzweifelt kämpfte sie gegen den Schlaf an, versuchte den Kopf vom Kissen zu heben und die schweren Lider aufzuschlagen. Aber das Wasser drang ihr in Augen, Nase und Mund, hüllte sie ein und schnitt ihr die Luft ab. Und sie spürte Kingsleys Arme, die sie umklammerten, ihr die Freiheit raubten und sie durch das unendliche Schwarz nach oben zwangen. Sie versuchte sich loszureißen, kämpfte mit aller Macht, und als sie es nicht mehr aushalten konnte, machte sie den Mund auf und atmete ein ...

Dann war sie wieder am Ufer, pumpte mit gewaltigen Atemzügen, röchelnd und würgend, die herrliche Luft in ihre Lunge und Kingsley stand über sie gebeugt und sagte etwas, aber seine Hände, mit denen er ihr ins Gesicht fasste, waren rau und grob, und als seine Finger ihr die Haarsträhnen aus den Augen strichen, konnte sie erkennen, dass es taghell war. Und Kingsley weinte nicht, stattdessen war sein Gesicht wutverzerrt und hasserfüllt, eine abstoßende Fratze, die sie nicht wieder erkannte. Ein Schock durchfuhr sie, als sie begriff, dass es gar nicht Kingsley war, sondern ein Mann mit langen, ungewaschenen Haaren, der Beinkleider aus grober Wolle trug und einen grünen Kittel mit weiten Ärmeln. Voller Angst schaute Juniper an ihm vorbei und entdeckte eine Menschenansammlung. Frauen und Kinder in langen Kleidern und mit weißen Häubchen auf dem Haar zeigten mit Fingern auf sie und schrien vor Hass und Angst. Eine Gruppe dunkel gekleideter Priester stand neben der Menge. Sie waren still, sahen aber voller Schadenfreude und Triumph zu.

Juniper schrie und wollte aufstehen und weglaufen, aber sie war an Händen und Füßen gefesselt und konnte nichts anderes tun, als hilflos liegen zu bleiben. Sie wandte den Kopf ab, weg von den Gesichtern und den anklagend auf sie gerichteten Fingern, und da sah sie, dass die Häuser am anderen Ufer nach uralter Bauweise aus Stein errichtet waren und dass ihre Haare, die ihr ins Gesicht hingen, lang und glatt waren und die Farbe von reifem Korn hatten.

Schweißgebadet wachte sie auf, riss sich die Decke vom Gesicht und tastete verzweifelt nach der Lampe, konnte sie jedoch nicht finden. Eine andere Hand machte Licht und Marsha beugte sich mit liebevoller Besorgnis über sie.

»Du hast im Schlaf geschrien, Juniper. Du hast wieder geträumt.«

»Bleib bei mir!«, schrie Juniper und klammerte sich an ihr fest. »Lass mich nicht wieder einschlafen. Sprich mit mir, bring mir Tee, beschäftige mich mit irgendwas – egal, was, aber lass mich nicht wieder einschlafen!«

Marsha blieb eine Stunde lang bei ihr sitzen. Schließlich legte sich Juniper wieder hin und bettete den Kopf aufs Kissen. Die vom Weinen geröteten Lider fielen ihr zu und sie döste ein. Leise ging Marsha aus dem Zimmer, ließ aber ein gedämpftes Licht an.

Eine Wärme durchströmte Juniper, die helle, wunderbare, herrliche Wärme von Sonne und Sommerwind. Als sie die Augen öffnete, sah sie einen klaren tiefblauen Himmel über sich. Aber etwas geschah mit ihren Füßen. Ihre Knöchel wurden mit starken Stricken gefesselt und ihre Beine waren so fest zusammengeschnürt, dass es wehtat.

Sie rührte sich nicht. Das Gemurmel einer großen Menschenmenge war zu hören, aber sie sah nicht zu den Leuten hin. Ihre Arme wurden auf dem Rücken gefesselt und die Stricke so straff gespannt, dass ihre Schultern und der Rücken schmerzten.

Ein Mann sagte etwas. Er sprach mit ehrfurchtsvoll leiser Stimme, war aber klar und deutlich zu verstehen. Und Juniper merkte, dass die Menge verstummte und ihm zuhörte.

»Möge der allmächtige Gott, der die Taufe mit Wasser anbefahl und uns durch die Taufe unsere Sünden vergibt, in seiner großen Gnade durch dieses Wasser ein gerechtes Urteil sprechen.«

Die Stimme kam näher. Aus den Augenwinkeln nahm Juniper einen Priester wahr, der dicht an sie herantrat. Sie konnte Weihrauch riechen und sah die Kräuter, die

der Priester am Gewand trug, um sich vor allem Bösen zu schützen. Aber sie vermied es, ihn anzusehen.
»Wenn du schuldig bist«, sagte er mit seiner ruhigen, klaren Stimme, »dann möge dich das Wasser, das dich in der Taufe empfing, jetzt abweisen. Bist du jedoch unschuldig, so soll dich das Wasser, das dich in der Taufe empfing, auch jetzt entgegennehmen. Durch Christus, unsern Herrn.«
Er wandte sich wieder ab von ihr und trat zum Fluss hin, und Juniper wusste, dass der Priester den Fluss jetzt mit Weihwasser besprengte, den Teufel austrieb und das Wasser segnete.
Sie versuchte nicht zuzuhören. Stattdessen sah sie zum strahlend blauen Himmel empor, wo ein weißer Vogel hoch hinauf zur Sonne flog. Das nahm sie als Zeichen und lächelte. Aber in ihren Armen und Beinen pochte der Schmerz und die Welt verschwamm vor ihren Augen. Sie schwankte und wäre hingefallen, wenn man sie nicht aufgefangen hätte. Der Priester sprach immer noch, an das Wasser gewandt, und seine erhobene Stimme klang gebieterisch und voller Kraft.
»... sollte diese Frau des Verbrechens schuldig sein, dessen sie bezichtigt wird, so nimm sie nicht entgegen. Dir soll dafür kein Leid geschehen und es soll keine Zauberei an dir verübt werden ...«
Wieder verblasste alles um sie herum und sie befürchtete das Bewusstsein zu verlieren. Sie atmete tief durch, hob den Kopf und sprach ein Gebet. Der Mann, der neben

ihr stand, lachte auf und spuckte vor ihr aus. Sie hörte das Amen des Priesters, dann wurde sie von starken Händen gepackt. In ihrer Angst konnte sie kaum noch atmen und die Erde wirbelte um sie herum, der Himmel stürzte auf sie herab. Sie wurde hochgehoben, hing kurz in der Luft, zwischen Himmel und Erde, wie ein kreisender Vogel. Dann schlug der Fluss über ihr zusammen und das Ertrinken begann von vorn.

Dylan glitt das Buch aus der Hand und sein Kopf sank hintenüber aufs Kissen. Er glaubte Stimmen zu hören, eine Unmenge von Stimmen, und er träumte, dass er sich an einem Flussufer befand. Zuerst nahm er an, er wäre Niall. Das fand er irgendwie erheiternd und er fragte sich, was Niall zu diesem Einbruch in seine Privatsphäre wohl sagen würde. Dann merkte er jedoch, dass er nicht am Fluss hinter Nialls Wohnwagen war und auch an sonst keinem Ort, den er kannte. Er sah die Menschenmenge und den Priester und die gefesselte Frau. Und obwohl ihr Gesicht von ihm abgewandt war, wusste er, um wen es sich handelte. In ohnmächtiger Wut sah er zu, wie ihr weitere Fesseln angelegt wurden, sah zu, wie der Priester das Wasser segnete und betete, sah zu, wie sie hochgehoben und in den Fluss geworfen wurde.
Er sah sie in einem Strudel verschwinden, sah den Priester und die Leute zum Wasser stürzen und alles ganz genau beobachten. Ihm wurde schlecht bei diesem Anblick und er hätte ihnen am liebsten die Zähne einge-

schlagen. Aber obwohl er mitten unter ihnen war, hatte er keine Gestalt, keinen Körper, keine Kraft. Er sah Johanna mit dem Gesicht nach unten an die Oberfläche treiben, sah die Hände mit den Fesseln, die sie versucht hatte zu sprengen, sodass ihr die Stricke ins Fleisch schnitten und ihre Finger lang und weiß waren. Langsam wälzte sie sich herum. Die Haare hingen ihr übers Gesicht und er konnte den weit aufgerissenen Mund sehen, der gierig nach Luft schnappte. Die Menge schrie und tobte und er sah Agnes und Maud und einige von Johannas Freunden, die im Gegensatz zur erregten Menge jedoch still waren. Sie sahen zutiefst betroffen aus, hatten kreidebleiche Gesichter und einige von ihnen beteten. Er hielt Ausschau nach Edmund und dem Kind, konnte sie aber nicht entdecken.

Dann schaute er wieder zu Johanna hin und sah, dass sie ein hilfloser Spielball der Wellen war. Sie überschlug sich im Wasser und ihr Körper wurde von heftigen Krämpfen geschüttelt. Voller Qual wandte er den Blick ab und hoffte, sie würde sterben, wünschte ihr einen schnellen, schmerzlosen Tod. Aber die Priester schickten bereits ein paar Männer ins Wasser, um sie herauszuziehen.

»Nein!«, schrie er und stürzte auf sie los. Aber sie waren wie der Wind und auch im Wasser konnte er nichts ertasten. Und Johanna lag würgend im Gras, von heftigem Schluchzen geschüttelt, und die Menge verlangte lärmend den Scheiterhaufen für sie.

Am ganzen Körper zitternd, wachte er auf. Er glühte vor Hitze und warf das zerwühlte Bettzeug beiseite. Schweißrinnsale liefen ihm den Rücken hinunter und er keuchte, als hätte er einen Wettlauf hinter sich. Nebenan bellte Mr Shirazis Hund wie verrückt. Dylan knipste die Nachttischlampe an und stand auf.

Er ging in den Flur hinaus und machte unterwegs überall Licht. In der Küche holte er sich etwas Kaltes zum Trinken. Der Hund bellte wütend weiter und Dylan stellte sein Glas ab und lauschte. Sonst bellte der Hund kaum einmal. Unter normalen Umständen. Dylan zitterte immer noch und neue Ängste stiegen in ihm auf, als er die Hintertür aufschloss und in den Garten hinaustrat.

Das Licht, das durchs Küchenfenster fiel, bildete einen gelben Fleck auf dem Rasen und der Mond war nahezu voll. Dylan konnte Mr Shirazis Schäferhund deutlich sehen. Er stand am Zaun, außerhalb seines Zwingers, zerrte an der Kette und knurrte ganz entsetzlich. Mit einem Mal riss die Kette, der Hund raste davon und setzte mit großen Sprüngen zur Vorderseite des Hauses. Dylan lief ihm nach. Im Haus der Shirazis ging Licht an, das beruhigte Dylan ein wenig und seine Angst legte sich. Verwirrt und verärgert, versuchte er den Hund zurückzurufen und folgte ihm auf die Straße hinaus.

Der Hund stand mitten auf der Straße, mit gesträubtem Nackenfell, und bellte und knurrte. Wie rasend umkreiste er eine leere Stelle auf der Straße.

»Komm her, du blöder Hund!«, rief Dylan zornig. »Da ist doch gar nichts!«

Aber der Hund rührte sich nicht von der Stelle, deshalb kam Dylan näher heran. Ihm wurde plötzlich eiskalt und Panik stieg in ihm auf. Ein Schatten glitt über die Straße, etwas Dunkelbraunes mit einem weißen Schimmer. Dylan konnte ein Gewand ausmachen, ein langes Kleid und den hellen Stoff eines Tuchs, das im Mondschein bläulich leuchtete. Er sah ein Gesicht, ein altes Gesicht, auf dem sich Bestürzung und furchtbare Angst widerspiegelten. Es war Agnes. Agnes aus Tewkesbury.

Der Hund drehte jetzt völlig durch und Dylan warf sich auf ihn und hielt ihn am Halsband fest. Agnes' Kleid streifte sein Gesicht und er sah ihren Schuh. Dann war sie verschwunden. Dylan kniete sich neben dem Hund auf die Straße und barg sein Gesicht in seinem Fell. Der Hund knurrte leise und wich von der Stelle zurück, wo Agnes gewesen war.

Im Schlafanzug kam Mr Shirazi aus dem Haus und schwenkte einen Schürhaken in der Hand. Sein Gesicht wirkte angespannt und erschrocken, sein dunkler Schnurrbart hing tief herab.

»Was ist hier los?«, fragte er. »Was hat mein Hund? Macht ihr Pidgelys schon wieder Ärger?«

Er packte den Hund am Halsband und half Dylan auf.

»Es ist nichts«, murmelte Dylan und wandte sich ab, um wieder ins Haus zu gehen.

»Bei dir ist immer nichts!«, schrie Mr Shirazi. »Das hast du das letzte Mal auch gesagt!«
Dylans Vater stand auf der vorderen Veranda und hörte sich das Geschrei an.
»Hat sich hier jemand herumgetrieben, Dylan?«, fragte er.
Dylan schüttelte den Kopf und ging in sein Zimmer, stieg in seine Jeans und zog sich ein rotes Hemd über. Dabei zitterten seine Finger so sehr, dass er die Knöpfe kaum zubekam.
»Was ist los?«, fragte Tom und ließ sich auf Dylans zerwühltem Bett nieder. Er war jetzt doch beunruhigt. »Was war denn da draußen?«
»Agnes«, stieß Dylan zwischen klappernden Zähnen hervor. »Die alte Agnes. Jetzt reicht's mir. Ich fahr zu Juniper.«
»Es ist vier Uhr morgens!«, rief Tom erschrocken. »Du kannst doch jetzt keine Besuche machen!«
»Warum denn nicht?«, schrie Dylan und stürmte zur Haustür hinaus. »Die andern machen das ja auch alle!«
»Wer ist Agnes?«, fragte er und folgte Dylan in die Garage.
Dylan holte sein Fahrrad hervor und stieg auf. »Das würdest du ja doch nicht verstehen, Dad«, sagte Dylan.
»Versuch's doch mal.«
»Na schön. Agnes ist eine der Frauen, die Johanna der Hexerei bezichtigten. Sie hat im fünfzehnten Jahrhundert in Tewkesbury gelebt.«
Tom lachte kurz auf und sah dann aus, als wäre ihm

plötzlich schlecht geworden. »Das soll wohl ein Witz sein«, sagte er.
»Ich wollte, es wär so«, sagte Dylan und radelte davon.

Zitternd und verängstigt, setzte sich Juniper im Bett auf und betrachtete das Porträt von Johanna. Sie hörte Edmund wieder weinen, dabei war sie hellwach, hielt sich mit beiden Händen die Ohren zu und hatte außerdem das Radio angemacht, um sich abzulenken. Dennoch hörte sie ihn und sie hörte auch das Kind. Aber von Johanna hörte sie nichts. Johanna würde nichts sagen, ganz egal, was man mit ihr machte – sie hatte nichts zu gestehen. Und so weinte ihr Mann und auch das Kind weinte und Juniper weinte und jemand hämmerte laut an die Tür.
Aus dem Erdgeschoss klangen Stimmen herauf. Marshas Stimme, die zornig erhoben war, und lautes Schreien von Dylan. Ganz langsam, so als zerrten schwere Gewichte an ihr, stieg Juniper aus dem Bett, zog ihre Jeans an und ein weites Hemd. Dann ging sie ins Bad, drehte das warme Wasser auf und wusch sich das Gesicht. Als sie in den Spiegel sah, erschrak sie über ihre stumpfen, gequälten Augen und die blassen Lippen. »Ach, Johanna«, stöhnte sie verzweifelt. »Du hast mich in einer einzigen Nacht um zwanzig Jahre älter gemacht. Du lieber Gott, was wird Dylan wohl dazu sagen?«
Aber Dylan war so zornig, dass er nichts davon bemerkte.

»Ich habe Agnes gesehen«, sagte er, als Juniper ins Wohnzimmer kam. »Ich habe sie gesehen und der Hund von Mr Shirazi hat sie ebenfalls gesehen. Sie war auf der Straße, direkt vor unserem Haus. Und sie war echt, Juniper. Ich habe ihr Gewand gestreift, als ich den Hund davon abhielt, sie anzufallen.«

Juniper tastete blindlings nach einem Sessel und setzte sich. Völlig niedergeschmettert sank sie vornüber und barg den Kopf in den Händen. Sie spürte immer noch die Stricke, mit denen man sie gefesselt hatte, und sie hörte die Menge toben und ihren Tod verlangen. Und all das wurde noch von Dylans Stimme übertönt, die kalt und verbittert klang und sie beschuldigte.

»Das geht zu weit!«, schrie er. »Alles ist außer Kontrolle geraten – es gibt keinen Anfang und kein Ende, keine Grenzen, keine Disziplin und keinen Frieden. Alles geht durcheinander. Wo soll das enden, Juniper?«

Er beugte sich zu ihr hinunter und packte sie an den Schultern, zwang sie dazu, ihn anzusehen.

»Du tust mir weh«, sagte sie.

Der harte Ausdruck wich aus seinem Gesicht und er lehnte seine Stirn an ihre. »Entschuldige. Ich hab nur solche Angst, Juniper. Das ist uns über den Kopf gewachsen.« Er ließ sie los und hockte sich vor sie auf den Fußboden, legte den Arm über ihre Knie und sah ihr ins Gesicht. Der Schmerz, den er dort sah, erschreckte ihn zutiefst.

»Sie ist nicht ertrunken, Dylan«, stieß Juniper unter

Tränen hervor. »Sie lebt, deshalb wird man sie verbrennen. Aber zuerst werden die Priester sie foltern lassen, damit sie gesteht. Man wird sie nackt ausziehen und ihr alle Haare abrasieren und –«

»Still.« Er hob die Hand, legte sie sacht auf ihre Lippen und hielt ihr den Mund zu. »Man wird gar nichts tun«, sagte er. »Es ist bereits geschehen. Das hat sich vor fünfhundert Jahren ereignet, Juniper. Deine Seele hat eine Reise gemacht und dabei die Ereignisse um Johanna berührt, aber sie durchlebt das nicht mit ihr. Das ist vorbei. Was auch passiert ist – es gehört der Vergangenheit an. Johanna ist tot und begraben. Auch Edmund ist längst tot und auch ihr Kind und die Enkelkinder. Jahrhunderte sind seither vergangen. Es ist vorbei.«

»Und wieso wollte der Hund dann Agnes anfallen?«, fragte Juniper.

Dylan seufzte und senkte den Kopf. Darauf wusste er keine Antwort.

»Ich sag dir, warum«, flüsterte Juniper. »Es ist nämlich nicht vorbei, Dylan. Ich war Johanna. Man wollte mich damals ertränken, aber das hat nicht geklappt. Und ich wäre wieder fast ertrunken, im Auto mit Kingsley, habe aber überlebt. Man hat mich damals verbrannt und ich werde auch jetzt wieder verbrennen. Es wird noch einen Unfall geben oder hier im Haus bricht Feuer aus oder es kommt zu irgendeiner Explosion. Ich werde wieder verbrennen. Und erst dann ist es vorbei, Dylan.«

Er schüttelte den Kopf. »Du siehst das völlig falsch«,

sagte er ruhig, aber voller Überzeugung. »Ich hab's dir ja schon gesagt: Deine Seele hat ihre gestreift, mehr nicht. Durch den Silberbecher und eure Seelenverwandtschaft und all die Dinge, die ihr beide liebt, besteht ein tiefes Einverständnis zwischen euch, ein starkes Band. Das ist alles.«

»Und was ist damit, dass wir beide fast ertrunken wären? Soll das Zufall sein?«

»Nein. Vergiss nicht, dass das, was wir jetzt erleben, außerhalb der Zeit liegt. Im ewigen Jetzt hat es immer schon zu deinem Leben gehört, dass du fast ertrinkst. Das Schicksal hat das gewusst, es schon lange vor deiner Geburt vorausgesehen. Daher fürchtest du dich vor Wasser. Und als deine Seele zum ersten Mal die von Johanna streifte, entsprach deine Angst ihrer Angst, und das hat das Verständnis zwischen euch noch verstärkt. Ihr habt beide dasselbe durchgemacht. Aber das Feuer stellt keine Bedrohung in deinem Leben dar. Du liebst doch Feuer und Kerzen und Licht.«

Juniper seufzte tief auf und ließ sich in ihrem Sessel nach hinten fallen, als wäre eine schwere Last von ihr gewichen.

»Aber der Schmerz hört dadurch nicht auf«, sagte sie hilflos. »Die Träume hören nicht auf und ich sitze weiterhin mit Johanna dort fest, wo sie jetzt ist. Und jetzt im Augenblick wird ihr der Prozess gemacht und ich stecke mit drin. Das kann ich nicht einfach beiseite schieben und auch nicht so tun, als würde das alles nicht passieren.«

»Ihr dreht euch im Kreis«, ließ Marsha sich hinter ihnen vernehmen.

Sie hatten Marsha völlig vergessen. Dylan fuhr zusammen, atmete tief durch und stand auf.

»Ich glaube, es wird jetzt Zeit, dass du gehst, Dylan«, sagte Marsha in einem Tonfall, der seltsam distanziert und kühl war. »Juniper hat schon genug durchgemacht. Und es ist fünf Uhr morgens.«

Dylan beugte sich zu Juniper hinunter, und als er sie auf die Wange küsste, merkte er, dass ihr Gesicht nass von Tränen war und eisig kalt.

»Wir sehn uns dann nach der Schule«, sagte er sanft. »Mir fällt schon was ein, wie wir da durchkommen. Das verspreche ich dir. Irgendwo liegt ein Sinn darin, ein bestimmter Zweck.«

Juniper nickte und brachte fast so etwas wie ein Lächeln zu Stande, aber sie sah immer noch aus, als hätte sie gerade ihr Todesurteil erhalten.

Er ließ sie nur ungern allein, aber er musste gehen. An der Haustür blieb er stehen und starrte verwundert die Mappe an, die an der Tür lehnte. Alle seine Zeichnungen waren darin. Verwirrt sah er sie durch. Sogar das unfertige Porträt von Johanna war mit dabei; jemand hatte es in Junipers Zimmer von der Wand genommen.

»Ich glaube, die solltest du lieber mitnehmen«, sagte Marsha hinter ihm.

Er drehte sich zu ihr um und dabei sah er, dass all ihre Herzlichkeit verschwunden war.

»Die Zeichnungen sind Juniper keine Hilfe«, sagte sie müde. »Davon bekommt sie nur Alpträume. Nimm sie mit und bring sie nie wieder in dieses Haus zurück.«

»Ich kann sie jetzt nicht mitnehmen«, sagte er. »Ich bin mit dem Rad da.«

»Dein Fahrrad ist im Kofferraum von meinem Auto. Ich fahr dich nach Hause.«

»Ich kann auch morgen wieder kommen und mein Fahrrad abholen.«

Marsha schwieg und sah ihn nur an, mit einem traurigen Blick und ohne ein Lächeln.

»Du willst nicht, dass ich wieder komme, stimmt's?«, fragte Dylan und staunte selbst darüber, dass er sich so ruhig anhörte. In seinem Inneren tobte das Chaos.

»Nein. Es tut mir Leid, Dylan. Das hat nichts mit dir zu tun; es liegt an dem, was ihr zusammen macht. Es ist ganz in Ordnung, wenn jemand Träume und Visionen hat, aber wenn auch noch ein anderer diese Träume sieht und sie aufzeichnet, ist das wie eine Bestätigung, die sie zu etwas Wirklichem macht. Dass Juniper sich mit dem Mittelalter befasste, war kein Problem, bis du daherkamst und ihre Gedanken in Bildern festhieltst.«

»Ich wurde dazu aufgefordert, vergiss das bitte nicht.«

»Und du vergiss nicht, dass ich dich gewarnt habe. Ich habe dir ausdrücklich gesagt, dass du vorsichtig sein musst und die Kontrolle nicht verlieren darfst.«

»Ist es deine Idee oder die von Juniper, dass du mich hinauswirfst?«

»Meine. Und ich werfe dich nicht hinaus, Dylan.«
»So kommt es mir aber vor.«
»Das tut mir Leid. Aber jetzt bring die Zeichnungen zum Auto. Bitte.«
Die Fahrt zu Dylans Haus verlief schweigend. Er gab Marsha seine Adresse und sagte ihr einige Male, wo sie abbiegen musste; sonst sprachen sie kein einziges Wort. Als sie angekommen waren, holte Dylan sein Rad aus dem Kofferraum und Marsha nahm die Mappe mit den Zeichnungen und lehnte sie an das Gartentor. Dylan stand neben seinem Fahrrad und wartete darauf, dass Marsha losfuhr. Sie zögerte jedoch, blieb noch einen Augenblick am Gartentor stehen. Im fahlen Licht der Morgendämmerung lagen tiefe Schatten auf ihrem Gesicht und sie wirkte zutiefst aufgewühlt.
»Es tut mir Leid, Dylan«, sagte sie mit brüchiger Stimme. »Das hat nichts mit dir zu tun, bitte glaub mir das. Ich halte dich für einen wunderbaren Menschen und du bist der beste Freund, den Juniper je hatte. Aber ich muss sie beschützen.«
»Vor ihrer eigenen Vorstellungskraft und ihren Gaben?«
»Das weiß ich nicht, Dylan. Es gibt bei ihr vieles, was ich nicht weiß. Ich habe Angst um sie. Ich fürchte mich vor all den Dingen, die ich nicht weiß, die ich von ihr nicht weiß und nicht von ihrem Vater. Ich habe Angst vor den Dingen, die sie möglicherweise von ihm geerbt hat, emotionale und geistige Dinge. Ich muss sie schützen und dafür sorgen, dass sie nicht durcheinander gerät.«

Sie fuhr sich mit der Hand übers Gesicht und konnte nicht weitersprechen. Ohne ein weiteres Wort stieg sie ins Auto und fuhr davon.

Dylan sah den roten Rücklichtern nach, die im schwachen Lichtschein der Straße verschwanden, und fluchte.

»Zur Hölle mit ihrem Vater!«, rief er. »Und zur Hölle mit Agnes! Zur Hölle mit dieser ganzen verdammten Gerichtsbarkeit des Mittelalters!«

Er schob sein Rad in die Garage, holte die Mappe mit seinen Zeichnungen und ging ins Haus.

23. Die Sieger

Dylan wusste selbst nicht, wie er die nächsten drei Tage überlebte. Er bekam Juniper nicht zu sehen; sie war nicht in der Schule und rief nicht an und auch er rief nicht bei ihr an. Der Freitag kam, der Abend des Schulballs, und Dylan saß zu Hause, sah zusammen mit den Zwillingen fern und ging früh zu Bett.

Wie gewöhnlich las er bis in die frühen Morgenstunden, um die Träume fern zu halten. Aber kaum hatte er die Augen geschlossen, ging es auch schon los.

In gewisser Weise konnte er noch von Glück sagen, dass sie immer nur von Wasser handelten und nicht von Feuer. Und doch war es inzwischen so weit, dass er sich nach Flammen sehnte, weil er wusste, dass dann Schluss wäre. Manchmal ging es in den Träumen um Edmund, der allein auf einem riesengroßen, hohen, von Vorhängen umgebenen Bett saß und in tiefer Trauer weinte. Manchmal hielt er seinen Sohn in den Armen und saß, in qualvolles Schweigen versunken, lange so da, und das Kind wirkte verwirrt und fragte manchmal, wo seine Mutter war. Einmal sah Dylan die alte Agnes, die in Johannas Küche auf einem Schemel saß und mit der Amme sprach. Agnes sagte etwas, was Dylan nicht hören konnte, aber Johannas Sohn, der am Feuer spielte, brach plötzlich in Tränen aus und die Amme nahm ihn in die

Arme und wiegte ihn, aber er war untröstlich. Und dann kam Edmund und brüllte Agnes so furchtbar an, dass sie auf die Straße floh.
Manchmal sah Dylan auch Johanna wieder, aber sie war blass, wirkte wie unter Schock und alles Licht in ihr war erloschen. Und immer rauschte das Wasser über ihr und der Fluss riss sie zu sich hinab und stieß sie wieder von sich und die Leute verlangten lärmend nach ihrem Feuertod.

Am Samstag wartete Dylan auf einen Anruf; er war fest davon überzeugt, dass Juniper sich mit ihm in Verbindung setzen würde. Aber das Telefon klingelte nicht und am Spätnachmittag fuhr er mit dem Rad davon. Sein Ausflug endete weit draußen in Richmond, auf dem Gelände der abgerissenen Fabrik, die er gezeichnet hatte. Die Fabrik war jetzt völlig verschwunden, sogar den Schlot hatte man umgekippt und abtransportiert und ein neues Gebäude wurde gebaut. Dylan betrachtete die hohen Betonmauern, aber das Grau verschwamm vor seinen Augen und der Beton sah wie uraltes Gestein aus, das feucht und glitschig war. Er hatte sonderbare Schmerzen am ganzen Körper und war zutiefst bedrückt und niedergeschlagen.
In strömendem Regen fuhr er nach Hause. Ihm war kalt und er hatte sich in seinem ganzen Leben noch nie so allein und verlassen gefühlt.

Tom setzte sich zu Dylan und reichte ihm eine Tasse Kaffee.
»Schlafen die Zwillinge schon?«, fragte er und Dylan nickte.
Sie waren im Wohnzimmer. Draußen schüttete es immer noch. Der Regen prasselte auf das Blechdach und trommelte an die Fensterscheiben.
Dylan war erschöpft und traurig und er hatte tiefe Ringe unter den Augen. Langsam trank er seinen Kaffee und schaute dabei auf die Wand mit dem Bild von dem weinenden Kind mit den großen Augen.
»Während du weg warst, hab ich einen Anruf bekommen«, erzählte Tom lächelnd. »Von deiner Mum. Sie kommt zu uns zurück.«
Dylan, den Blick weiter auf das Bild geheftet, nahm noch einen Schluck von seinem Kaffee. »Wie schön, Dad.«
»Vielen Dank für deine große Begeisterung. Ich dachte, du würdest dich freuen.«
Das Bild verschwamm vor Dylans Augen und er sah seinen Vater an. Ein Lächeln glitt über sein Gesicht, ganz kurz nur, wie ein Licht, das gleich wieder erlosch. »Ich freu mich ja auch«, sagte er.
»Aber du hast andere Dinge im Kopf.«
»Ja. Wann kommt sie denn nach Hause?«
»Sie kommt morgen mit dem Bus. Zum Abendessen ist sie hier. Den Mädchen will ich das erst nach dem Mittagessen sagen, sonst stürzen sie alle zwei Minuten hinaus,

um ihre Mutter von der Haltestelle abzuholen.« Tom grinste. »Wir kochen etwas ganz Besonderes. Eins von deinen Lasagne-Gerichten. Und ich mache einen Nachtisch. Zur Feier des Tages werden wir auch eine Flasche Wein aufmachen. Ich hab heute eine gekauft.«
Als Dylan nichts dazu sagte, seufzte Tom tief auf. »Ich wollte, ich könnte dir helfen, mein Sohn«, sagte er leise.
»Es geht um Juniper, nicht wahr?«
»Ja. Wir sehen uns nicht mehr.«
»Das tut mir Leid. Glaub mir, ich weiß, was du durchmachst.«
»Sie ist der wunderbarste Mensch, den ich kenne, Dad. Meine beste Freundin. Der einzige Freund, den ich habe.«
Eine Weile lauschten sie schweigend dem Regen.
»Sie hat heute nicht angerufen, oder?«, fragte Dylan dann.
»Nein. Ich war am Nachmittag hier. Ich habe nämlich das ganze Haus geputzt, falls dir das entgangen ist. Deine Mutter hat angerufen und eine Freundin von Robyn. Für dich ist kein Anruf gekommen.«
Wieder senkte sich Schweigen herab und Tom seufzte und trank seinen Kaffee aus.
»Du bist ein komischer Kauz, Dylan«, sagte er. »Früher wusste man immer, wie man mit dir dran war. Du warst dauernd nur in deinem Zimmer, hast die Nase in ein Buch gesteckt und Bilder von Rittern und Pferden gemalt oder Burgen aus Pappe gebastelt. Jetzt saust du um vier Uhr morgens fuchsteufelswild auf deinem Fahrrad

davon, um ein Mädchen zu besuchen, das ich noch nicht mal kennen gelernt habe. Und dann kommst du mit Bildern an, die aussehen, als wären sie ein Vermögen wert, und erzählst mir, dass du sie gemalt hast. Du schläfst überhaupt nicht mehr und dein ganzes Leben ist durcheinander geraten. Was ist denn passiert, mein Sohn?«

Dylan sah ihn von der Seite an und verzog den Mund zu einem schiefen Lächeln.

»Juniper ist passiert«, sagte er.

Als Dylan am nächsten Tag die Lasagne zubereitete, kamen die Zwillinge in die Küche gestürmt und überschlugen sich fast vor Aufregung.

»Deine Freundin ist da!«, schrie Robyn und zerrte Dylan so heftig am Arm, dass Pastateig durch die Gegend flog und auf dem Fußboden landete.

»Sie hat wunderschöne Haare«, verkündete Barbara. Sie hüpfte über den Teig hinweg und fuhr sich mit der Hand durch die kurzen Locken. »Solche Haare krieg ich auch mal, wenn ich groß bin.«

Dylan stand wie gelähmt da und konnte es nicht fassen. Robyn beugte sich zum Küchenfenster hinaus und rief ihrem Vater zu: »Dad! Komm rein und schau dir Juniper an! Sie ist einfach toll!«

Dylan ließ die Zwiebel fallen, die er gerade hackte, und lief durch den Flur zur Haustür. Als er abbremste, rutschte er noch ein Stück weiter und kam direkt vor Juniper zum Halt.

Sie lächelte, aber in ihren Augen lag tiefe Besorgnis und sie war sehr blass.
»Hallo, Dylan.«
Er starrte sie an und musste daran denken, dass seine Hände nach Zwiebeln rochen und er die Schürze seiner Mutter umgebunden hatte. Dann schob er diese Gedanken beiseite, schlang langsam die Arme um ihren Hals und drückte sie an sich.
»Es ist so schön, dich zu sehn, Juniper«, sagte er, den Mund dicht an ihren Haaren. »Lieber Gott, ist das schön.«
»Ich hab gestern angerufen, aber du warst nicht da. Ich habe mit Robyn gesprochen.«
»Sie hat mir nichts davon gesagt.«
»Ich weiß. Deshalb bin ich lieber vorbeigekommen. Das macht dir doch hoffentlich nichts aus?«
»Nein. Nein, natürlich nicht. Komm doch rein.« Er drehte sich um und sah hinter sich Tom und die Zwillinge stehen, die alles genau beobachteten. Ihm schoss die Röte ins Gesicht. Ohne Juniper loszulassen, einen Arm immer noch um ihren Hals gelegt, übernahm er die Vorstellung.
»Juniper, das ist mein Vater. Und dort links steht Barbara und das ist –«
»Ich bin Robyn«, sagte Robyn. »Küsst er dich?«
Tom legte Robyn mahnend die Hand auf die Schulter, aber Juniper lachte nur.
»Manchmal«, sagte sie und Robyn kicherte entzückt.

»Ich zeig dir meine Puppen«, verkündete Barbara und sie nahm Juniper an der Hand und zog sie durch den Flur zu ihrem Zimmer. Juniper ging mit. Über die Schulter warf sie Dylan einen hilflosen Blick zu, aber sie lächelte dabei. Robyn hüpfte hinter ihnen her und erzählte von Mrs Tiffany. Sie verschwanden im Zimmer der Zwillinge und Robyn knallte die Tür zu.

»Wie's aussieht, hast du sie verloren«, stellte Tom grinsend fest. »Aber wenigstens hast du dadurch die Gelegenheit, dir die Hände zu waschen und die Schürze abzunehmen. Und wenn du dich mit ihr in deinem Zimmer unterhalten willst, solltest du vorher lieber noch aufräumen.«

Dylan zischte ab, aber Tom rief ihn noch einmal zurück.

»Weißt du, was, mein Sohn? Ich bin stolz auf dich. Sie ist ein bildschönes Mädchen.«

»Ich weiß«, sagte Dylan mit einem strahlenden Lächeln. »Und sie sieht nicht nur so aus. Sie ist durch und durch schön.«

Fünf Minuten später machte Dylan die Tür zum Zimmer der Zwillinge auf und steckte den Kopf hinein. Juniper saß zwischen den beiden auf dem Fußboden und bewunderte ihre Teddybären. Als sie aufschaute, sah Dylan in ihrem Gesicht wieder die Ängste durchschimmern, den Kummer und Schmerz.

»Jetzt will ich mich mal mit Juniper unterhalten«, sagte er.

Die Zwillinge heulten auf und klammerten sich an ihr fest.

»Bevor ich gehe, schau ich noch mal bei euch rein. Ehrenwort«, sagte Juniper und kämpfte sich mühsam hoch. Robyn zerrte eifrig an ihrem Arm. »Bleibst du zum Essen?«, fragte sie. »Bitte. Mum kommt heute auch. Und dann bleibt sie für immer und ewig hier.«
Juniper warf Dylan einen Blick zu und er lächelte. »Du bist herzlich eingeladen«, sagte er. »Wenn du das Risiko eingehen willst, etwas zu essen, was ich gekocht habe.«
»Aber gerne«, sagte sie und die Zwillinge jubelten laut. Widerstrebend ließen die beiden sie los und Dylan ging mit ihr in sein Zimmer.
Wie von Zauberhand war es ordentlich aufgeräumt. Allerdings konnte Dylan nur hoffen, dass die Schranktür nicht plötzlich aufgehen würde.
»Hier können wir uns in Ruhe unterhalten«, sagte er.
Als Juniper sich im Zimmer umsah, entdeckte sie die drei Bilder von Johanna an der Wand hängen, neben einem kleinen Porträt von ihr. Sie sah die vielen Bücher, die in Doppelreihen in selbst gebastelten Bücherregalen standen und an der ganzen Wand entlang hohe Stapel bildeten. Sie sah den Tisch, an dem er seine Hausaufgaben machte und der in aller Eile aufgeräumt worden war, aber immer noch chaotisch aussah. Sie nahm die Tapete wahr, die neben seinem Kopfkissen in Fetzen hing, den fadenscheinigen Teppich, den abblätternden Farbanstrich an der Decke und die Risse im Lack der Tür. Sie sah all die Dinge, von denen Dylan gehofft hatte, dass sie sie nie zu sehen bekommen wür-

de, und er begriff, dass all das für sie keinerlei Bedeutung hatte.

»Du bist mein bester Freund, Dylan«, sagte sie leise. »Als du neulich gegangen bist, hab ich mich so schrecklich allein gefühlt.« Mit einem Mal sah sie sehr müde aus. Sie senkte den Kopf und ließ sich im Schneidersitz auf dem Boden nieder.

Dylan schwieg, setzte sich aber ihr gegenüber. Sie trugen beide Jeans und über das Blau hinweg reichten sie sich die Hände, verhakten die Finger ineinander und hielten sich fest.

»Marsha tut das alles sehr Leid«, sagte Juniper und schaute wieder auf. »Sie möchte – wir beide möchten –, dass du morgen zum Abendessen kommst. Wenn du magst. Ich soll dir ausrichten, dass es nicht so gemeint war, was sie in dieser Nacht gesagt hat. Das hat sie nur getan, weil mein Arzt es ihr geraten hatte. Sie hat geglaubt, das wäre das Beste für mich.«

»Weiß sie, dass du jetzt hier bist?«

»Sie hat mich hergefahren. Mit reinkommen wollte sie nicht; sie hat gesagt, sie würde dich ja morgen sehen. Sie meinte, es wäre wichtig, dass wir ungestört reden können, du und ich. Weißt du, sie hat gedacht, dass das, was wir machen, gefährlich wäre. Ich glaube, sie hatte Angst, dass ich das geistig nicht verkraften kann.«

»Und wie kam es, dass sie ihre Meinung geändert hat?«

»Durch Niall. Er hat ihr klar gemacht, dass der Arzt keine Ahnung hat, wovon er überhaupt redet. Und er meinte, wenn überhaupt jemand über die Stärke und die visionäre Kraft verfügt, um uns heil durch diese Sache zu bringen, dann wärst du das.« Plötzlich lächelte sie und es war, als leuchtete in ihrem Gesicht ein Licht auf. »Niall und Marsha wollen heiraten.«

»Das ist ja super!« Dylan lachte und beugte sich vor und sie fielen einander in die Arme.

Dann löste sich Juniper aus der Umarmung und nahm wieder seine Hände. »Ich freu mich sehr darüber«, sagte sie. »Solange ich zurückdenken kann, ist Niall der einzige Mann, mit dem sie zusammen war. Es tut ihr gut, weil er sie dazu bringt, über manche Dinge einfach zu lachen.«

»Gibt er seinen Wohnwagen jetzt auf?«

»Du lieber Himmel, nein! Sie wollen an den Wochenenden hinfahren und die Ferien dort verbringen und sich ab und zu von mir zurückziehen.« Sie grinste und drückte ihm die Hand. »Und wir können dann nach Herzenslust meditieren und Hippokras trinken und laute Musik hören. Ich hab neulich eine Kassette mit ägyptischer Musik gehört.«

»Ich wusste gar nicht, dass die alten Ägypter Musik hatten.«

»Sie hatten noch sehr viel mehr als nur Pyramiden und Hieroglyphen. Irgendwann nehm ich dich mal mit dorthin.«

»Ins alte Ägypten?«

»Warum nicht?«, sagte Juniper und lachte über sein entgeistertes Gesicht. »Du glaubst doch wohl nicht, dass wir uns nur auf England beschränken?«

»Oh Gott, Juniper! Bei dir komm ich nicht mehr mit!«

»Ich finde, dass du sehr gut mithalten kannst. Du bist der einzige Mensch, der das je geschafft hat. Wie bist du im Tanzen?«

»Überhaupt nicht gut. Warum? Wollen wir in Ägypten tanzen?«

»Nein. Aber auf dem Weihnachtsball der Schule. Gehst du mit mir dorthin, nachdem wir den letzten Ball doch verpasst haben?«

Er strahlte erleichtert auf. »Ich geh überallhin mit dir tanzen, nur nicht nach Ägypten.«

»Du solltest dich nicht so einengen, Leonardo.«

»Das muss ich aber. Wir sind sehr hoch geflogen, Juniper, zu wirklich tollen Orten – den schönsten Orten –, aber vielleicht liegt auch eine Gefahr darin. Vielleicht sind unsere Flügel dafür noch nicht stark genug. Vielleicht gibt es Grenzen – die muss es ja geben, sonst sind wir so überwältigt, dass wir verloren sind. Ich sag ja nicht, dass du deine Visionen aus anderen Zeiten vergessen sollst, aber du sollst sie einfach nur als das anerkennen, was sie sind. Lass nicht zu, dass sie im jetzigen Leben überhand nehmen. Vergiss Ägypten, Juniper. Das brauchen wir nicht. Tanz hier mit mir, im zwanzigsten Jahrhundert. Und machen wir Schluss mit dieser Sache in England.«

Juniper seufzte und rang sich ein kleines Lächeln ab.

»Das ist wohl wirklich ein bisschen zu viel für uns geworden«, sagte sie. »Aber das mit England ist noch nicht vorbei.« Sie senkte den Kopf. All das Leiden und Entsetzen kehrten mit Macht zurück und ließen sich nicht länger verdrängen. Dylan wartete schweigend, während ihr Schmerz zu seinem wurde.

Langsam hob Juniper den Kopf. Sie sah Dylan geradewegs in die Augen und sagte: »Heute wird sie verbrannt.«

»Nicht heute«, sagte er behutsam. »Das ist schon viele tausend Tage her.«

»Es ist heute. Heute, Dylan. Heute wird sie am Pfahl festgebunden und wartet. Ringsherum wurde ein hoher Scheiterhaufen errichtet und ein Mann steht mit einer brennenden Fackel bereit, um das Feuer zu entfachen. Alles ist irgendwie verlangsamt, wurde verzögert und angehalten, als wartete man auf etwas. Und sie ist so allein, Dylan. Edmund ist nicht da, das Kind ist nicht da. Ein paar Freunde sind gekommen, aber die halten sich im Hintergrund, weil sie Angst haben, mit ihr in Verbindung gebracht zu werden. Sie trägt ein schreckliches schwarzes Gewand und man hat ihr alle Haare abgeschoren, aber sie ist immer noch wunderschön. Und sie ist allein. Sie hat so viel Schreckliches durchgemacht, dass sie selbst nicht mehr weiß, ob sie Recht oder Unrecht hat, gut oder böse ist. Sie hat Angst, dass sie wirklich eine Hexe ist und nach ihrem Tod bis in alle Ewigkeit in einem furchtbaren Höllenfeuer schmoren wird, wie man sich das im Mittelalter vorstellte. Ihre Zuversicht ist ihr abhanden gekommen, sie hat keine Hoffnung mehr, keine Freunde. Sie glaubt, dass selbst Gott sie verlassen hat. Sie ist allein. Völlig allein.«

»Dann werden wir bei ihr sein«, sagte Dylan.

Juniper machte große Augen, hin- und hergerissen zwischen Unsicherheit, Freude und auch Angst. »Können wir das denn?«, fragte sie.

»Wir haben die Kraft dazu. Sonst können wir nichts für sie tun. Wir können ihr nicht das Leben retten und ihr auch keinen leichteren Tod verschaffen. Aber wir können bei ihr sein. Vielleicht ist das der tiefere Sinn von all dem: dass wir ihr beistehen, wenn sie sterben muss.«

Voller Staunen und Zärtlichkeit sah Juniper ihn an. »Du bist ein ganz besonderer Mensch, Dylan Pidgely«, sagte sie.

Er schwieg, lächelte aber und beugte sich über ihre ineinander verschlungenen Hände nach vorn, um Juniper zu küssen. Dann senkte er den Kopf und schloss die Augen, so als suchte er bereits den Ort, wo Johanna war, und wüsste den Weg.

Juniper sah ihm eine Weile zu, dann senkte auch sie den Kopf und ging mit ihm.

Dylan sah einen heiteren Sommerhimmel und darunter eine große Ansammlung von Menschen, die laut schrien und voller Hass und Mordlust waren. Er sah die Mütter, die ihre Kinder hochhielten, damit sie besser sehen

konnten, wie die Hexe starb, und er sah, wie die Münder zum Schreien aufgerissen wurden. Aber all das ging unendlich langsam vor sich, die Geräusche waren gedämpft, verzerrt und undeutlich.
Zu seiner Rechten, ein kleines Stück hinter ihm, nahm er eine einzelne Gestalt in schwarzer Kleidung wahr. Auf der anderen Seite von ihr stand Juniper. Er trat zurück, sodass er neben Johanna zu stehen kam, und obwohl rings um sie herum Holz aufgehäuft war, glitt er mühelos hindurch, als hätte er keine Substanz. Er betrachtete Johannas gesenkten Kopf und sah, dass ihr Gesicht angespannt und blutleer war, die Augen hohl und verzweifelt. Von ihren Haaren waren nur noch goldene Stoppel übrig und ihre breiten Backenknochen und das schmale Kinn wirkten dadurch feiner, klarer geschnitten und noch schöner als zuvor. Ein Kreuz aus ungehobeltem Holz hing ihr an einer Lederschnur um den Hals.
Juniper, die dicht neben ihr stand, sah ebenfalls blass und angespannt aus, war aber ohne jede Furcht. Er schickte ein kleines Lächeln zu ihr hinüber und sie beugte sich an Johanna vorbei und nahm seine Hand. Als wäre sie plötzlich aufmerksam geworden, hob Johanna den Kopf und ein Hoffnungsschimmer trat in ihre Augen. Ihr Blick glitt zur Seite und sie sah Juniper ins Gesicht.
Und dann brach die tobende Menge über sie herein. Die Leute verfluchten sie und brachten lauthals ihre Beschuldigungen vor, Kinder schrien und der Mann hielt die brennende Fackel an den Scheiterhaufen. Es

knisterte und bitterer Rauchgeruch stieg auf. Johanna fing an zu schluchzen und zerrte an ihren Fesseln. Dann schaute sie wieder Juniper an, richtete sich kerzengerade auf und wurde ruhig.
Gemeinsam hüllten Dylan und Juniper sie in Licht ein, übergossen sie mit einem strahlend weißen Schein, den sie mit all den Dingen anfüllten, die sie liebte. Sie hielten sie in diesem Licht, und auch als ihre Kleidung brannte und die Flammen loderten und der schwarze Rauch sie fast erstickte, war das Licht Schild und Schutz für sie, und sie hielten sie darin fest, hielten sie hoch und waren an ihrer Seite, als sie starb.

Edmund stand an einen Baum gelehnt und sah seinem Sohn beim Spielen zu. Der Junge lief den gewundenen Pfad entlang, schwenkte halbherzig die Arme und gab seltsame, traurige Vogellaute von sich. Aber schon bald gab er auf und kehrte zu seinem Vater zurück.
»Mutter Agnes sagt, dass Hexen in die Hölle kommen«, sagte das Kind mit ernster Miene. Dann verzog sich sein Gesicht und er fing an zu schluchzen. »Sie sagt, dass Hexen wütend werden, wenn man sie verbrennt, und Verwünschungen ausstoßen und dass ihnen Teufel aus dem Mund fliegen.«
Edmund hockte sich ins Gras und nahm seinen Sohn in die Arme. Der Junge drückte sich schluchzend an ihn und Edmund strich ihm sacht übers Haar.
»Still, Leonard«, sagte er leise. »Ich will dir etwas er-

zählen, etwas sehr Seltsames und Schönes, was in den vergangenen Wochen mein ganzer Trost war.«
Das Kind hörte auf zu weinen, schmiegte das Gesicht an die Brust seines Vaters und hörte zu.
»In den letzten Monaten, bevor man sie holen kam, hat mir deine Mutter oft erzählt, dass sie ein Wesen spüren konnte, ein gutes, starkes Wesen, das über sie wachte. Und einmal hat sie eine Gestalt gesehen, die in goldenes Licht getaucht war, sie anlächelte und wieder verschwand. Und ich will dir noch etwas sagen, Leonard. Dein Herz ist zwar noch jung, aber ich glaube, du kannst das besser verstehen als ich. Als deine gute Mutter ihr Leben aushauchte, sind hinterher einige Leute zu mir gekommen und haben erzählt, dass sie wie eine Königin starb, ganz ruhig und edel. Sie wussten zu berichten, dass ein überirdisch strahlendes Licht sie einhüllte. Und einige sagten, dass weiße Vögel sie umflogen und ihre Seele auf ihrem Weg begleiteten. Andere haben zwei Fremde gesehen, die neben ihr standen, aber ihre Kleidung fing kein Feuer und sie leuchteten wie die Sonne. Also weine nicht, mein Schatz. Deine Mutter war keine Hexe. Das weiß ich jetzt und dieses Wissen kommt aus meinem ganzen Herzen.«
»Wieso musste sie dann sterben?«
»Weil die Menschen nicht immer klug sind und deshalb Fehler machen.«
Leonard hob den Kopf und sah seinen Vater forschend an. »Sie starb wie eine Königin?«, fragte er ernst.

»Ja, ganz aufrecht und tapfer.«
Der Junge lächelte, dass sein ganzes Gesicht aufstrahlte. Und Edmund hob seinen Sohn hoch, drückte ihn fest an sich und trug ihn den Weg entlang, zwischen den Bäumen hindurch, in helle Lichtflecken und wieder in den Schatten, vorbei an der hohen, gelb blühenden Gartenraute, dem Segenskraut.

Nachwort

Was Juniper und Dylan durch Meditation und Visualisationen erreichten, hatte nichts mit Séancen, einer Kontaktaufnahme mit den Geistern der Verstorbenen, mit Hypnose oder Reinkarnation zu tun. *Junipers Spiel* handelt von Erfahrungen, die Erinnerungen gleichen, und es basiert auf einer Theorie, die ich für wahr halte – dass es eine Zeit, wie wir sie messen, gar nicht gibt.

Chris Wooding

Alaizabel Cray

Hexenjäger zu sein ist ein lebensgefährlicher Beruf. Zumindest in dem nebeldurchwobenen, fantastisch gebrochenen und schillernd zwischen den Zeiten schwebenden London, das Chris Wooding hier entwirft. Meisterhaft schafft er eine Welt, in der unheimliche Hexenwesen die Menschheit bedrohen, in der eine finstere Gilde mit Hilfe der Hexen die Macht ergreifen will und in der einige wenige Hexenjäger versuchen sich dem Sieg des Bösen entgegenzustellen. Zwischen den Fronten steht Alaizabel, das rätselhafte verletzliche, aber auch gefährliche Mädchen. Die atemlose Suche nach ihrer Herkunft wird zum Schlüssel aller Zusammenhänge.

Arena-Taschenbuch – ISBN 3-401-0**2634**-8
352 Seiten. Ab 12

Arena

www.arena-verlag.de